十二金錢鏢

（六）鳴鏑布疑

白羽 著

白羽 近代武俠經典復刻版

安平鏢局

目錄

(六)鳴鏑布疑

第四六章　鏢客驚伏

單臂朱大椿隻身詣店，與那瘦老人抗禮開談；幾個少年賊人在旁邊走來走去，睥睨欲動。瘦老人不住施眼色，不教他們無禮。

朱大椿傲然不顧，仍理前言：「今夜三更，我們一定踐約；不過我總得把敝友陪來，也請你老兄把飛豹子陪來。咱們也不用像赴鴻門宴似的，就只你我兩人和飛豹子、十二金錢他兩位；在你這裡見面也可，在我們住的小店也可，另定地點也可。也請老兄把飛豹子陪來。咱們做朋友的一定要請他二位會會面，才是江湖道的規矩。真格的，你老兄不放心我們麼？」

瘦老人微微一笑道：「那倒無須乎！俞鏢頭既然到古堡去了，我們那裡也倒有人款待，只是怕他們年輕人禮貌不周。莫如還是我趕回去，親自和俞鏢頭攀談，倒是又省事，又盡禮……」

話沒說完，忽由內間闖出一個面色微黑的大漢，當屋一站，側目旁睨，冷然說道：「當家的，咱們只是欽慕俞鏢頭的拳、劍、鏢三絕技，倒不在乎誰先拜、誰答拜的那些虛禮。我看我們雙方索性邀齊了朋友，今晚上在鬼門關見面就完了。朱鏢頭，你看好不好？」

旁邊側立的幾個少年人說：「是這話。今晚大家見面，以武會友，各露一手，倒乾脆。」

朱大椿見那些人似乎不願在白晝和俞劍平見面，他們當然有許多顧忌，遂徐徐冷笑道：「諸位還是不放心？」

那大漢道：「有什麼不放心？朱爺，我們不放心，躲在家裡好不好？不過朱爺既說到這裡，我們也有點小意見，要先提明。你說的明白，咱們純按江湖道，以武會友，卻不要驚動官面；如果驚動官面，我們哥幾個對不住，可是怯官。到那時弄出對不起朋友的事來，可別怨我們不光棍。」

那瘦老人未容朱大椿還言，「嗤」的一聲笑道：「夥計，你怎麼看不起人？俞鏢頭、朱鏢頭哪肯幹那種事？」

大漢道：「不是瞧不起人，現在集賢店就有兩個海州捕快。只要他們敢齜牙，哼哼！別人不說，只說我吧；我可翻臉不認人，先給他摺個蒼蠅。」

那幾個少年應聲：「著！那可莫怪我們無禮。」

朱大椿挺胸昂頭，臉含冷誚，把單臂一揮道：「朋友，你失言了。我們自信還不至於那麼沒膽色，你們放心赴約好了。不過你們要明白，這乃是官款；官家自己要辦案，我們也不能攔。我們難道說：『那是我的好朋友，你們別管麼？』這一點你要分清楚了；反正我們絕不做無理的事，諸位只管打聽看。」

這個大漢嘵嘵地恐嚇，反倒招出朱大椿拉抽屜的話來；可是說得盡情盡理，你不能說他不對。大漢插言，引得那幾個少年也聲勢咄咄，跟著幫腔。

朱大椿夷然高坐，不亢不卑，話來話擋，滴水不漏。敵人那面已覺出這位單臂鏢客，至少話碴不大好鬥。

瘦老人忽然站起來道：「就是這樣，今夜三更咱們再會。朱鏢頭，我也不留你了。」

朱大椿道：「那麼我就告辭了！」單臂作揖，向眾人一轉道：「諸位，今晚上也請到場。」在場諸人道：「那是自然。」

瘦老人親身送客，朱大椿昂然舉步，暗暗留神，防備著敵人有何意外舉動。但這瘦老人滿面笑容，陪著往外走，一點較量的表示也沒有。那幾個少年也是笑顏逐開，隨後相送，不再說譏刺的話了。雖然如此，朱大椿依然很小心；直到店門口外，與瘦老人相對舉手作別，叮嚀了再會，於是各回各的店房。

朱大椿走了幾步；手下伴行的趟子手湊過來，一聲不響，從朱大椿的小辮根上，摘下短短一根稻草來，說道：「朱鏢頭，你瞧！」竟不知在何時，被何人給插上的。

朱大椿不由氣得滿面通紅，回頭一望，罵道：「鬼見識！娘的，簡直是耍小綹的伎倆！」

單人獨騎，與敵相會，朱大椿一句話也沒有輸，回轉時，本甚高興；哪知臨到末了，腦勺後教人擱上東西，弄了個「插標賣首」，自己還不知道！當時如果覺察出來，竟可以反唇相譏道：「姓朱的六斤半不值錢，諸位何必費這大事！」也不摘下草來，只一搖，放下這一句話，便可以給敵人一個大難堪。現在事已過去，也無法找場了。

朱大椿恨恨地罵了幾句，把鏢行夥計留下兩個，暗中監視著敵人；自己急急地回店，吩咐夥計備馬。夥計才把牲口備好，那兩個盯梢的夥計奔回來一個，急急報導：「朱鏢頭，剛才，那個瘦老頭和他的同伴都騎上馬，奔西鎮口下去了。」

朱大椿道：「什麼？快追！」立刻把馬拉到院中。哪知還未等到轉身，那另一個夥計也如飛地奔回來，道：「你老別追了。他們在鎮外埋伏著人哩！我剛趕出去，就教他們擋回來了。」

朱大椿惱怒起來，所有鏢行同伴來了不少，卻都奔古堡去了；這裡就只剩下自己，這可怎麼好？

夥計說道：「朱鏢頭，你老別著急，我看還是再派一個人，趕緊把俞鏢頭請回來。」

朱大椿道：「這也好，誰去？」

夥計道：「我去。」抖韁上馬，撲出店外，順大街一直奔東，急馳過去。不知怎的，走過橫街，一轉角，那馬猛然一驚，直立起來；鏢行夥計仰面朝天，摔倒地上。

朱大椿一眼望見，急急奔過去，把夥計救起來。問他，說是在拐角處，遇見一個漢子潛伏在牆隅；抽冷子一揚手，這馬便驚了，那漢子卻跑了。這自然又是賊人的詭計。倒不是怕給俞劍平送信，是不教鏢行跟綴他們。

朱大椿恚極，忙驗看那馬，馬身上似乎沒有什麼暗傷。他恨罵一聲，吩咐夥計另備一匹馬，把自己的兵刃也帶著；決計要親自去一趟，看看賊人對自己能使出這種鬼招不能。一面又吩咐兩個靈透的夥計，仍設法到雙合店，看看賊人走淨了沒有。

那個夥計答道：「我親眼看見，他們一共是七匹馬，奔西鎮口走的；店中一定沒有留下人。」

朱大椿搖頭道：「不能！你們還是睜亮了眼，仔細看看。」

只這一耽擱，俞劍平、胡孟剛已得頭報，折回來了。朱大椿面含愧色，把賊人弄的狡獪，一一對俞、胡二人說出。

俞、胡又怒又笑。賊人這惡作劇，徒見狡獪，未免無聊。

胡孟剛道：「賊人專愛弄這些小見識。你可記得，他邀你到大縱湖、洪澤湖、寶應湖三個地方會面，這也都是瞎搗鬼，沒人肯上當的。」

俞劍平忿然不語，就請朱大椿引路，率領眾人撲到雙合店，搜查了一遍。賊人已去，店房中一點形跡沒有。眾人出離店房，來到街上，俞劍平問朱大椿道：「賊人可由這西鎮口走的麼？」

朱大椿道：「正是。」

俞劍平飛身上馬道：「趕！」

朱大椿道：「賊人走遠了，那如何趕得上？」

俞劍平毅然道：「先搜一遍，搜不著就直奔古堡。我今天無論如何，也要跟這飛豹子找找真章。」

仍請朱大椿留守，把帶來的十幾個鏢客，留一半在店內；自己單與胡孟剛馬上加鞭，豁剌剌地奔西鎮口去了。繞青紗帳一轉，果然不見賊蹤；下驗蹄跡，似奔古堡去了。便撥轉馬頭，重奔鬼門關；對胡孟剛說道：「咱們到鬼門關，看看地勢。今晚三更，不管敵人是不是仍弄狡獪，我們務必準時踐約，前往赴會。」

俞劍平決要與賊硬拚，不管江湖道上的規矩了。這正是胡孟剛求之不得的事，連聲說好，一齊催馬。他們才抹過一帶青紗帳，便見智囊姜羽沖、奎金牛金文穆一行，騎馬迎面而來。那投帖的四個少年葉良棟、時光庭、阮佩韋、左夢雲也相隨在後；禮物卻沒有了。

俞、胡心中一動道：「難道說飛豹子把禮物都收下了不成？」忙迎上去，相隔稍近，姜羽沖滿面笑容道：「俞大哥，怎麼樣了？見著人沒有？」

胡孟剛也接著叫道：「姜五哥，怎麼樣？見了豹子沒有？」

雙方相會，一齊下馬。俞劍平沒啟齒，只見姜羽沖、金文穆忍俊不禁的笑容，又看四個少年的神色，便已猜出結果來，向姜羽沖問道：「五哥，賊人準是避不見面吧？可是的，那禮物他們怎麼收的？」

姜羽沖哈哈大笑道：「俞大哥，你真行！這個飛豹子實在可惡，他們果然是避不見面。我剛才和金三哥進堡看了一看，正見他們小哥四個對門大叫呢，隨你怎麼叫，他們只裝沒事人。他們哥四個挨門拍喊，也喊不出人來。我進堡的時候，他們四人正打算跳牆，又要硬砸門；是我告訴他們，不可無禮……」

胡孟剛一聽，越發生氣道：「難道堡裡沒人，他們全溜了不成？」

原來姜羽沖進堡之後，逐門尋看了一遍。破牆院，破門洞，有的門戶洞開，裡面暗然無人；有的關門上閂，任憑推門呼喊，裡面只不出來人。遂把沒影兒招呼過來，問明東大院是賊人蟠據之所；便命人對著門，大聲吆喝了幾句話，把禮物拜帖，繫繩投進院內。

姜羽沖然後親自對門叫道：「飛豹子老英雄，在下姜羽沖、金文穆，特來慕名投帖，登門求見。恨我弟兄無緣，見不著高賢。常言說，禮多人不怪，我們的寸心是盡到了。我們是為飛豹子和十二金錢二位成名的英雄，和解了事來的。院中的朋友聽著，請你務必把話帶過去。我們現時住集賢店，飛豹子老英雄如肯賞臉，請光臨小店，或者我們再來也好。」對著門放出這些話；同時暗囑松江三傑夏建侯、谷紹光潛登堡牆，向院內觀望。

院內空空洞洞，像沒有什麼人，也像沒有什麼防備，很不似盜窟。二十多層院落，只在東大院院隅一棵老槐樹下，瞥見一個赤膊的男子躺在涼席上，好像納涼睡著了。任門外砸打喊叫，睡漢連身子也不欠，頭也不抬，睡得十分香酣。

松江三傑圍堡牆走了半圈，也沒人出頭干涉；更樓空洞，並無一人。智囊姜羽沖、奎金牛金文穆，也在堡內繞了一圈，俯驗走路的蹄跡，仰觀堡牆上的更樓，看罷轉身欲出。沒影兒悄悄一指東大院的燈竿，姜羽沖點了點頭道：「咱們走吧。咱們是禮到了，話到了，靜看人家的了。」

率領葉良棟、時光庭、阮佩韋、左夢雲，出離古堡，邁過朽橋，一直走近青紗帳，方才止步。趟子手牽著馬，隨後跟了過來。

不一刻，松江三傑從後堡繞轉回來，跟著也把馬氏雙雄和岳俊超、飛狐孟震洋、鐵布衫屠炳烈等，都邀到一處。群雄相聚，互問究竟。

姜羽沖道：「這古堡是空城計，賊人的佈置真夠辣的！我當時只想到這古堡必非賊巢，還沒料到他們真格竟不出頭。……但是這裡雖非賊巢，賊巢可也距此不遠，他們一定藏在近處。」低頭沉吟半晌道：「馬二哥、夏大哥，你們五位還得辛苦半天，把這四面卡住了。千萬留神附近來往的人，如果形跡可疑，務必盯住他。」說罷，就要邀著眾人，一齊回店。

這幾個少年壯士身當古堡之前，哪肯空手而回？沒影兒頭一個氣不出；其實葉良棟、阮佩韋、岳俊超和飛狐孟震洋等，都紛紛地主張，要亮兵刃，硬闖進院去，搜查一遍。

沒影兒魏廉和飛狐孟震洋、屠炳烈等都說：「昨天還看見不少賊人，在古堡出沒，就算連夜撤走了，也不會走淨。這古堡內差不多二百多間空房。內中保不定有賊潛伏。把狗種的搜出來，猛打硬揍，看還追不出他們真正的巢穴來麼？」

馬氏雙雄和岳俊超也說：「賊人舉動可惡，安心騙人。姜五哥還怕得罪他不成？」

谷紹光說：「我們就依禮拜山，他也不會還鏢銀的。」七言八語，竟攔阻不住了，人人擺出躍躍欲試的神氣。

姜羽沖看這光景，再不說明自己的本意，大家更不願意了。這回向大家舉手道：「諸位老哥，別這麼嚷嚷，且聽我說，我決不是怕事；咱們究竟是良民，是鏢行，無故的強入民宅，到底不妥……」

眾人譁然道：「這裡明明摸出是賊窩子！……」

姜羽沖笑道：「眾位沉住了氣。——告訴眾位，我不是說不能搜。諸位哥們，咱們今天晚上來搜！把四面卡上，要是真有人，還怕他跑得了麼？」

馬氏雙雄、松江三傑都點頭稱是。

幾個少年又說：「怕賊人等不到晚上，都溜淨了。」

姜羽沖道：「所以我說，要請馬氏昆仲和松江三友辛苦這半天，在四面梭巡著點，他們就不會溜了……」底下的話咽住沒說。依他推想，古堡內外恐怕必有地道。他現在急要和俞劍平、胡孟剛商量，打算先圍著古堡，搜一搜外面；外面搜不著，今夜再會齊大眾，用武力硬搜古堡。

還有一個計策，要調查古堡的原業主，以此根尋賊蹤。姜羽沖因恐賊人的耳目太靈，怕鏢行中有奸細，當時不欲明言；換轉話題，對大家說道：「來吧！咱們還是到前邊樹林去談吧。問問俞、胡二位，也好拿一個準主意。」這麼一說，才把幾位少年勸住，齊奔樹林走來。

此時，眾人銳氣正盛，也不顧掩飾形跡了；就成群結伴，吵吵嚷嚷，往鬼門關樹林走。走出幾箭地，遇見黃元禮策馬來傳言；說是飛豹子遣人來店中，投書挑戰了。邀定今夜三更，在鬼門關相見，俞鏢頭已經得訊馳回，面見飛豹子，抵掌答話了。

這一個驚人的警報，在場群雄頓時譁然，人人震動道：「好大膽，好狂妄的飛豹子！他真敢找上門來捋虎鬚，他就不怕王法，不怕官來抓他？走啊，快回去見識見識這位綠林道大人物！」紛紛擾擾，打聽飛豹子的年貌、氣度：「到底是怎樣一個人？多大歲數？是他一個人來的麼？使什麼兵刃？」把黃元禮包圍起來亂問。

黃元禮應接不暇地答覆眾人：「我朱師叔見他去了，我沒見著他。」

又問：「你沒見著他，怎麼知道是他？」

又答道：「送信的說，飛豹子現在雙合店。」

又問：「送信的是誰？」

答道：「是個少年，姓邢。」

眾人喧成一片，紛紛地搶著要奔回一看。只有智囊姜羽沖，綽鬚微笑，半晌才說：「只怕又是飛豹子故弄狡獪吧？」

大家齊往回走，行至中途，果與俞、胡相遇。果然俞、胡二人空勞往返，也沒有見著真豹。店中投刺，依然是豹子弄詭。更想到第二層，這豹子邀定三更相會，在鬼門關鬥技賭鏢，也怕十成十靠不住，九成九愚弄人。

群雄七言八語，向俞劍平、姜羽沖進言；仍不信堡中一個人都沒有，定要給他個硬闖橫搜。有的又立刻要繞古堡，排搜四面；賊人不斷出沒，反正近處必有潛巢。東台武師歐聯奎扼腕說道：「這還猶豫什麼？趕快搜啊！若不然，賊人溜了，我們又撲一回空。」

沒影兒、孟震洋更力證堡內定有密窟，賊人才得藏匿不出。俞劍平聽了，轉臉來問馬氏雙雄，復又問武進老拳師蘇建明和奎金牛金文穆；然後又和姜羽沖商計。俞、胡的意思，是既已至此，也想親到古堡一看。

姜羽沖已經打好主意，對俞、胡道：「堡裡實在是空城計，俞大哥不信，請問松江三傑。依我之見，咱們一面設卡子，一面晚上來。」

終於商得俞、胡諸老的同意，就請松江三傑、馬氏雙雄和鏢師梁孚生、石如璋、金弓聶秉常分三路設卡，截斷賊人的出入，以防奔逸。唯有東面，正對著苦水鋪，可不設防。又請幾位少年壯士，結伴騎馬，往較遠的地方試淌；可是務必早些回來，不要去得太遠，不要耽誤過晚。如遇可疑的情形，更要速回來送信，千萬別生事，別動手。

姜羽沖笑著說道：「今夜也許跟賊人抓鬧起來，諸位來遲了，可趕不上看熱鬧了。」最後邀同餘眾，齊回苦水鋪店房。

奎金牛不悅道：「姜五哥，我們幾個人怎麼樣呢？難道就回店睡覺，靜等夜間上當麼？」姜羽沖噗嗤笑了。

俞劍平忙笑道：「金三爺別著急，你就靜看軍師爺的神機妙算吧！他一定有點道理，我說對不對，軍師？」

姜羽沖道：「你們哥幾位老了，回店睡覺，是便宜你。告訴你吧！三哥，進了苦水鋪，還有你的差事哩。」

岳俊超插言道：「是不是進鎮搜店？」

姜羽沖笑而不答，只吩咐帶馬。

步行的為一撥，騎馬的為一撥，分散開往回走。俞、胡、姜和少年武師岳俊超、阮佩韋、李尚桐、左夢雲，三老四少稍稍落後；騎著馬就歸途之便，繞道把苦水鋪周圍重巡了一圈，一無所得，便即回店。

姜羽沖在路上把自己的主意，仔細對俞、胡說了。

二人點頭稱善。一入店房，便把鐵布衫屠炳烈找到面前，讓座密談，囑託了幾句話。屠炳烈點頭會意道：「還是姜老前輩想得周到，我這就去辦。」

姜羽沖道：「不用忙，吃完晚飯再去不遲。」又把李尚桐、阮佩韋調到一邊，悄聲說道：「二位賢弟，我知道你們和于錦于賢弟，趙忠敏趙賢弟認識。咱們議事時，一遇到飛豹子三個字，大家都紛紛猜議，人人驚奇，不曉得他的出身來歷。你可見于、趙二位麼？驟一聽飛豹子，他二位全一愣神；分明目動色變，很是吃驚似的。跟著大家互相打聽，獨他二人屏坐屋隅，一聲不響，跟著就附耳低言。

「看那個神色，他二位多半曉得飛豹子的底細。無奈我明著問，私地問，他二位總不肯說，臉上又很帶相；這一定有礙口的地方了。或者他竟跟飛豹子認識，有交情；怕說出來，得罪了朋友，也是有的。在下的意思，要煩二位，繞著彎子探一探于、趙的口氣。咱們也不求別的，只要他二位肯說出飛豹子的真名實姓和出身來歷，就很夠了。咱們再想法子，煩人討鏢，豈不兩全其美？你哥倆可以對他二位講明，咱們絕不教他二位作難……」

胡孟剛跳起來，說道：「呵！還有這事？我說呢，怎麼姜五爺單找于、趙打聽豹子，我就沒有看出來！」一對大眼瞪得圓彪彪的，轉向俞劍平說道：「莫怪咱們這裡一動一向，賊人都先曉得了；莫怪馬氏雙雄總疑惑有洩底的，敢情真有這事！這不行，我得找錢正凱去。他打發他三師弟、五師弟來，是幫著我們尋鏢，還是幫著賊當奸細？」

他氣吁吁邁步要往外走，恨不得馬上詰責錢正凱；又立刻把于錦、趙忠敏請來，當面問一個青紅皂白。這倒把李尚桐、阮佩韋這兩個少年鬧得茫然無措了……

俞、姜一齊攔阻道：「別嚷！別嚷！」俞劍平先過來按住他，與他挨肩坐了，低聲勸道：「胡二弟，你失言了！千萬別這麼想。他二位不是那樣人，他師兄錢正凱跟你我也不是一年半載的交情了。剛才這話不過是這麼猜想，究其實這裡還怕有別情。……姜五哥，你過來，這邊坐。剛才聚議的時候，我也有一點疑心。于、趙二位年紀輕，也許擔不住事，臉上掛神……」

俞劍平說到這裡，說不下去了；忙又道：「萬一錯疑了，教錢正凱賢弟曉得了，未免看咱們太對不住朋友，豈不是以小人度君子？……不至於，不至於，斷不會有這種事的。我看我們還是從別一方面想法子，不必擠落于、趙兩位了。看擠炸了，弄得不歡而散，反倒白得罪朋友，無濟於事。」

十二金錢俞劍平老於世故，練達人情。智囊姜羽沖雖然料事如神，說到對人，還得讓俞劍平。俞劍平越想越覺不對勁，忙又囑咐李尚桐、阮佩韋道：「二位老弟，千萬把話存在心裡，不要露形；不要貿然地硬盤問于、趙二位，那太傷面子了。他就是知情，不願意說，也是白問。姜五哥，你看怎麼樣，還是不問的好吧？」

姜羽沖還有許多話要解說，他低聲道：「胡二哥這麼性急，還沒等我說完，你就跳高！據我猜測，于、趙二位當然不會給賊人當奸細的；可是他二位一定曉得飛豹子的來歷。現在一碗水往穩處端；于、趙如果真認得飛豹子，恐怕他二位不久要告退置身事外，兩面都不得罪……」

俞劍平仰頭一想，回顧胡孟剛道：「這倒是人情。」

姜羽沖道：「所以我方才打算，先煩李、阮二位私下探探于、趙的口氣。能問出來，頂好；明著問不出來……」一面對李、阮道：「你二位可以暗著設詞試探他倆。只要他們微萌退志，那就是知情不舉了，咱們就趕快給錢正凱去信。你瞧好不好呢，胡二哥？並且，照我的話來問，也決計得罪不了他。」遂把編好的話對李尚桐、阮佩韋說了。

俞、胡聽罷，欣然點頭道：「這麼拿好話哄，再得罪不了人。智囊真是智囊！」遂向李、阮舉手道：「就請二位老弟照這話，費心來一下吧。」

李、阮道：「好吧，我們這就找于、趙去，姜老前輩的招實在高明。」

姜羽沖笑道：「得了，別罵我了，我哪裡行呢？」又道：「胡二哥，千萬別著急；現在一切亂線頭都已理清。我們既訪出飛豹子的綽號，又得知火雲莊子母神梭武勝文與豹子有關連，這已經抓著切實把握了。就訪不出豹子的姓名來歷，我們也有下手的門徑了。

「咱們今晚三更，就到鬼門關，踐約會敵。會著了，立刻解決；會不著，一過三更，咱們就搜堡尋贓。在古堡搜得鏢銀，當然一舉成功。就是不見賊，又不見贓，那也沒什麼，咱們再打圈排搜。仍然搜不出什麼來，咱們可以立刻趕奔火雲莊找武勝文。武勝文有家有業，反正飛不了他，這麼辦，不出三天，準有結果。胡二哥，你還急什麼？總而言之，飛狐孟震洋這一回透來的消息太有用了；飛狐就是飛豹子的死對頭！」

胡孟剛高興起來，向姜羽沖深深一揖道：「軍師，你早說，也省得我著急了。咱們這些人都去踐約。」

信陽岳俊超也抖擻精神道：「是這麼著，教我們俞大哥單人獨馬，上前搭話，咱們大家暗中保著，只要狗賊有非禮暗算……」一拍箭匣道：「教他先吃我一火箭。」

武進老拳師蘇建明道：「我們還是採取分兵包抄的法子好，也和剛才探堡一樣，分成四路五路都行。踐約的，放卡子的，打接應的，留守的，應該把人分勻了。兵臨陣前，伺機而上，互相策應著。不管是鬥技得勝，還是踐約撲空，我們逕可轉搗賊巢。」

朱大椿道：「對！不過，這總得請俞大哥和胡二哥打頭陣。剛才賊人是這麼點的，咱們準給他辦到。」

蘇建明綽著白鬚，躍然說道：「那個自然，我和三個小徒就打二陣。咱們這些人有明的，有暗的；有露面的，有不露面的；他們出來人少，咱們也少出來；他們出來人多，咱們就全出來。他們當真就由飛豹子一個人出頭，咱們就只請俞賢弟單劍上場，一人不帶。那時候，咱們這些助拳的就藏起來，只在暗中監視著。你得防備他打敗了，做出不要臉的事來，再給你一溜；鏢也不還，人也不見，那時咱們可就抓瞎了。我說對不對，姜爺，該這麼辦不？」

姜羽沖沉思未答，心中揣摹今夜三更，賊人會不會真來踐約。如果真來，他是明著上場，還是暗著上場；一個人來，還是率大眾齊上。反覆猜思，見問信口答道：「那自然，總該分兵分路。」

俞劍平被賊人撩撥得心中蘊怒，此時按納不住，對眾人忿然說道：「這個飛豹子，到底也不知是從哪裡鑽出來的，也不曉得他為什麼跟我過不去。你看他再三再四地耍手段，戲弄人，都是衝我一個人。可是我怎麼得罪了他，他們又始終不說出來。你說他是替別人找場吧！那絕不會下這大苦心，耗這長的工夫，劫奪官帑，闖這大的禍。你說他跟我有私仇吧，我又不認得他。你說他是嫉妒，要跟我爭名吧，我又歇馬快一年了；他又東藏西躲，總不跟我出頭明門。簡直一句話，怪人怪事，教人測不透！」

俞劍平接著道：「蘇老哥說的法子，佈置周密當然很好。不過，小弟的意思，先不勞師動眾。只要這個飛豹子今夜真出頭踐約，我俞劍平老實不客氣，就要單人匹馬，只拿這一雙拳、一把劍、十二枚錢鏢，和他面對面答話：『到底姓俞的跟你有什麼殺父冤仇、奪妻恥恨？你這麼捉弄我，又連累到我的朋友，到底怎麼講！』胡二弟教他害得吃官司，閔成梁也教他氣走了。我們朱賢弟，他也給人家小辮子上插草標；喬師傅也教他毀得渾身是傷。還有振通鏢局的趟子手和海州的騾夫，他們都給擄走了！還有……咳，多極了！像這樣侮弄人，我到底問問他為了什麼？

「『你說你要會會我的拳、劍、鏢，你只賞臉，我奉陪呀，我絕不含糊！你要爭名，我自甘退讓。你要報仇，你把我的首級摘下去，你只要說得出理由；咱們一刀一槍，你死我活明來明往。你為什麼把二十萬鹽鏢劫去，一躲一個半月，永遠不跟我見面？你還派人下戰書，濫充江湖道？你到底跟我一個人過不去，還是跟我們江南整個鏢行過不去？』只要飛豹子見了我，我一定問他一個青紅皂白！我請問他，東藏西躲，做這些把戲，侮弄人，究竟怎麼說！」

俞劍平鬚眉直豎，氣忿填胸，斬釘截鐵，大發獅子吼！在座群雄一個個側耳傾聽，想不到素日謙和的俞鏢頭，今天赫然大怒，猶似壯年威猛。末後又恨恨說道：「是的，今天晚上，我一定一個人去，我一個朋友幫手也不要。我只帶一把劍、十二枚錢鏢；教小徒左夢雲給我帶馬。我就這麼去最好！」

鐵牌手胡孟剛本想跟俞劍平同去，見他如此盛怒，也不敢說話了。

智囊姜羽沖緩緩說道：「俞大哥！」

俞劍平道：「怎麼樣？」

姜羽沖滿面堆歡，藹然說道：「大哥，消消氣。大哥最有涵養，怎麼今天真急了？現放著我們大家，焉有放你一個人獨去的道理？大哥，你今年五十四歲了；咱們如果是二三十歲的年輕小夥子，遇上了橫逆，抄傢伙就打；打敗了，就橫刀往脖頸上一抹，二句話都沒有。無奈現在，你我下頦都長了毛毛了。」說得大眾哂然微笑。

姜羽沖接著笑道：「咱們早沒有火性了。老了。咱們是找鏢、尋賊，鬥力還要鬥智，用武還要用計謀。飛豹子嘔咱們，咱們偏不上當。咱們不是一勇之夫，咱們犯不上蠻幹。咱們現在這些人，哪能白閑著，讓大哥一個人犯險拚命去呢？咱們絕不能上了賊圈套。大哥是智勇雙全的人，你先消消氣，慢慢地想一想。」

果然，俞劍平一聞此言，把怒氣遏制著，漸漸平息下去。沉了沉，笑了笑，站起身來，他向眾人舉手道：「這飛豹子真實可惱。諸位仁兄不要誤會；我請大家來，自然是求大家幫拳助陣的。不過這飛豹子太過狡詐，我只怕咱們去的人數多了，倒把他驚走。他也許安心避而不見，反說咱們恃眾逞強，不是以武會友、獻技賭鏢的道理。所以我才想一個人去，教他沒的耍賴。」

單臂朱大椿道：「不然，不然！飛豹子派人下來的帖，上面明明寫著，可以邀朋友到場；他那投帖的夥伴和那個冒牌豹子都曾當面邀過我，同到鬼門關相見。由此可見，他那邊出頭的人數必不在少。人家已經大舉備戰，俞大哥，你只一個人上場，固然可以臊他一下，但是未免涉險失算。咱們還是照他的請帖行事。帖上說可以邀朋友，咱們就邀朋友，大夥齊上；只不驚動官面，就算對得起他。」

蘇建明也笑道：「況且這又不比鴻門宴、單刀會。這乃是金沙灘、雙龍會；要的是邀眾比武，較雌雄，討鏢銀。咱們儘管多去人，到時看事做事；只要是單打獨鬥，不群毆混戰，便是英雄。」

眾人七言八語地勸說，俞劍平劍眉微皺，旋即陪笑道：「好好好！咱們就大家一塊去。」智囊姜羽沖把俞鏢頭的怒火化解下去之後，仍自凝眸深思。

轉瞬太陽西沉，外面淌道的少年鏢客陸續回來。據報只在西南角碰見四、五個行人，情形有點可疑。綴了一程，眼見他們投入路旁小村。在路口盯了一回，沒見他們再出來。旋即打聽得村名，叫做趙家圩。已對放卡的人說了，請他們隨時注意西南那個小村，便折回來了，此外別無可疑。姜羽沖聽了，道了聲辛苦。

挨到起更，便請岳俊超、孟震洋藏伏在店房上面，瞭望賊人。跟著又派出幾個人，把這苦水鋪前後內外，都放下卡子；跟著又煩幾位好手，把松江三傑、馬氏雙雄等，替換回來用飯。其餘武師也都分配好了，或巡哨或應敵，各守其責。一個個飽餐夜飯、整備兵刃，靜等二更一到，將近三更，便結伴隨十二金錢俞劍平，徑赴鬼門關踐約。

到暮色蒼茫，鐵布衫屠炳烈匆匆的從外面走來。在俞劍平、胡孟剛、姜羽沖面前，低聲報導：「古堡的原業主那裡，晚生剛才已經托人打聽去了。原業主邱敬符，現時不在這裡。這土堡荒廢已久，先前只有邱家的幾戶窮本家居住。問及邱家的二房三房，都說這堡現實還空閒著，沒有出租，也沒有借給人住。因即告訴他，現在的確有人住著；邱家這幾位少爺竟瞠目不知。叫來管事的問，管事的也矢口不認。

「晚生覺得這裡頭定有蹊蹺，我剛才又親自找那管家去，背著人把他威嚇了一陣，說是：『你別隱瞞了，你可知道，租住的人是在海州犯案的一夥強盜麼？』這才嚇出他的實話。果然不出姜五爺所料，借房子的是由姓武的出名，說是為了修理房，給他家雇的泥瓦匠、木匠做『鍋夥』用，只借一兩個月，是私下裡借的。猜想情理，姓武的一定給管事的賄賂了。」

姜羽沖目視俞、胡，微微一笑道：「如何？」原來他從這古堡的原業主上，想出了下手根究賊蹤的辦法，暗暗地囑咐屠炳烈辦出結果來了。鐵牌手胡孟剛聞言大喜，立刻說道：「這借房的既然姓武，一定是子母神梭武勝文了！」十二金錢俞劍平點點頭。蘇建明不由笑道：「我們胡二哥真不愧料事如神，一猜就猜著了！」

胡孟剛臉一紅道：「蘇大哥不挖苦我，誰肯挖苦我？」轉臉對俞、姜道：「咱們是不是再托屠爺，向武勝文那裡問一聲去？」

屠炳烈未及開言，俞劍平搖頭道：「這可使不得，武勝文那裡，已被孟震洋孟賢弟給弄驚了，並且……」低聲道：「屠賢弟早已就近托人，暗中窺探下去了。」姜、蘇二人齊道：「是的，真相已明，現在不必再探了，我們可以留著這一手，將來到火雲莊用，現在還是準時踐約！」

轉瞬間已到二更，距動身之時已經不遠。姜羽沖坐在屋中不動。胡孟剛穿一身短打，摩拳擦掌，出來進去好幾趟。這些少年武師老早地結束停當，把兵刃合在手內。俞劍平到了這時，方徐徐地站起來，脫長衫，換短裝，把一口利劍背在背後，將一串金錢鏢放入衣底。老拳師蘇建明吩咐三個愛徒：「你們到街上巡巡。」囑罷，也裝束起來，將一把短刀拿在手中，笑對姜羽沖說道：「五爺，我這把刀足有六、七年沒真動了。」

此時松江三傑、馬氏雙雄和梁孚生、石如璋、聶秉常三位鏢客，已經換班用飯，飯後又撲出去了；仍然分三面把古堡看住。至於店房以內，也早經俞劍平、姜羽沖等人，帶同海州捕快，知會店家，先查店簿，次即挨號盤查客人。店內是一無可疑，上房門首掛著鏢局的字號燈，屋頂上埋伏著岳俊超、孟廣洪。院心也有好幾位鏢客，坐在石凳上納涼吃茶，同時暗防著賊人的窺探。

集賢棧由店內以及店外，戒備森嚴，唯有店門仍然大開。那九股煙喬茂喝足了茶，在屋內坐不住，溜到店院石凳前，看見幾位鏢師在低頭閒談，便湊過來，對阮佩韋、歐聯奎說道：「我說，這會工夫可有什麼人來線沒有？」

歐聯奎不答，阮佩韋只得答道：「沒有。」九股煙一抬頭，又看見對面房上埋伏的岳俊超，就仰著臉問道：「岳師傅，外頭漩渦子裡，有動靜沒有？」

岳俊超不答，也不露頭。九股煙不肯歇心，復又抬頭叫問孟廣洪。孟廣洪藏在屋脊後，也不肯置答。阮佩韋忍不住站起來，把他扯了一把道：「喬師傅坐下喝茶吧，別問他們二位了。」

九股煙道：「這怕什麼！誰不知道他倆伏在房上？」口頭這麼說，可是他也不再問了。忽又轉過來詰問歐聯奎等人道：「你們幾位還喝茶麼？該預備預備了。」

左夢雲道：「不是三更赴約麼？」

九股煙喬師傅拿出老前輩的身分，說道：「剛才你師父跟軍師爺姜羽沖不是說過了，要早走半個更次呢！小夥子，你別不慌不忙的；你瞧瞧屋裡，他們都拾掇起來了，他們幾位老將馬上就要走……」

正在嘮叨瞎扯，猛聽店外昏黑的街道上，有一個粗野的嗓音，厲聲大喝道：「呔，咳！姓俞的，還不給我走出來麼！姓俞的該露面了，還等著催請麼？」

九股煙吃了一驚，急急地一回頭；石凳上列坐的阮佩韋、歐聯奎、左夢雲、李尚桐等也霍地竄起來。

外面又大喊道：「姓俞的，十二金錢，我說的是你！別裝聾呀，再不出來……咳，還用我進去掏麼？」

九股煙「喲」了一聲，撥頭就往房裡跑；連聲呼喊道：「俞鏢頭，俞鏢頭，點子來了！」

第四七章　錢鏢七擲

店外這幾聲吶喊，夜靜聲高，內外聽得真真切切；不僅院中人，屋中人也都聽見了。十二金錢俞劍平、鐵牌手胡孟剛、老拳師蘇建明、奎金牛金文穆、智囊姜羽沖，以及所有的武師，頓時悚然側耳，互問道：「你聽聽，是點子叫陣吧？」

外面喊聲又起。蘇建明道：「咦，真是點子！真找來了？」

金文穆道：「別亂，細聽一聽，是在地上喊，還是在房上喊？……唔，是在地上，店門口外……」

眾鏢師一齊大怒。鐵牌手距門最近，罵道：「欺負上脖頸子來了！」一挑簾，頭一個竄下台階，和剛奔進來的九股煙幾乎碰了個頭對頭。

姜羽沖一把沒抓住，忙跟蹤追出，急急攔阻道：「別亂，別亂！」回顧眾人道：「不要都出去，先派一個人出去看看。」

十二金錢俞劍平目光威稜，鬚目皆張，將猿臂一伸，倏然分開眾人，叫道：「諸位別忙，等我去看！」

大家早已紛紛往屋外搶。只有幾位老成持重的老鏢頭，猝逢意外，毫不擾動。蘇建明、金文穋、姜羽沖等各攔住幾個人。但已來不及了，早有三條人影從院中如飛地奔赴店門以外，九股煙喬茂踵隨著撲到店門過道前，急又翻回店院心，擠在人叢中，亂叫道：「晚了不是，教人家堵上門罵來了！」忙亂中也沒人理他。

姜羽沖急急發令，請俞劍平、胡孟剛暫勿露面，只派兩個少年壯士出去答話；把所有的人分開。在這一刹那間，猛聽外面一聲慘號，似有一人受傷倒地。

俞劍平吃了一驚，九股煙大嚷道：「姜五爺，咱們人教飛豹子毀了！」

一聲未了，半空中「砰」的一聲，倏然飛一溜火光，由店房屋頂，直射到店門街上。同時岳俊超大叫：「俞大哥快出來！」

藍色的火焰像一條火蛇似的，一霎時衝破黑影。前面幾個人恍惚看見店門外三個人影，打倒了一個人影。

俞劍平、胡孟剛，一個仗利劍，一個掄鐵牌，大踏步從人叢中闖出來。且走且說道：「是哪位朋友找姓俞的？姓俞的在這裡呢……」

那店外三條人影答了話，有的叫師父，有的叫俞鏢頭，他們道：「就是這小子一個人！」原來挨打的反是敵人，打人的乃是自己人。

胡孟剛急嚷道：「不管幾個人，別教他走了。」

三個人影答道：「跑不了，捉住了。」

智囊姜羽沖和朱大椿、黃元禮叔侄，不慌不忙，每人帶著兵刃，提著燈籠，追了出來。

就燈光一照看，俞、胡二人不勝詫然。歐聯奎和阮佩韋、左夢雲，共捉著一個粗黑猛壯的麻面大漢。這漢子肩頭被阮佩韋打了一石子，打得他倒在地上，哎喲哎喲直叫。兩隻胳膊被李、左二人提起來，往上一拖。姜羽沖拿燈往他臉上一照，這漢子已嚇得面無人色，叫起饒命來了。歐聯奎大怒，啪地一個耳光，搧在麻漢子臉面，喝道：「你這小子好大膽，快說實話，你們頭兒呢？」

歐、阮、左三人還以為這個漢子是豹子的黨羽；俞劍平、姜羽沖卻有點看著神情不對。這漢子外表粗魯，體格也強壯，可是身上穿的非常襤褸，赤著腳，穿一雙破鞋，分明像個負苦力的笨漢；一點不帶江湖氣，更沒有悍賊的梟強態度。尤其洩氣的是，連挨了兩個耳光，竟失聲號叫起來，沒口叫：「大爺饒命！不是我敢叫，是胡二爺花錢雇我來要帳的。」

俞劍平攔住歐聯奎，此時眾武師齊集在店門。姜羽沖吩咐眾人留神四面；然後教把這個麻面漢子拖到院裡來，嚴詞訊問了幾句。

這漢子說道：今兒白天，被一名叫胡孟剛胡二爺的人，出了三吊錢雇的他。教他一套話，教他挨到二更以後，務必到集賢棧、安順店、福利店，挨家堵著門大嚷。

他道：「胡二爺告訴我，姓俞的欠他的債，藏在店裡不肯出來；不知道準在哪家店裡，也不知道準住在哪一號房內。對我說，你只要把他誘出來，『我再給你五吊錢。』小的本不敢胡說，怕罵出禍來。那位胡二爺又說：『不要緊！三家店房，你只堵門口一罵，姓俞的準出來。我自然迎上去，找他要帳，他就沒工夫找你了。』

「小的一想有理；又問他，三家店房從哪一家喊起？他說從集賢棧叫起，姓俞的多半住在集賢棧呢。小的又盯問他，罵出人來，他可準接？他說那一定，我一定跟著你。小的一時貪圖他這幾吊錢，同他來到這裡。他教我胡罵，小的我可沒敢聽他的，我可不敢罵街。誰想我才喊了兩嗓子，就挨了這位一石頭；把肩膀打壞了，不能挑擔子了。小的太冤枉了！」

他又道：「小的本想小聲喊，糊弄他幾吊錢到手，就完了。敢情不行，他真在後面跟著我呢，逼著我大聲喊……」

俞劍平、胡孟剛、姜羽沖一聽到此，急忙問道：「那人現在哪裡？」忙引著那漢子，重奔到店外。有幾個少年壯士更心急，如飛地分兩面沿街搜下去。更有的竄上房，往各處窺看。但是苦水鋪這條街上並沒有可疑的人。時逾二更，街上行人稀少，更可一目了然。

胡孟剛道：「別淨聽這小子一面之詞，他也許是飛豹子最下等的走狗，等我審審他。」

姜羽沖、金文穆道：「不用，我有法子。」先問這漢子：「你說你是本街的苦力，到底叫什麼名字，是幹什麼的？」

那漢子道：「小的叫陸六，是本街賣豆漿的。」

姜羽沖道：「好！」忙喊來店家。（店家已知案情，早嚇得躲開。）

店夥們果然認得陸六。

胡孟剛忿然頓足道：「混帳，混帳！這個飛豹子是什麼人物，專好弄這乖巧！娘的，可恨極了！」

俞劍平道：「快再搜搜看吧。」

急率眾分兩路搜下去。直搜到街口盡頭處，只遇見自己派出去的放卡巡風之人，不見賊蹤。正要會同撲出鎮外，猛然聽半空中「砰」的一聲，有一溜黃光，由鎮外射到街裡，就在同時，由打集賢棧店房上也竄起一溜藍焰，掠空直射到鎮外，藍光灼灼，恍似流星。在半空中砰砰連發出幾聲炸音。

房面上潛伏的信陽岳俊超，厲聲大喝道：「俞大哥快上，點子來了！」

眾鏢師一迭聲地傳呼，把十二金錢俞劍平喚住。俞劍平循聲仰面，眼光直追到鎮外。火光墜落處恰在西北邊隅；偏偏西北有一帶濃影遮住視線，不能完全辨清。於是一退步，眼注鄰街房舍，把背後劍一按，腳步墊步，嗖地一竄，登上房脊；到此時也就顧忌不了許多。岳俊超、孟廣洪已從房上雙雙奔尋過來。

俞劍平低聲微噓，向岳、孟招手道：「點子在哪裡？」口說時閃目四尋；野外荒郊，西北邊隅倒不見動靜，正面即有七八盞紅燈，忽上忽下地遊動。

岳俊超站在俞劍平身旁，胡孟剛也跟蹤跳上房來；幾個人凝眸望。俞劍平左手按著岳俊超的肩膀。右手一指紅燈閃映處，道：「是那邊麼？」

岳俊超道：「剛才從西北這邊，射出來一支平常的火箭，是我還他一支蛇焰箭。這七八盞紅燈是剛剛驀然出現的。俞大哥你看，燈不是直動盪?你看，這不是正往鎮這邊走動麼？你再聽聽，這不是馬蹄聲麼？」

果然這七、八盞燈如火蛇似的，走得很快，正撲向這邊來；馬蹄奔馳之聲同時大作。鐵牌手胡孟剛手揮雙鐵牌道：「對！準沒錯，一定是點子來了。快，快迎上去！」頭一個聳身竄下平地。

俞劍平道：「等一等！」手攏目光，仔細端詳道：「我們看看這幾盞紅燈，是從哪邊來，往哪邊去？是不是從他們垛子窯出來，要奔鬼門關？要是奔鬼門關，我們不必迎上去；莫如徑奔約會的地方，和他們打對頭倒好。」又回頭道：「姜五爺哪裡去了？你們哪一位把他請來。」

姜羽沖正伴同金文穆撲奔另一鎮口去了。他望見火箭後，奔尋過來，正要在街上，用暗語呼叫俞劍平。俞門二弟子左夢雲迎上去，把姜羽沖邀到。於是俞、姜並肩登高，諦視這紅燈遊走的線路。看罷，猜知至少也有十幾個騎馬的人，打著紅紙燈籠，沿竹叢、青紗帳、荒林，抹著鬼門關左側，似奔苦水鋪而來。

俞劍平、姜羽沖、胡孟剛，把所有武師集合在一處；立刻分兵二路，由東西二鎮口，分迎上去。單臂朱大椿不肯留守，率師侄黃元禮，定要隨眾踐約赴會。姜羽沖只可轉煩老拳師蘇建明，率三個高足，留守苦水鋪店房。蘇建明也不肯留，大聲嚷道：「一個客房，要人留守做什麼？」

姜羽沖皺著眉，捉著老頭子的手說道：「蘇老前輩，沒法子。這兩個海州捕快，帶了去不便，沒的教點子挑眼；把他留在店裡，又真怕生出意外來，必得留人保著他！」

俞劍平道：「這不能不防。」深深一揖道：「蘇老哥，勉為其難吧！」

單臂朱大椿道：「蘇老哥，總得替小弟保全這信約，不教我栽在賊人眼前才好。」

蘇老拳師搖頭不悅，把刀交給徒弟，道：「走吧，咱們爺四個看攤去吧！」很不痛快地走回店中去，此外還留下幾個別人。

當下俞、胡、姜等一行和朱大椿、金文穆等一行，分兩撥，走兩路，忽拉地撲出鎮外。人多勢眾，或騎或步，走起來，力求機密無聲；只是步行的展開夜行術，騎馬的終免不了蹄聲得得。

俞劍平這路繞出鎮口，一直趨向鬼門關。忽聽正西面紅燈隱現處，胡哨「吱吱」的又響起，跟著火箭也掠空飛起。

胡孟剛急叫道：「不對不對！俞大哥你聽，正西面一定是點子和咱們放哨的招呼起來了！」

果然一片濃影，數聲胡哨聲中，突然夾雜著幾個人的高呼，恍惚又似聽見刀兵亂響。

鐵布衫屠炳烈道：「俞老鏢頭，這麼走，也可以趨奔鬼門關，咱們繞過去看看吧。」屠炳烈這人最愣，不等回答，招呼了一聲：「孟賢弟！」

他從家裡牽出兩匹馬，他和孟震洋各騎一匹。掄鞭把他那匹馬一拍，和孟震洋豁剌剌地逐聲奔了過去。

俞劍平忙叫道：「屠賢弟、孟賢弟，我的馬快，我在前面走吧。」只得也馬上加鞭，跟蹤而上。這一撥踐約的鏢客，都是騎馬的。鐵布衫屠炳烈和孟震洋、歐聯奎爭先而上；抹過青紗帳，一意尋找那紅燈、火箭以及胡哨的起處。

月暗星黑，風搖影動；一片片的濃影夾路掩錯，不外是叢竹林木、蘆葦高粱。十二金錢俞劍平實存戒心，策馬在緊趕，忍不住又叫道：「還是我在前頭走吧。」卻是一片馬蹄聲，聽不見低呼，只得放聲大叫：「喂喂喂，前邊的慢走！……」

不意，就在前面的馬通行青紗帳才一轉角時，驟然聽一聲大喊，當先開路的頭一匹馬，突然人立起來；第二匹馬收不住韁，撲了過去，似往旁邊一帶，沒有帶開，後馬頭與前馬尾相觸。後邊的馬忽一低昂，倏地往斜刺裡奔竄過去，「咕咚」一聲大響。頭一個騎馬的鐵布衫屠炳烈，趁著馬才驚竄，急急地甩鐙離鞍；盡力地一躍，躍到路旁，居然沒挨摔。腳才一沾地，又急急連躍，閃開了馬道，避開了鐵蹄的踐踏。

那第二匹馬反倒驚竄，馬頭一擺，驟往前一栽，猛往旁一跳；馬上的騎客突然失勢亂晃，從高鞍上甩下來。正是身輕如葉、騎術甚疏的飛狐孟震洋。「咕登」的落地，身沾塵埃；卻虧他一滾身，霍地「鯉魚打挺」跳起來。那馬前蹄打失，竟連栽了幾栽，驚逸竄到前邊去了。

屠炳烈上前把轡，這馬四蹄亂踏，竟又橫逸到田邊，把田禾踏倒一大片，仍被牠脫韁跑去。俞劍平、胡孟剛急放馬過來，勒韁忙問：「怎麼了？怎麼了？」

鐵布衫是竄下馬來的，孟震洋是摔下馬來的。但後面的人多半看不清。只見得前頭兩個人墜騎，必有緣故，一迭聲呼問著奔來。孟震洋、屠炳烈羞愧難堪，大叫道：「這裡有埋伏！並肩子留神快搜搜！」

倏地旋身，齊把兵刃亮出來，不管有無暗算，竟往黑影搜進去。岳俊超拍馬過來，忙取出一支火箭，「砰」的一聲，發出一溜藍焰，照得一瞬間前路通明，纖悉畢現。這一道藍火苗過處，頓時引動別個鏢客；原已帶著孔明燈，六、七個人忙將燈板拉開，上上下下照起來。

俞劍平側目，只一瞥，看見土路轉角處，被人刨起一個大坑，用浮草蓋住；旁邊有一塊大石，正當道放著，馬不躲大石，便要墜坑。

胡孟剛嚷道：「混帳！混帳！又是狗賊們幹的！屠師傅、孟師傅掉在坑裡了吧？」

孟震洋回頭喊道：「不是，不是！不是這坑的事，我的馬中了暗箭了！是這邊，你們快來！」厲聲道：「豹子好朋友，快給我走出來！施暗箭，算什麼人物？」空嚷了幾聲，曠野外沒有應聲。眾鏢客一齊奔過來，紛紛下馬拔刀，漫散開大搜起來；六、七盞孔明燈前後亂照。

智囊姜羽沖遠遠地望見變故，策馬奔過來，頓時想出一策。把空馬每兩三匹驅在一處，人在後，馬在前，先往青紗帳進去。

俞劍平和胡孟剛縱馬急追，把孟、屠二人喚住道：「賢弟先別追，教別人搜搜去。你先驗驗道，再驗驗馬的傷。我看這馬多一半是踏上機關了。」把兩匹逸馬尋回，提孔明燈照看。屠炳烈的馬倒沒有傷，孟震洋的馬肚皮下釘著小小一支弩箭。

孟震洋猜錯，並非是伏路的賊人的暗器，竟是埋在地上的伏弩。他忙把大石頭和陷坑搜看了一遍，果在坑邊左側，掘出兩張臥弩來；孟震洋越發抱愧，初出茅廬，到底不及有閱歷的前輩英雄。

胡孟剛蹬著攔路的大石，往四面張望。俞劍平上了馬，蹬著馬鐙，往遠處眺望。姜羽沖督眾搜索青紗帳；岳俊超要過來一盞孔明燈，也立在馬背上，照了又看，看了又照。好半晌，向俞劍平招手道：「俞大哥，你快過來，看看這幾棵樹吧。」

俞劍平道：「不錯，我也正在這裡琢磨呢！咱們就過去搜搜看。」他把自己的暗器掏出來，是三枚青錢；先將一枚青錢捏在二指中指之間，與胡孟剛、岳俊超撲奔這田間的幾行大樹而來。孟震洋、屠炳烈自然也跟了過來。距樹十幾丈，眾人止步。俞劍平一撚手中錢鏢，道：「太遠，又是逆風，只怕錢鏢打不著。咱們再往前走幾步。」

岳俊超道：「大哥，看我先發一支箭吧。」

箭用機括，力可及遠。俞劍平腕力雖強，到底錢鏢、蝗石不如弓弩。胡孟剛接過孔明燈來，對這幾棵樹葉茂密處，把燈光晃來晃去。岳俊超拿出箭匣，把一尺二寸五分長，特造的藍光蛇焰短箭，取出兩支，扣上弦道：「胡二哥，你給我照照，由左數第四棵樹樹葉子和樹身子。俞大哥，剛才我恍惚看見一條黑影從樹頂爬下樹身。」

俞劍平道：「我也恍惚瞥見了一眼。」

胡孟剛、屠炳烈都說：「沒有留神。」

孟震洋不言語，悄悄地把自己的暗器也掏出來。「咕登」的一聲，岳俊超的火箭還沒放，只虛曳了一下。

不防猛然間樹那邊「撲登」的大響了一聲。眾鏢客齊聲道：「著！有的！」

那幾棵高樹，以左邊的四棵最為高大。就在鏢客蹺足齊觀，欲看火箭發出來的動靜的時候，還沒等著動手，由樹上黑忽忽先後垂下來兩團黑影。

「哦，賊，賊！在這裡啦！」

立刻「砰」的一溜藍焰，放過第一條人影，直等第二條人影出現才射出。

老英雄十二金錢俞三勝唇吻微微一動，哂然笑道：「可算見著他們了。」一墊步，颼颼颼，猛竄過去，口中呼喊道：「朋友留步！岳賢弟不要無禮！」如飛地掠過去。

但是岳俊超早將火箭發出手去；「嗤」地一聲響，「嘭」地一聲爆炸，眼見得火箭打中第二條黑影。黑影與火箭立即相隨著墜落下來，「咕登」的著地不動彈了。

俞劍平猛省道：「不對！」急忙一縱身，夠上了步位，把手一揚，眼望大樹叫道：「樹上的朋友請下來！」

說話時岳俊超倏地又扣上第二支火箭，對著第四棵大樹一比。

俞劍平急忙攔阻道：「快不要發火箭，看誤傷了好朋友。朋友請走下來談談！」挺立凝眸，掂定一枚青錢。

眾鏢客俱都看見火箭射中黑影。但這第二條黑影帶箭墜地，竟不再竄起。叢草掩蔽著，有的鏢客疑心也許敵人中箭身死，也許帶箭爬走了。

幾個人連聲吆喝道：「截住他，別放走了！」揮兵刃奔大樹撲來。

俞劍平道：「諸位別過來，樹上還有人呢！」

姜羽沖也應聲吆喊道：「樹上掉下來的不是人，是替身。留神這邊呀，土堆後頭！」

一語未了，陡然一聲斷喝道：「你說得對！」從青紗帳土堆後閃出一個人影，嗖地一聲，一支弩箭直對姜羽沖射來。

眾鏢客一齊驚喊道：「姜師傅，留神暗箭！」

姜羽沖早已防到，一伏腰閃開。趁弩箭過處，眾鏢客照發箭的所在一抖手，暗箭齊發。

放箭的人卻一縮身，又隱入土堆後，閃到青紗帳裡面去了。跟著簌簌地一陣響，似乎要溜走。

眾鏢客一齊大喝道：「追！」

卻不道這土堆後的人影，正為策應同伴，方才出現；他正要眾鏢客追趕自己。那大樹上，果然有一個人影出現。趁這機會，似要分枝拂葉而下，並不猛往下竄，只手抱樹幹，借樹障身，「唰唰」的盤下去。當此時，十二金錢俞劍平、智囊姜羽沖何等精明，早已注意到這裡。那青紗帳中的黑影彎著腰，飛跑誘敵，胡孟剛等奮身窮追。那大樹上的黑影乘機往下溜。

俞劍平微哼了一聲，急呼道：「朋友不要走，我十二金錢要獻拙了！呔，留神！」一抬手，但聽得空中微微地發出「錚」的一聲輕響，那樹上的人影突然掉下來，「咕登」的驟落平地，忽地往起一竄。

俞劍平喝道：「呔，看鏢！」剛把手復一揚，頓時「砰」的一聲炸響。一溜火光過處，岳俊超回身再放一箭，那土堆後的人影立刻身上火起。就在這同時一刹那間，那樹下的人影一晃，箭也似的逃走。被俞劍平趕上一步，空中微微的又發出「錚」的一聲輕響，那人影「哎喲」一聲，竟又撲倒在地。

曠野的賊黨已被打倒兩個。眾鏢客大喜，頓時分出三四個人來，一擁而上，奔來擒拿敵人。李尚桐腳步最先，颼地連竄，把鋼刀一舉；不知怎的，「咕登」的一聲，竟栽倒在地上。阮佩韋大驚，忙上前扶救；卻才竄過去，倏然又退下來。眼見他搖搖欲倒，一晃兩晃，終於蹲在地上了。

眾鏢客一齊大驚，心知暗中有強敵潛伏，有暗箭傷人。幾個少年壯士暴喊一聲，倏分兩側，結伴衝上，又要來犯險扶救阮、李二人。

姜羽沖連忙喝止道：「留神土堆，快掏暗青子呀！」把掌中劍交到左手，急探囊，掏出一支暗器來，然後一縱身，搶奔那土堆，試探著往前攻。

幾個少年立刻會意，一聲暗號，各將鏢箭對準土堆打去；掩護著姜羽沖，一步一步往前追進。

但是眾鏢客齊搶土堆，卻放鬆了大樹那一面。大樹下那個黑影已倒復起，猛然挺身一竄，撥頭要跑；十二金錢俞劍平和岳俊超正在監視，齊聲喝道：「別走！」

俞劍平往前一縱身，鐵腕輕揮，喝一聲：「看鏢！」

「錚」地破空又是一響。

那人影失聲又叫了一聲，「撲通」栽倒，再起不來了。

青紗帳頓時簌簌的一陣響，應聲衝出來三五條人影，一揮兵刃。

俞劍平怒喝道：「呔！」「唰唰」的錢鏢連發，迭起微響；跟著又「砰」的一聲大響，岳俊超又射起一支火箭，一溜火焰凌空爆炸。

那三五條人影猛然止步，齊翻身，又退回青紗帳去了。

智囊姜羽沖左手提劍，右手捏甩手箭尾，塌腰往土堆後急走；兩眼四顧，注意敵情。

鐵牌手胡孟剛恨怒極了，大吼一聲，罵道：「飛豹子，快出來！」舞動雙牌，從斜刺裡猛撲上去，倒搶在姜羽沖前面。

突然間，聽得破空之聲。胡孟剛一側身，把一對鐵牌猛揮，叮噹一聲，把迎面發來的一支暗器磕飛。姜羽沖趁此巧機會，颼地一竄，搶到土堆後面。

忽覺一縷寒風撲到，急一伏身，擦頭頂也飛過去一支暗器。這暗器形體很小，力量卻大。黑影中看不出是什麼東西。

姜羽沖立刻一長身，往前跨半步，甩陰手，發甩手箭。嗖地一響，一支甩手箭照敵人藏身處打去；直如石沉大海一樣，不聞一點動靜。

姜羽沖、胡孟剛還想往前闖；但是各處暗器忽發忽止，正不知暗中潛伏著多少敵人，也不知敵人究在何處。兩人僅僅搶到土堆後面，再也越不過去了。姜羽沖眼觀四面，大聲吆喝道：「朋友請了！十二金錢俞劍平和他的朋友踐約來了！」

這一聲喊罷，青紗帳裡一陣簌簌的響，陡又竄出幾條人影。

只聽一個冷峭的聲音喝道：「十二金錢，久仰久仰！」

「唰」的一陣暗器，衝破夜影，齊奔姜羽沖打來。

姜羽沖施展開全身的功夫，借物障形，左支右拒，竄高閃低，好容易才搪開了這一陣攢攻。

那一邊，十二金錢俞劍平猛然醒悟；急急地一竄，追上前來。舌綻春雷，石破天驚的大吼一聲道：「呔！相好的別要錯認了人，我十二金錢俞劍平在這裡呢！飛豹子好朋友，請來答話！」說話聲中，早將一枚青錢一捻，「錚」地一聲輕響，照當先的一個敵人發出去。只見這個敵人應聲栽倒，其餘人影愕然四竄。於是有一個寬宏的聲音，喝了一聲：「好錢鏢！」從青紗帳竄出，由人影叢中越過。挺身上前，猛然一伏腰，把倒地的同伴拖起。

這人影昂然出現，與眾不同。別人都短打扮，夜行衣，持兵刃。這人影是穿長衫，戴大草帽，黑忽忽手持一物，看不清是什麼兵刃。尺寸很小，比鞭、鐧短，比判官筆、閉穴鐵長，圓圓的，似錘非錘。

俞劍平一眼瞥見，絕不容這敵人走回。施展連環三式，左腳往外一滑，半轉身，腰微往下塌，左掌護胸，右手錢鏢早掂到手指間。「玉女投梭」式，嗖地一聲，錢鏢打出去。不肯暗襲，揚聲喝道：「朋友接鏢！」

這枚鏢直取敵人中盤「雲台穴」。見那人影身軀微動，右手輕揮，噹地一聲響；陡反一聲喝道：「咳，好鏢！」

俞劍平大怒，百發百中的金錢鏢，不知被敵人用什麼兵刃接去。忿怒之下，「怪蟒翻身」，右腳尖滑地，往後一個回身撤步；用「反臂陰鏢」，展丁門絕藝，運金錢鏢獨有的手法，縮身發鏢；「錚」的一聲輕響，反取敵人的上盤「神庭穴」。這手鏢發得力大勢急，斷定敵人再不會逃出鏢下。

哪曉得敵人哈哈一笑，噹地一響，只見鏢飛，不見鏢中，更不見鏢落，又被敵人那支黑忽忽的奇怪兵刃接去。

俞劍平不禁大驚。敵人具這種好身手，自己一生倚之成名的暗器竟為人所制！慚怒之下，急急地一換身形，二指又鉗起一枚錢鏢，原式不動，用「金豹探爪」，第三鏢陡然劈空打去。嗖地一聲，其疾如風，其直如矢，這第三鏢竟奔敵人的中盤「開元穴」致命處打去。

俞劍平一向發鏢，總分上中下三路打去。這一次兩鏢未勝，更不容情，變換鏢路，越打越狠。那敵影袍襟飛舞，身形晃動，手中那支怪兵刃上下連揮；只聽見「嗆嗆嗆」的連響三聲，三枚錢鏢竟一枚沒落空，卻一枚沒打中，全被敵人接了去。

當此時，智囊姜羽沖、鐵牌手胡孟剛、蛇焰箭岳俊超看得恍惚，聽得分明，不由得一齊聳動。鏢客群中，頓時有人把孔明燈打開，晃動圓光，向敵影掃射，借此暗助著十二金錢俞劍平。卻是燈光一閃，又做了敵人的鵠的；也不知是鏢是箭，驟從敵叢中發出，向持燈的人打來。持燈的人亂躲亂閃；於是眾鏢客連忙搶上來，揮兵刃格打暗器，來掩護持燈之人。

那另一個賊人，被俞劍平打中要穴，竟起不來，這一個便來攙扶。同時禾田畔、大路邊還蹲著兩個受傷的鏢客阮佩韋和李尚桐；也趁此機會，一躍而起，往回奔來。但是阮、李二人才往回奔，立刻那青紗帳中的敵人，忽地追出三個，齊發暗器，照二人背後連打。二人如水蛇掠波似的，左閃右閃，一路奔避，情勢非常危急。

胡孟剛大喝一聲，掄雙鐵牌上前策應。青紗帳中的敵人也立刻撲出來兩個，掄兵刃阻撓。眾鏢客也忙散開，各發暗器阻敵助友。當下在土堆後，眾鏢客與七八個敵人，各據地勢，遠攻近拒的交鬥起來。鏢客人數似乎較多，一衝而上，竟搶過土堆。突有一個鏢客受了暗器，躺倒地上了。別個鏢客忙來搶救，賊人那邊也倒下一個，也被同伴拖回。

那邊大樹前，十二金錢俞劍平和岳俊超，與長衫敵影和另外三個敵影對抗。俞劍平在前，與長衫敵影相距六七丈，岳俊超稍稍在後；三個敵影在長衫敵影之後，相距兩三丈。這三個敵影趁同伴拒住錢鏢，竟從背後抄過來，把樹下負傷的兩個同伴接應著救回。

岳俊超見俞劍平全神應付長衫敵影，不遑他顧；自己就急急地一開弩弓，一聲也不言語，「嗤」的一道藍火，「蓬」的一聲，衝三個敵影射來，三個敵人已趕到樹下把同伴救起。火箭過處，三敵急閃，內有一影揮刀一架，失聲叫了一聲。原來火箭是架不得的，只一碰硬，頓時火星爆炸；那敵人想已受傷，拖刀急逃而去。那負傷的同伴，被其餘二人掩護著，也慌忙退回去了。

岳俊超哈哈大笑，道：「好朋友，本領不過如此麼？」又把弩弓一曳，「嗤」的一聲，從俞劍平身旁越過，直取長衫敵影；藍焰閃閃，直射前心。只見這敵人一側身，便閃開了。火箭掠過他身後，方才「蓬」的一聲爆炸開來；沒有擊傷賊人，「唰」地射入青紗帳中。岳俊超也吃了一驚！

俞劍平趁著敵人招架火箭，急急地一抬手，掌風往外一揮，欲收夾擊之效，倏地又發出一枚錢鏢。這敵人不慌不忙，側身先躲開火箭，跟著一矮身，又把那短兵刃輕揮；噹地一聲響，又把這第四枚錢鏢格開了。

敵人竟非常在行，錢鏢敢擋，而火箭只閃不接。岳俊超勃然大怒，「蓬蓬蓬」的連續發出三支火箭，滿天藍焰飛竄。

敵人輕飄飄閃來閃去，快若迅風，捷似靈猿。錢鏢、火箭紛紛攢射，竟奈何他不得。

俞劍平在夾縫中，續發錢鏢，緊跟著又一摸袖底，頓吃一驚，錢鏢十二枚剩下五枚了。俞劍平又慚又怒，忙掂鏢按劍，側目細察敵貌。那敵人長衫大帽，持短兵刃，竄來竄去，捉摸不定。觀察良久，僅在火箭爆炸時，約略辨出，他長身闊肩，猿臂蜂腰。帽簷遮住了面目，恍惚只看見帽影下，一對巨眼閃閃含光，頷下似有濃髯繚繞。

俞劍平心中一動，立刻停鏢不肯再發；更回身插劍，叫道：「朋友請了，你是飛豹子！在下我俞劍平應約來了，朋友，我這裡有禮了。請你吩咐一聲，大家暫且住手，咱們有話先講當面！」

又大聲叫道：「諸位師傅們，好朋友飛豹子在這裡了，你們別打了。胡二弟，快過來見見！」

第四八章　短兵乍接

俞劍平這麼振吭一呼，姜羽沖首先聽見，頓時收劍撤身，連聲招呼眾鏢客後退。鐵牌手胡孟剛也已聽見，精神一縱，從土堆後唰地搶出來，厲聲叫道：「飛豹子在哪裡？……哈哈，飛豹子好朋友，我到底也有見著你的日子！」

掄雙鐵牌，擁身一竄，才要撲過來辨認敵貌；被青紗帳中跳出來兩三條人影，掄兵刃攔住，竟不得上前。鐵牌手胡孟剛怒極，雙牌一揮，奮力疾攻，與敵人打起來。鏢客、賊黨們也忙上前增援，雙方立刻又混戰起來。智囊姜羽沖率眾復出，大呼罷戰……

俞劍平目對強敵，還想較問；蛇焰箭岳俊超很不服氣，道：「哪有這些閑白！」「嘭」地一下，又發出一支火箭。那人呼的一聲，肥大袖子往左一拂，未見他身形作勢，已騰身向左，直躍出丈餘遠，身形一落，單足著地。「金雞獨立」一亮式，嘿嘿冷笑，猛若雄獅，靜如山嶽。旋即一轉身，擋住俞、岳，手揮短兵刃，向同伴忙打招呼。看意思，是催同伴把受傷的人救回，再將自己人聚在一處。

岳俊超更不放鬆，收弓拔刀，向前喝道：「你就是飛豹子！呔，我岳俊超要來領教領教！」說著從俞劍平身畔飛竄過來，掄刀就剁。俞劍平狠命地一把將岳俊超扯住道：「岳賢弟，先禮後兵！」

陡然聽敵人冷冷地喝道：「先禮後兵，你們錢鏢、火箭打得真好！我也有點小玩意，來而不往，非禮也。姓俞的接著！」一揚手，「嗤嗤嗤」飛打出三個小小的暗器，三縷寒風破空吹來。十二金錢俞劍平急一拖岳俊超，火速地一伏身。黑影中看不出來是何物；但俞劍平武功精熟，只遙辨敵手，近聽風勢，便已猜知暗器三粒是照自己何處打來。細辨破空之聲，更知敵人這手發的三粒暗器不是煌石，即是鐵蓮子。

這三粒暗器如電光石火般飛來，第一粒奔俞劍平左眉尖「陽白穴」，俞劍平急急地一伏身。這第二粒奔左肋「太乙穴」，俞劍平順勢用「摟膝繞步」，身回勢轉，貼著肋旁，把暗器讓過去。第三粒奔下盤「血海穴」打來，俞劍平運用輕功提縱術「一鶴沖天」的絕技，身軀憑空拔起。

三粒暗器都已落空，全被俞三勝避開了。冷不防敵人還有第四粒、第五粒、第六粒，照岳俊超打來。岳俊超挺刀一削，噹地一聲，把先頭的一粒磕飛。後到一粒急閃不及，「啪」的一下，膝骨一軟，癱跪在地上。竟被敵人打中了十二處軟麻穴之一的「環跳穴」。少年壯士強忍不哼，掙扎欲起。猶恐俞劍平疏神大意，栽了跟頭，連忙叫道：「俞大哥，留神穴道！」

俞劍平不由一震，乍躲暗器時，約略方位，本已猜疑敵人手法似諳打穴，現在果然不假。這麼黑的天，敵人認穴竟如此準確，又是連環打法，雖說相距很近，然而這目力、這手勁，實不在自己以下。這人若是那個什麼飛豹子，那麼飛豹子真是一個可怕的敵人；這人若不是飛豹子，手下竟是這樣能人，他的聲勢尤其可怕。

這樣存想，討鏢鬥技真乃辣手；但是越這麼樣，越發地激怒了俞劍平，拋起了他的敵愾之心。悄悄一探囊，取出一物，復一回手拔劍，厲聲叫道：「好朋友，好手法！但是你瞄準了打。專衝我姓俞的來。大黑的天，不要認錯了人！……」頓時一挪步，要搶越到岳俊超前面。

這人真是勁敵，非常手快，未等得俞劍平話說完，第五粒暗器打中岳俊超，第六粒便手下留情，不便再向岳俊超發。猛向前一撲身，喝道：「姓俞的！接這個！」一轉腕，斜奔俞劍平打來。

兩人愈逼愈近，相隔三丈內外。這一招發出來，手勁猛，取準切，改打中路，竟照俞鏢頭胸前下來。俞劍平雙目炯炯，虛將劍一揚，已防到這招。突然一扭腰，百忙中戴上皮手套，左掌硬往暗器一抄，叫道一聲：「好招！風市穴！」這一下，彼方剛出手，此方便入握，就像長衫客把暗器飛遞到俞劍平手中一樣。小小暗器此發彼接，各伸猿臂，也不過掠空飛出兩丈七八，便換了手。

俞劍平冒險夜接暗器，入握只一捻，恍然明白了。立即喝道：「好菩提子！朋友奉還你！」突然一揚把，這時節，兩人相距又近，已不過兩丈多；「嗤」的一聲，破空輕嘯，敵人把肥袖應招一抖，立刻「嗆」的一聲響。敵人「咦」的一聲微呼，猛向後倒竄回去。

俞劍平吐了一口氣，不敢追敵，驚疑參半。趁這夾空，右手提劍，急急的伸左手來掖岳俊超。岳俊超左腿疼麻癢交作，竟如癱瘓了一般，連右腿也不能伸縮自如了。他低叫道：「俞大哥，我教賊子打中『環跳穴』了。」

俞劍平忙道：「四弟，不要緊！」趁敵人已退，急急地換劍交於左掌，伸右掌忙忙地照岳俊超「伏兔穴」一點，叫道：「岳四弟，行了，快快退下去！」岳俊超應聲站起。

哪知敵人接著俞劍平的暗器，退回身，也用手一撚，一陣狂笑道：「好一個十二金錢！你竟把我的菩提子留下了，你還是饒上你那一枚寶貝金錢鏢，也不心疼？俞朋友，我這裡得了你五錢鏢，你接了我一個菩提子，五個換一個，我倒沾光不小，我謝謝吧。但是，我們還得領教你的奇門十三劍，究竟是怎麼樣神奇奧妙，英雄無敵！」說著，「惡虎撲食」，猛往前竄，提手中短兵刃，飛身一掠丈餘，照俞劍平後心「玄樞穴」打來。

十二金錢俞劍平右手持劍防身，左手剛把岳俊超曳起，斜身急退。就在這剎那間，側面一陣勁風襲來。俞劍平欲待旋身招架，卻是不難；無奈他須顧慮到搖搖欲倒的岳俊超。岳俊超穴道被打處，血脈乍通，麻軟無力，就如尋常人們壓麻了腿一樣。乘這寸隙，敵人已如飛似的撲到，敵招已如飛似的發出來。

俞劍平把牙一咬，左臂急急往回一撤。岳俊超腳下剛剛一軟，不等他要打跌；俞劍平早舒左腕，照岳俊超肋下腰上一橫，運太極拳內力，振臂往外一揮，「唰」地一聲，岳俊超竟被揮出七八尺以外，輕輕的落在地上。

這分際真個是間不容髮。十二金錢俞劍平剛剛的振左臂一揮，長衫敵影的短兵刃已到背後。俞劍平趁這左臂一揮之力，左手劍訣一領，左腳往左跨半步，右腿只一提，下護其襠，身軀半轉，側目回睨，展奇門十三劍救急絕招「楊枝滴露」，不架敵招，反截敵腕。三尺八寸的青鋒，迅如電掣，劍尖下劃，恰找敵手的脈門；雖然夜暗勢驟，不差分毫。

這一招所謂「善戰者攻敵必救」！頓時反守為攻，把敵招破開。敵人迅猛的招數竟未得手。但這敵人也好生厲害，只見俞劍平一閃，立刻明白了來意；頓時一甩腕，把手中怪兵刃收回，手腕一翻，復又變招進攻；用「腕底翻雲」，橫截俞劍平的劍身。

俞劍平倏然應招發招，往下一塌腰，掐劍訣，領劍鋒，劍走輕靈；圈回來，發回去，「春雲乍展」，照敵人右肋後「魂門穴」點去。敵人「唰」的一晃，身形快如飄風，不遲不早，單等得俞劍平的劍往外剛剛撤出來；他這才霍然一旋身，一個盤旋，轉到俞劍平的左肩後，喝一聲：「打！」照十二金錢的右耳後「瘈陰穴」打去。俞劍平一劍走空，頓知不妙；丹田一提氣，急聳身，颼地竄出二尺多遠。凝身止步，叫了一聲：「朋友！」長衫敵人一步不放鬆，半句不答腔，啞吃啞打，立刻跟蹤又上。

俞劍平勃然大怒，立刻整劍迎敵。驟聽得噹地一聲，長衫客忽然出了聲，叫道：「呔，休使暗器！」把歐聯奎一支鏢打飛。手中短兵刃一舉，仍奔俞劍平，「金龍探爪」，驟照肋骨「太乙穴」打來。

俞劍平一閃身，往前一跨步，斜身塌步，左手劍訣往前一探，右手劍「金雕展翅」，往外疾展，冷森森的劍鋒猛削敵人的右肩臂；長衫敵人抽招換式，往下略退，復又進攻。猛聽得黑影閃中，一聲大喝：「朋友飛豹子久違了！我姓胡的今天有緣，咱們講講吧！」雙牌一展，遠遠地如箭馳到。正是失鏢的正主鐵牌手胡孟剛。

這時候，長衫敵影揮短兵器，已經探身朝俞劍平第三次擊來。俞劍平揮劍迎敵，只一削，敵刃驟然收回。鐵牌手胡孟剛趁此時，揮雙牌闖入，咬牙痛恨敵人，破死命的並雙牌，直襲後路，照敵人腦門狠狠砸下。

長衫敵影見雙牌撲到，忽一聲長笑，「唰」地側身一閃，直竄出兩丈以外。他竟不迎敵，似畏夾攻，口中低嘯了一聲，忽往斜刺裡退下去。未容他走開，突又有一道藍焰飛來。岳俊超穴道已通，已能行動自如了，羞忿之下，霍地跳起來，認定賊人陡發一矢，聊洩積忿。

歐聯奎跟上數步，抖手又發出一鏢。那長衫客飄身連閃，俱都避開。也一抖手，連發出數粒鐵菩提。歐聯奎相距最近，肩頭上重重挨了一下，連忙退後撫傷，鏢行餘眾仍撲奔過去。賊人的同黨不容鏢客攢攻一人，立刻一聲呼哨，青紗帳外，八九條人影一齊撲上來。一面發暗器，一面應援長衫客。

頓時間雙方暗器齊投，紛如驟雨。夜行人身邊帶的暗器絕不比軍卒弓箭那麼多。金鏢一槽三支、六支；袖箭一匣三支、十二支；甩手箭十二枚；金錢鏢十二枚；鐵蓮子三粒為常，頂多的十八粒；菩提子三十六粒；飛蝗石一囊也有三四十枚；唯有彈弓子最多，百八十顆，都不一定。因此這些夜行人打來打去，捨不得多發；眨眼間發出過半數，便不肯濫發了。於是各揮兵刃，近前肉搏。這群鏢客與這攔路的賊黨，在青紗帳間亂竄亂打起來。

那個長衫敵影顯似盜酋。鐵牌手胡孟剛一路急攻，戰退其他賊人，揮舞雙牌猛衝，剛撲到長衫影的對面；約略敵形，細辨兵刃，果真是當日劫鏢的老人。仍然不放心，連呼九股煙喬茂，教他再細認認。九股煙不知跑到哪裡去了，人影亂竄，也聽不見他答應。鐵牌手越怒，揮動鐵牌。湊近俞劍平，連呼道：「俞大哥，這就是飛豹子，劫鏢的就是他！俞大哥，咱哥們向他領教！」

俞劍平還想向飛豹子詰問釁端，為什麼劫鏢，因何事尋仇。但是長衫客一見鐵牌手馳到，冷冷地一笑，猛抽身，揮動短兵器，一路疾戰。招呼同黨，奔向青紗帳，竟擬奪路逃走。

恰巧姜羽沖率兩個鏢師趕到，迎面一攔，大呼道：「朋友！有話對你講。你找姓俞的，姓俞的已經應邀來了，好朋友有話請說吧！在下姓姜，名叫姜羽沖，乃是給二位了事來的，也可以說是……」

還未說完，那長衫敵影猛然一衝，已率群寇突入青紗帳裡。長笑一聲道：「哦，好！你就是姜羽沖，你也來了！……」

姜羽沖忙截住道：「不錯，我就是姜羽沖，我便是給俞某人賠禮來的。姓俞的究竟是從哪點上開罪了你老兄？請你明點出來。就是你替朋友出頭，也請挑明了。我敢說姓俞的交朋友最能吃虧讓人，只要是姓俞的不對，你老兄劃出道兒來；當著雙方的朋友，他一定輸情賠禮，教好朋友順過氣來。哪怕是磕頭拜山，他絕不含糊。飛豹子好朋友，是時候了，該挑簾了，可以把真面目、真姓名亮出來了。我姜羽沖專為給兩位和事而來，決不敢偏向一方。朋友你……」

猛聽那長衫客桀桀地怪笑道：「住口！姜朋友，告訴你，你這一篇話算白說！

我跟你一樣，都是給人家捧臭腳，幫忙跑狗腿的。我們瓢把子到底跟姓俞的有仇沒仇，我全不知道，也管不著。在下不過要會會高賢，領教領教俞大劍客的武學。

「我不過是飛豹子手下的一個無名小卒；聽說俞劍平俞大劍客，俞老鏢頭，拳、劍、鏢三絕技，威名震江南，蓋山東，深得文登丁老英雄的秘傳。我們瓢把子欽佩得了不得，這才在俞鏢頭駕前獻拙求教，賣了這一手。把他的鏢旗借下來，無非是瞻仰瞻仰；二十萬鹽帑也只是拿過來，當催請柬帖。現在好了，俞大劍客已經邀到，還引見來許多位武林朋友。

「諸位朋友不要誤會，這只是飛豹子和十二金錢的交道，與諸位無干。諸位和在下一樣，都是給朋友幫忙，有向燈的，就有向火的，諸位請諒情。現在我們瓢把子已經在鬼門關竭誠候駕，俞大劍客，請你賜教賞臉！……」

長衫客說到這裡，一側身，又衝俞劍平發話道：「俞鏢頭，飛豹子前頭等著你哩。久聞你道兒寬，招子亮，智多眼亦明，你看錯了人。拿著我一個無名小嘍囉當做大將，可就輸眼丟身分了。打起精神來在鬼門關露吧；鬼門關前才是你逞能的地方。你的拳、劍、鏢三絕技，我已經領略過半，原來不過如此。哈哈哈，名不虛傳；多謝你手下留情，沒有打著我的穴道，也沒扎死我。」

他復一側身，對姜羽沖叫道：「姜羽沖大劍客，我也久仰你是名家之子、名門之徒。哎呀，幸會之至！你是打穴名家。等到鬼門關，我還要領教你的手法哩。現在，姓姜的，我先領教領教你接鏢的好手段。呔，接著！」一揚手，「唰」地一粒鐵菩提，照著姜羽沖劈面打來。

俞劍平、姜羽沖等見這長衫客武功奮迅，力戰無言。忽然聽他發話，不由一齊上步，提神按劍，要聽聽口氣，猜測隙端。不想他又猝然發出暗器。姜羽沖急急地一閃身，鐵菩提擦身而過。跟著鐵菩提，唰唰唰，一連氣就是六下。這個長衫客竟跟說和了事的人打起來。

俞劍平不由勃然大怒，俞劍平雖然有涵養，曾歷艱辛，忍人所不能忍；但聽這一番冷譏熱嘲，也受不住，不由得一摸袖底，為援應姜羽沖，竟從長衫客背後陰使秘技，再捻錢鏢，「錚」的一聲輕嘯，「劉海灑金錢」。這二指猛撚，連翩發出錢鏢三枚，左右中三路同時打到。長衫客真是背後有眼，霍地一轉身，展開了「鐵板橋」，「哎呀」一聲道：「沒打著！」姜羽沖卻因為距離太近，被他六粒鐵菩提打得手忙腳亂，俞劍平見狀愕然，不禁寒心。

那長衫客一聲長笑道：「我催駕迎客，公事辦完了，鬼門關前再見！」喝一聲：「走！」「吱」地響起胡哨。八、九條黑影紛紛竄動。青紗帳簌簌地一陣亂響。群賊各展兵刃，如飛地投向西南而去。

姜羽沖喝道：「朋友別走！」急揮劍衝擊，那長衫客預防到這一手，竟單人獨馬的斷後，一橫他的短兵刃，與兩個穿短裝夜行衣的同伴把路擋住；其餘賊黨奪路急走。眾鏢客呼嘯一聲，分兩面包抄追趕過來。

姜羽沖恚極，冷笑一聲道：「朋友賞臉，我也要領教領教哩！」輕飄飄飛身一竄，單劍一挺，進刺敵人。這長衫客仍揮動他那古怪的短兵刃，往姜羽沖的劍上一搭，用力一接，陡然翻上來，照姜羽沖乳下「天池穴」便打。

姜羽沖一退，劍訣一領，唰地一連三劍，照敵人猛刺。長衫客把他那二尺許長的怪兵刃信手揮動，「叮噹」一聲，衝開劍花，「唰」地一下，又照姜羽沖上盤「神庭穴」一指。就好像電光石火一般，腕力既猛，手法尤快。

姜羽沖奮力招架，才將敵招拆開；不由得勃然大怒，一退步，插劍歸鞘。一探手，把他的那對判官筆掣出來，切齒叫道：「飛豹子，你原來也會打穴！好，這更要領教了。」判官筆一指，復又衝擊過來。

兩個人頓時各展開打穴法，鬥在一處。既換了兵刃，兩人迫近；姜羽沖一面打，一面注視敵刃、敵貌。敵刃短得古怪，敵貌頭頂大帽，也似戴著面具，認不出來；只在帽沿口看見一對豹子眼，閃閃含光。當下各不相讓，打得很激烈。

長衫敵影並不想和姜羽沖真打。姜羽沖運用判官筆，只發了兩三招；長衫敵影用他那怪兵刃一衝，忽又不當點穴钁用，改做短劍。猛然地往前一突擊，把姜羽沖衝得側身讓招。長衫客一聲冷笑，急招呼道：「走！」立刻，相隨在他身後的兩個夜行人跟蹤而上，從姜羽沖身邊竄過去。

姜羽沖急用判官筆阻擋；長衫客頓時橫身招架，他的同伴趁機撤退下去一半。還有三、四個賊黨一步落後，被鐵牌手胡孟剛率幾個鏢客攔路擋住。胡孟剛舞動雙牌，厲聲叫道：「哪裡走！」鏢客、賊黨頓時又亂戰起來。

長衫客如生龍活虎一般，回身索戰，重向姜羽沖這邊一衝；忽雙足一頓，嗖地飛掠過去，斜撲到鐵牌手胡孟剛身後。姜羽沖一領判官筆，跟蹤急進。長衫客好快的身法，只半步佔先，將怪兵刃一伸；一聲不響照胡孟剛脊背「玄樞穴」猛打過來。

姜羽沖大呼道：「留神！」鐵牌手回手一亮鐵牌，噹地一下，竟沒磕飛敵人兵器。敵人兵器倒趁勢一轉，「唰」地掣回去。「唰」地一竄，斜撲到胡孟剛左側前方去了。胡孟剛借旋身之力，急急地往旁邊一退。黑影中，敵人飄飄的長衫，襟短袖長，是那麼肥大，挽著袖子，緊著腰帶，衣服不俐落，功夫卻很俐落。鐵牌手罵道：「飛豹子，是你！」雙牌一展，進步欺身；左手牌往下一沉，右手牌提起來，迎頭進攻，斜肩帶臂，照敵人劈下去。智囊姜羽沖挺一對判官筆，恰也追到敵人背後；人未到筆先點。一股寒風襲到，敵人頓時要腹背受敵。

這時節突有一個敵影躍上來，把姜羽沖擋住。姜羽沖用判官筆一指，略辨敵影，是個黑大漢，使鋸齒刀；刀光揮霍，恨不得一下把姜羽沖劈倒。那智囊姜羽沖的判官筆善打二十四道大穴，和俞劍平的錢鏢在江北江南同負盛名。雖然刀長筆短，這黑大漢的鋸齒刀竟被小小一對判官筆逼得倒退。

那一邊，胡孟剛舞雙牌，狠鬥長衫客。長衫客更不還招，也不再多話，與胡孟剛連拆三五招，便眼光四射；忽飛身一躍，拋下鐵牌手，掩到鏢客歐聯奎、葉良棟背後。卻被李尚桐、阮佩韋同時瞥見，譁然叫道：「快看身後。」

李尚桐、阮佩韋受了暗器，愧恥之餘，把兵刃一緊，與歐聯奎、葉良棟、正在協力攢攻三個賊黨，想把賊人圍住活擒。賊黨不肯戀戰，急忙奪路，到底被阮、李不要命地抄過去，把退路剪斷。於是兩面包抄，眼看得手，四鏢客方自欣然；冷不防長衫客一陣勁風撲到，怪兵刃「白蛇吐信」，先探過來，一聲斷喝，照歐聯奎「魂門穴」打到。

歐聯奎霍地一轉身，喝一聲：「呔！」眼看怪兵刃一變招，就勢又一送，改照歐聯奎「伏兔穴」抹下來。歐聯奎鋼刀一掃，照敵刃切藕磕去。

長衫客這一招卻是虛招，不等刀到，一斜身，收招改式；只一旋身，颼地衝到葉良棟背後。葉良棟也急急地一轉身揮刀。長衫客「唰」地又一轉，陡然一衝，疾如駭浪，奔阮佩韋撲來。阮佩韋咬牙切齒，揮刀拒戰。哪知長衫客的怪兵刃好像奔阮佩韋面門打來，阮佩韋急急地一轉身，才展刀鋒，長衫客唰地又撲到李尚桐左側。

一霎時，長衫客急襲四鏢客，也不過一晃一閃，一閃一晃，彷彿在四鏢客身旁一掠而過似的；可是已經連下五招毒手了。四個鏢客一齊迎敵，卻正中了長衫客的圈套。陡聽他哈哈一笑，疾呼道：「夥計還不快走！」三個被圍的賊黨，趁著四鏢客招架的間隙，一個個颼颼颼，連連竄躍，一抹地搶奔西南。

眾鏢客不甘上當，十二金錢俞劍平、智囊姜羽沖、鐵牌手胡孟剛疾呼同伴，跟蹤急追。岳俊超精力已復，先放了一支火箭，與飛狐孟震洋、鐵布衫屠炳烈三個少年刀劍齊上，偕奔長衫客攻來。其餘鏢客便持孔明燈、搶兵刃，結伴分路追趕餘賊。

長衫客膽大異常，手持怪兵刃，眼望同伴一一退淨，他這才一轉身，奪路疾走。眾鏢客大叫：「哪裡走？」

長衫客抖手一捻鐵菩提，屠炳烈撫胸急退下來，罵道：「好東西，打得真狠啊！」多虧他有鐵布衫橫練的功夫才沒被打壞，但是也覺得穴道上發麻了。孟震洋大驚，忙上前援助。其餘鏢客睹狀愕然，同伴受傷，義難棄置，只這一遲慢，長衫客如飛地退走。

眾鏢客互相傳呼：「飛豹子跑了！」重複追趕上去。俞劍平、姜羽沖、胡孟剛急忙攔住道：「我們追這個點子，眾位弟兄，你們往那邊繞過青紗帳去堵！」於是俞、胡、姜三武師展開了劍、筆、雙牌，放鬆他人，專綴長衫客。長衫客順著土路，一直衝入青紗帳。俞、胡、姜三人把埋伏危險，一切置之度外，也立刻追入青紗帳去。

土路兩邊青紗帳，排山倒海的倒下去，十幾個賊黨分作兩撥在前跑，由長衫客斷後。二十來個鏢客分做兩撥在後追，由俞、胡、姜打前鋒在前。論勢力，賊比鏢客差一倍；論形勢，則一暗一明，鏢客們未免吃虧；論腳程，賊人未必快，卻是鏢客追入青紗帳內，多少懷著顧忌，防著暗算。當下只幾個轉彎，相隔已六七丈遠了。賊人的蹤跡仍跑不掉，土路上看得出人影，禾田內聽得見踏聲。

俞劍平、胡孟剛、姜羽沖三人挺劍、執筆、舞雙牌，分頭追逐。長衫客一頭退入青紗帳內，桀桀地狂笑道：「朋友，鬼門關前相見吧！有能耐往那裡施展。」簌簌地一陣田禾駢響，忽又沉寂，似乎遠遠走開了。

胡、姜二人一聲不響，從背後輕輕掩入高粱棵內。十二金錢俞劍平一步占著先，從斜刺裡抄進去。一片片的青紗帳遮住視線，追者全仗耳音，幫助目力，但是聲音有時靠不住，也許賊人故使聲東擊西之計。

俞劍平加倍小心，不令禾稈發聲，無如這長衫客似熟悉高粱棵的戰術，容得鏢師深入青紗帳內，立刻回頭窺望。就田禾波動之勢，沙沙之聲，從暗中揣測追兵的趨向；似已知道後追的兩個人至少相隔八、九丈以外。從路邊斜刺堵來的一個人，雖然腳步輕躡，卻已曉得他追近了，不過在五丈以內。長衫客便一捻鐵菩提子，伏下腰，就禾隙再看；不能揚手，腕下用力，只一彈，「唰」地打出一粒。

十二金錢俞劍平膽敢深入，早已提神。在風吹禾動、萬籟爭鳴中，居然辨得出暗器破空之聲；他輕輕一閃，「啪嗟」一下，鐵菩提落空。但這一躲，觸動了禾稈。禾稈「嘩啦」一聲，俞劍平就勢往外一竄，果然身旁「啪嗟」的又一響，「啪嗟」的再響，鐵菩提一發就是三粒，俞劍平全閃開了。

俞劍平的隱身處已為敵人測出，而敵人的趨向也為俞劍平看準。這一路奔逐，他們兩方已經眼看要轉出青紗帳以外了。

俞劍平閃目一尋，略辨地勢，知道敵人欲遁，必須掠過眼前這片青紗帳，才能投奔那邊大道。暗摸袖底，撚出三枚錢鏢。賊人只一離青紗帳，自己便可拿這三枚錢鏢，把他擋住。賊人雖是勁敵，錢鏢未必能夠取勝；但是自己這邊人多，借這一阻，定可糾眾把他圍住。俞劍平暗暗歡喜起來，屏息側立，扼住要路。

忽然迎面簌簌一聲，俞劍平立刻把劍交到左手，右手掂錢鏢一比。他左手右手皆能發鏢，只是右手比較順手，發得更遠，更有力。還沒等往外發，立刻收招，聽出聲息不對。簌簌一陣響過去，智囊姜羽沖頭一個竄出來；胡孟剛第二個竄出來。長衫敵影竟沒出現，似已轉走別道，不奔鬼門關，改奔東南下去了。

胡孟剛大怒，奔上來叫道：「這東西竟會獨自溜了，把他們同黨拋下來不管不成？」

俞劍平道：「我們監視得很嚴，他不會逃開的。除非他又退回原路去……」一言未了，「砰」的一聲；隔著面前的青紗帳，在東一面忽發藍焰，喊聲大起。三鏢頭心中一動，急急地張目四尋，旁有一棵大樹，鐵牌手胡孟剛把雙牌往腰中一掛，便要上樹遠望。不意此時九股煙忽然冒出來，大呼小叫地喊道：「胡鏢頭快來，胡鏢頭快來，豹子頭在這裡啦！」

胡孟剛剛上了樹，霍地又跳下來，不暇他問，急問：「點子現在哪裡？準是他麼？」

九股煙喘不成聲，只一指後面偏東的一片竹林。俞劍平、姜羽沖、胡孟剛急翻身往回追，繞過青紗帳，橫穿土路；陡見竹林前面人影亂竄，刀兵叮噹亂響，約有七八對人影，正在捉對廝殺。

孟震洋、屠炳烈、李尚桐、孟廣洪等幾個少年鏢客，窮追賊黨，亂踏青苗，竟也把幾個人追趕回來。眼看一撥賊黨被逐飛奔，似已退避無路，竟不奔鬼門關，也不奔古堡，反而斜刺裡繞起圈來。孟震洋等大喜，越追越近；看看要圈上他們。前面忽展開一片竹林，黑影中賊人撲到竹林邊，頓然止步，回轉身索戰。

孟震洋猛力前追，不想長衫客忽又在此處出現。長衫飄飄，一路飛奔，看來竟是要接應同夥，往竹林後邊退。岳俊超恰巧尋聲趕到，一眼看出那長衫的肥影來，心中惱極、恨極；頓時開弓發箭，一聲不響，「唰」地射出一道藍焰。相隔只三丈餘遠，自信可以取勝，哪知仍被長衫客閃開了。卻借這藍焰一閃，眾鏢客頓時認清來影，呼喊著放鬆餘賊，一齊奔長衫客撲來。

長衫客長笑一聲，挺身進搏，且戰且走，繞著圈往竹林邊退去。越過竹林，賊人在那裡預有埋伏，竟突然又竄出六、七個人影來，兩邊一合，足有十二、三人。由長衫客招呼著，把落了單的孟震洋、屠炳烈、李尚桐和剛趕來的岳俊超、阮佩韋，兩面一堵，全圍在核心。孟震洋、岳俊超只戰長衫客，力仍不敵。李尚桐、阮佩韋、屠炳烈、孟廣洪等，被群賊環攻，更是手忙腳亂。一霎時反客為主，轉攻為守；鏢行這邊情勢危急，眼看就要挫敗。

忽然間九股煙引俞、胡、姜三人前來解圍。黑影中，人蹤奔馳，看不出為敵為友。屠炳烈大呼道：「好飛豹子，你們多少人啊！」口頭罵陣，實是訊援。

胡孟剛遠遠地答了腔：「飛豹子，姓胡的跟你死約會，跑的不是好漢！」這一聲喊，本為助聲勢，卻收到意外的結果。賊黨那邊，胡哨聲大起，竹林後黑影幢幢，另有騎馬的賊人，牽出幾匹空馬來。長衫客遠瞥一眼，未容俞、胡馳到，捷如飛鳥，揮短兵刃，以一人獨擋群鏢客；急催同黨一個個飛身上馬。他這才猛攻驟退，一扶馬鞍，也飛身跨上坐騎；馬上加鞭，掩護同黨「唰」地撤退下去。

岳俊超、孟震洋、屠炳烈等不肯放鬆，揮汗急趕。竹林後陰陰地發出怪笑，唰地打出暗器來。那騎馬斷後的兩個夜行人，便翻身回馬一箭；孟震洋、屠炳烈急往兩邊一竄躲開。岳俊超忙掂出一支蛇焰箭，也照長衫客背後，送上一箭。馬上長衫客鐙裡藏身，藍焰過處，大笑著去了。

第四九章　鳴鏑布疑

胡孟剛掄雙牌從西面趕來，解圍後的少年鏢客從東面趕到。賊人繞竹林，落荒奔南。遙辨蹄聲，他們是奔鬼門關去了。

胡孟剛厲聲叫道：「趕，趕，趕！」

但是這夥賊人騎術很精，馬又神駿。

姜羽沖急急地招呼胡孟剛、孟震洋道：「我們有馬，快快上馬趕！」俞門弟子左夢雲慌忙把師父騎的追風白尾駒和自己騎的一匹黑馬帶過來。姜羽沖忙忙地催李尚桐、阮佩韋把眾鏢師嘯聚在一起。這一回不用先鋒了，十二金錢俞劍平早已飛身上馬，偕胡孟剛，率弟子左夢雲，一馬當先，揚鞭疾進。智囊姜羽沖督同半騎半步的眾鏢客，斷後繼上。兩邊相隔不到一箭地。

姜羽沖道：「如遇伏樁，互相策應。」

二十餘眾曲曲折折，奔鬼門關趕下來。

賊人一陣風似的逃去；俞、胡、姜心知這夥賊人不是主力，多半是誘敵之兵。鬼門關附近恐有大撥賊人。可是賊人狡猾，鬼門關會戰的話仍怕靠不住，沿路上也許另有詭謀。

俞劍平、胡孟剛兩馬當先，在前開路疾追。其餘鏢客或馬上、或步下，散漫開，忽緊忽慢、倏東倏西地闖。雖是追敵，卻個個的眼神盯住前途路旁黑影；遲徊瞻顧，腳程見慢。距鬼門關越走越近，可是賊騎蹄聲越來越遠了。

時已夜深，曠野暑風陣陣吹來；青紗帳唰唰拉拉東一處、西一處亂響。敵騎飛奔，已然望不見影，只能聽音揣跡。但是，只追出一、二里路，在這黑暗曠野的繁聲中，東西南北四面忽起了四五處蹄聲。

背後蹄聲歷落，相隔不遠，心知是姜羽沖那一撥人。東面也蹄聲歷落，南面也蹄聲歷落，西南也蹄聲歷落，可就倉促間斷不出哪一面是敵騎，哪一面是鏢行別隊金文穆等人了。

胡孟剛異常心焦，向俞劍平發牢騷道：「又糟了！咱們緊趕就好了，姜五爺卻又怕伏樁了。伏樁沒遇上，賊全沒影了！」竟不顧一切催著十二金錢放馬緊追。

俞劍平勸道：「二弟別發急，賊人不是還有巢穴麼？咱們先奔鬼門關，他們就是失約，咱們還可以徑搗古堡……」

胡孟剛懊喪道：「古堡不是空城計麼！」

俞劍平道：「二弟別心窄，古堡是空城計，那武勝文可跑不了啊，咱們就奔火雲莊。」

胡孟剛道：「呔！只怕賊人又誆咱們，我簡直教他們騙怕了。」

俞劍平道：「二弟放心，今天晚上，咱們準能抓著真章就是了。……賊人這不是露面了麼？」

正在勸慰，忽然聽東南面一陣風過處，「吱吱」地連響數聲，清清晰晰聽得是胡哨。而且聲浪有尖有鈍，有高有低，決不是一兩支胡哨。俞、胡二人詫然，回頭一看，已把同伴甩遠，只有孟震洋緊緊跟上來。

小飛狐孟震洋拍馬上前，叫道：「俞老叔，你老聽見東南面了沒有？」再聽時，東南胡哨聲已住，又聽見正西面「吱吱」地連響。一抬頭，只見西北面數道旗火掠空飛起，地點大約在半里地以外。

十二金錢俞劍平騎在馬上，雙足踩鐙，直立起身來，向四面張望。四面黑忽忽，雖當朔日，下半月該有月光了，偏偏又是陰天，任什麼也看不清楚。俞劍平心中猶豫，暗想：「不管賊人弄什麼詭計，我還是先到鬼門關踐約，我們先占住理。到了地方，他們沒人，我可就不客氣，徑撲古堡直搗賊巢了。」

胡孟剛先是急怒，此時又覺得身涉險地，頗為辣手；賊人散在四面，四面全有動靜，到底是撲奔哪方面才對呢？剛拍馬跟上來要向俞劍平問計；忽然東西面又「吱吱」地一陣響，北面天空也飛起一片火花。

胡孟剛越發為難，罵道：「這是多少賊！俞大哥，你瞧瞧，四面都有他們的埋伏，咱們落在他們網裡了吧！」

俞劍平一聽到這話，劍眉一挑，在馬上將身一挺，突然冷笑道：「怕什麼！賊人就是來二百，抄四面，又能怎麼樣？胡二弟，別上了他們的當。幾道旗火，幾支胡哨，只一個人，就能鬧哄得很熱鬧。你聽吧，越是哪邊沒有動靜，倒許那邊準有賊。來來來，咱們還是往前闖！……咦，留神右邊，好賊子！」

胡孟剛、孟震洋急忙往右看，右側路邊似有黑影一閃。十二金錢俞劍平早一抖手，打出一枚錢鏢。只聽簌簌地一陣亂響，一團黑影沒入青紗帳去了。

俞劍平哈哈大笑道：「這才是一道伏樁哩。快追！」只追出十幾丈，便帶馬回來；與胡孟剛、孟震洋合在一處，道：「這仍然是賊人誘敵之計，咱們還是往前闖，奔鬼門關。」

這一耽誤，落後的鏢客群中，又跟上來一個人，卻是葉良棟。

十二金錢俞劍平對胡、孟、葉三人道：「賊到底追丟了，前面大概快進鬼門關了，不要大意，仔仔細細地往前。」

五個人各從鐙眼褪出來，只用腳尖微踏馬鐙，襠下緊扣，策馬一陣急走。忽然見有一大片濃影當道。

俞、胡二鏢頭立刻勒馬，方待細看；孟震洋忍不住，竟飛身下馬，掄劍撲過去。卻才撲到跟前一看，立刻叫道：「老叔，這是一匹沒人騎的馬。」說話時，俞劍平早已跟過來，且跑且叫道：「留神暗算，留神旁邊！」

俞劍平這一回小心過分了，這果然只是一匹空馬。馬韁拴在一塊大石上，騎馬的人不知哪裡去了。

胡孟剛趕上來說道：「快拿火摺子照看照看，這也許是咱這邊人的坐騎，也許是賊人的。」便向孟震洋要火。

葉良棟道：「我這裡有孔明燈。」正要打開燈板，俞劍平急叫道：「使不得，也許又是賊人的誘敵計，故意引咱們點亮火的。」

孟震洋猛然醒悟，低叫道：「對！還是俞老叔見識深遠。孔龐鬥智，馬陵道上亂箭射死了龐涓，就是這類的詭計。這匹馬不用燈照，咱們摸也摸得出來。」

俞、胡二老和左夢雲、葉良棟、孟震洋三少年，湊到這匹馬的跟前，凝神細看，雖看不出是敵騎，卻斷得定必非鏢客之馬。

葉良棟道：「也許騎馬的賊人鑽了青紗帳了。咱們搜搜麼？」

胡孟剛道：「俞大哥，我看咱們不用管牠了，還是往前淌的對。」

俞劍平想了想，把這匹空馬馬韁解開，放牠隨便鑽入田中；仍與同伴飛身上馬，往前趲行。俞劍平等連闖過賊人數道伏樁，前面形勢越發荒暗。

抹過了一帶葦塘，突見一片荒林當前，林邊樹上竟有數團紅光，來回閃爍。俞劍平凝眸一看，是三盞紅紙燈，大約是掛在樹枝上，風吹來，便來回亂晃。俞劍平冷笑一聲，立刻把馬勒住。

回頭一看，胡孟剛、葉良棟、孟震洋和弟子左夢雲，緊跟過來，其餘的人落後漸遠。俞劍平便煩葉良棟靠後接引同伴，自己立刻翻身下馬。胡孟剛瞪著眼說道：「這一定是賊人的暗號，咱們撲過去看？」

俞劍平不語，向胡孟剛一打手勢，急急地把馬牽入田邊黑暗處，馬韁拴在小樹上。然後各亮兵刃，伏在黑影中，探頭往前窺望。低囑同伴道：「前面就到鬼門關，咱們先等後邊的人；同時可以看一看賊人這幾盞紅燈，到底有什麼用意。」

胡孟剛、孟震洋依言潛伏不動；二弟子左夢雲背插太極劍，手持太極棍，緊緊地跟隨在師父身邊。那葉良棟由俞劍平煩他持刀站立在路邊暗影下，接應後路同伴。幾個人看了半晌，大樹上紅燈爍爍隨風搖曳，四下曠落，時起雜響，不見敵蹤。只在燈影下面，恍惚似見有矮矮的黑影蠕動，看不清是人是物。

胡孟剛、孟震洋忍耐不住躍躍欲試地要繞到紅燈後面襲過去，穿林看一究竟。俞劍平連說：「不可！何必忙在一時，你聽後面，這不是蹄聲？咱們的人這就來齊了。」

果然竹林後，蹄聲得得，竟有兩匹馬如飛奔來。葉良棟迎出來舉手一嘯，馬上的人頓時搶到近前。及至抵面，方才看出：這兩人並非同行斷後的智囊姜羽沖、屠炳烈等人；卻是分撥踐約的另一路鏢客單臂朱大椿和黃元禮叔侄二人。這兩個人與幾個鏢客，由旁路繞奔鬼門關，前途上也遇上三五個敵影；一路追擊，敵人鑽了青紗帳。

朱大椿等不肯甘心，縱馬急追；敵影亂繞，竟追到此處不見了。其餘同伴也落後不見了。葉良棟忙將朱大椿叔侄引到俞劍平潛伏之處。匆忙中不暇問訊，俞劍平只握著朱大椿的手，教他望看鬼門關前面，泥塘那邊樹上的紅燈。

正看處，忽見沿著大泥塘東面，一片青紗帳簌簌地亂響，竄出來兩條人影。兩影倏分忽合，到泥塘邊、空場上略一徘徊，忽又一伏腰，施展夜行術，急走如風，比箭還快，一直地奔那高懸的紅燈撲去。

胡孟剛詫異道：「這是誰？」

俞劍平手按利劍，也不由一驚道：「許是咱們自己人。不好，這得攔住他！」但是相隔十幾丈，想打招呼，未免驚動敵人。猶豫中，恍見那兩條黑影，撲近紅燈三五丈前，陡即止步，好像打了一個晃。突然見兩條人影居然聯肩直上，猛往紅燈下的黑影前一撲；跟著火光一閃，大概這是兩條人影晃動火摺子了。胡孟剛不禁又脫口呼道：「這到底是誰？」說話時，不自覺地直起身子來。

就在這一剎那間，紅燈下兩條人影驚喊了一聲道：「不好，是咱們自己人！」這一聲驚喊，俞劍平、胡孟剛頓時全聽出來。這兩個人竟是潛扼古堡、設卡防盜的馬氏雙雄馬贊源、馬贊潮昆仲。

俞劍平、胡孟剛、孟震洋、單臂朱大椿、黃元禮目睹馬氏雙雄以身試險，再不便觀望了，各提兵刃，不約而同，都從潛身處竄了出來。果見馬氏雙雄一到燈下，敵人伏兵頓起；嗖地一聲響，荒林內飛起一道火光。跟著弦鳴箭馳，夾雜著數聲響箭；馬氏雙雄似被攢擊，卻仍不肯退。一個人橫身舞動兵刃，一個人伏身硬往燈下進攻；黑影中看不清二馬到底做什麼。但見煙火起處，十數道黃光倏從林中射出來，跟著馬氏雙雄大概擋不住敵方亂箭，立刻翻身往回閃竄。

在馬氏雙雄兩影中間，忽然多出另一條人影來；竟跟著馬氏雙雄，一齊向泥塘邊，飛奔回來。胡孟剛遠遠望見，反疑當中這人是賊黨的伏兵，追趕下來的。俞劍平已經看出這條人影就是從燈影下、樹身前跳起來的。揣情度勢，必定也是鏢客。

馬氏雙雄與這一條人影，還想向來路退回，但已來不及。紅燈處荒林中，胡哨聲大起，旗火飛揚。紅燈兩旁，亂草叢禾交錯；突然「颼颼颼」，閃出五六個人影，夾剪式抄過來堵截住馬氏雙雄。馬氏雙雄退路已斷，立即止步，回身迎敵。

荒林中響箭過處，竟撐出兩支火把，跟著又竄出六七個人影。敵人這邊條分三面，把馬氏雙雄剪住，連那第三條人影眼看也被裹在當中。敵強己弱，情見勢絀，馬氏雙雄頓時被圍。荒林中的賊黨冷然發話，意含譏訕道：「好朋友不要來了又走，我們竭誠候教，等候多時了。」

當此時，馬氏雙雄趁賊黨還未合圍，疾引那另一條黑影，一聲不響，奮力掄鞭，往外面硬闖。俞劍平張眼急看，這才看清：那另一條黑影原來是鏢師石如璋，本在古堡別路設卡，不知怎的，跑到這邊來了。

又張眼往火光中望去。火把前，出現了胖瘦兩賊，手揮短兵刃，指揮左右同黨，一擁而上。看模樣這兩人頗像盜酋。火把照耀著，二賊酋率眾往前慢慢移動。鐵笛連吹，呼聲時起，眨眼間，從荒林兩側陸續散漫開十一二個賊黨。光影中猶見荒林後面人影幢幢。

俞劍平暗想：「果不出我所料！」一回頭，向胡孟剛、朱大椿低聲說道：「胡賢弟、朱賢弟，你幾位快接應後面的人。人來齊了，再往兩面抄著上。此刻我先出去答話。」

朱大椿剛張嘴，胡孟剛一把扯住俞劍平道：「那不成，大哥！……」

俞劍平「唉」的一聲道：「二弟你糊塗！你幾位千萬給我留面子，先別出頭。」一把胡孟剛的手一推，轉身一拍二弟子左夢雲道：「孩子，咱們師徒先上！」把背後劍連鞘拔下，交給左夢雲，輕輕地躡足斜行，走出數丈。距胡、朱潛伏之所已遠，這才陡然一下腰，施展太極門輕功提縱術，「蜻蜓三抄水」，颼颼颼，騰身飛掠，如一縷青煙，展眼撲到戰場。二弟子左夢雲背青鋼劍，提太極棍，跟蹤繼上；也唰唰地連竄，拄棍側立在師父的身旁。

群賊先出來的幾個人，已經追上二馬；馬贊源、馬贊潮急回身拒戰，群賊頓時打圈圍上。十二金錢俞劍平又一擰身，超越到二馬跟前，厲聲叫道：「呔，朋友住手！我十二金錢俞劍平踐約來了。」此言一出，二馬大喜，忙與石如璋奮勇奔尋過來。

上場群賊應聲倏地往旁一閃，紛紛地按住兵刃，注視俞劍平。又「呔」的一聲，吹起一大陣胡哨。同時荒林中，也好像聞警知敵，立刻又飛起一支響箭，放起數道旗火，散向東北西三方面射出去，分明呼援喚伏。緊跟著四面響起了回聲；深夜荒郊，哨聲慘厲，倍覺驚人。緊跟著又從荒林中、葦塘後，閃出來六七個人。各面青紗帳也散散落落，零零星星，東一個，西一個，陸續閃出十餘人。轉瞬間齊赴泥塘空場，前前後後，算來足有三十多人了。

鏢客這邊，俞劍平師徒而外，露面的只有馬氏雙雄和石如璋；還有在暗中藏伏的鐵牌手胡孟剛、飛狐孟震洋和單臂朱大椿、黃元禮；那葉良棟尚在數十丈以外。

依著胡孟剛，就要奔出應援，朱大椿急急阻住。先催師侄黃元禮，邀著葉良棟，往回找下去；然後與胡孟剛各取暗器，準備緊急時馳援。朱大椿低告胡孟剛道：「只教俞大哥一個人上場，最好不過。他們若是混戰群毆，你我再出場。他們出來這些人，咱們人少，先勝他一招。」

胡孟剛搖頭道：「你可以埋伏在這裡，我總得出頭。」

朱大椿、孟震洋再三地搖手勸住，道：「你先看一看再說，還不行麼？」

鐵牌手胡孟剛只得依言伏身，偷看前面。群賊真個的僅只聚眾，未先動手，遠遠地把俞劍平圍住。林前火把不住地移動，胖、瘦二賊酋掄兵刃上前。二馬和石如璋急立在俞劍平身後，明是讓俞劍平出頭，暗中保住後路。

俞劍平昂然與敵對面，兩目炯炯，注視那火把下的二賊酋。一個年約五旬，鬚眉微灰，深目高顴；身穿灰布半短衣衫，袖管肥長，高高挽起，手持一對點鋼閉穴鑺。那另一個年約四十五六，身高體胖，巨顱海口，滿口虬髯；身穿二藍綢短衫，手持一把鎖骨鋼鞭。

俞劍平看罷，雙拳一抱，重叫了一聲：「朋友請了！我十二金錢俞劍平應召而來，準時踐約。朋友，何必擺這個陣勢？我俞劍平只這手中劍，袖底十二金錢鏢，油鍋刀山，明知故闖；請你把你們舵主飛豹子請來，我和他話講當面。不必勞師動眾，驚動這些弟兄。」遂向四面一抱拳道：「列位兄台，我就是俞劍平。為了俞某一杆不值半文錢的鏢旗，起動眾位辛苦，足見列位看得起我俞某。我這裡有禮了！」

俞劍平向眾人作了一個羅圈揖，又突然振吭高呼道：「喂，飛豹子，請來見見！」然後拈鬚一站，更不多言，專看群賊的施為。只見那瘦老人和那胖老人，各舉兵刃向眾一擺，群賊立刻退下去，在七、八丈以外，打圍站住。

瘦老人回頭向荒林瞥了一眼，這才借著火把餘光，和那胖老人上下端詳俞劍平。看罷微微一笑，兩人一齊抱拳說道：「哦，原來是十二金錢俞三勝俞鏢頭到了。失迎，失迎！幸會幸會！俞鏢頭真是信人，在下久仰英風，試發請柬；原想足下必能賞臉，果蒙不棄，惠然光臨，在下榮幸之至。」

那個瘦老頭又嬉笑了一聲，道：「俞鏢頭以拳、劍、鏢三絕技，名震江南，壓倒武林；我不才遠慕威名，甘拜下風。只是我手下這幾個小孩子，初生犢兒不怕虎，景仰過深，渴望賜教，幾次三番磨著我到江南來領教。我想這也是，不見泰山，不知山高；不到黃河，不知水大。早想領著他們來拜望，只可惜連個引見人也沒有。

望門投帖，又嫌冒昧，這才胡亂地在范公堤，把俞爺的鏢旗請了過來；無非是邀駕求教的意思，並不敢冒犯虎威。

「好極了！這一來居然把俞大劍客邀來，這可真是我們爺們三生有幸，一萬世死了都不冤。剛才一路上也承俞大劍客連試錢鏢，迭顯身手，我們總算領略過一點了，不過還嫌不夠。既過寶山，焉肯空回？現在還請俞鏢頭你老人家，把你那傾動武林的看家本領『奇門十三劍』施展出來；教我們開開眼，給在下長長見識。然後我們一拍屁股撥頭就走。俞鏢頭的鏢旗子，我們也帶來了，回頭在下雙手奉璧。現在預告一聲，原物保藏，絲毫沒壞！」

那個胖老人也插言道：「還有那一筆鹽鏢，俞鏢頭把獨門絕技賜教之後，就手煩你把它原封帶回，咱們一了百了。本無嫌怨，豈是尋仇？無非是慕名訪藝罷了，我們又不是吃橫樑子的，俞爺千萬不要錯看了朋友。」

瘦老人又接過來道：「至於飛豹、飛虎、飛貓、飛鼠，那倒不在話下；就愚下兩個人這一條鞭，一對鑁子，只要你老人家肯賞臉對付對付，就很可以了，原鏢原旗一定奉還。」

四面的群賊聽至此，哄然大笑，道：「好的，俞大劍客！你嘗嘗這條鞭，這對鑁子，我們絕不難為你！」

俞劍平勃然大怒，目眥儐張，把二敵一瞪道：「呔！我俞劍平一生浪跡江湖，以禮待人，從無戲謔！你們挾技見訪，我俞某一定獻拙奉陪！你們這些人竟敢滿嘴胡言，自趨下流。呔！莫怪俞某無情。夢雲，拿劍！」

第五十章　浪擲金錢

左夢雲應聲一側身，俞劍平奮發武威，伸手拔劍。「錚」的一聲，青鋼劍出鞘，握在掌心，右手一指對面二酋，厲聲叫陣道：「你們誰……」你們誰先來賜教這一句話，未全吐出唇邊，對面二酋應聲提起兵刃。

就在這一剎那間，俞鏢頭立身處左側六七丈外，三條敵影忽有兩條一閃；微聞聲息，嗖地一聲，似兩團黑煙捲地撲來。人未到，槍先到，兩團白影一晃，是兩條白纓素杆三稜瓦面槍，從斜側裡一上一下直挑過來，一聲不響，勢猛招疾。

十二金錢俞劍平眼觀六路，耳聞八方，劍提於左手，右手正指對面之敵。這兩條三稜瓦面槍雙雙暗襲，已斜刺到肋下，上指到咽喉。俞劍平陡然一翻身，劍光一閃；「唰」地一聲，雪白的槍纓一晃，雪亮的兩根槍頭陡然一顫掣回。

俞劍平側耳旁睨，兩個青衣年輕賊人一高一矮，身法十分矯捷，雙雙地施展開

「三十六路白猿槍」，一招搠空，未等俞劍平的青鋼劍削架邀擊，便「唰」地各退半步，將槍收回。那高身量的少年賊往回一坐槍，前後把一擰，往外撒招；「烏龍出洞」，先挑出一槍。那個矮小的少年賊變招為「倦鳥穿林」，立刻也發出一槍。雙槍一個點左肩，一個扎右肋。

俞鏢頭忙把劍招勒住，「摟膝拗步」，身隨劍轉，閃過矮賊上盤的槍；「腕底翻雲」，劍鋒找那高賊槍頭，滑槍桿往外一展，劍鋒順削高賊的前把。賊人撤步抽槍，甩槍滑打。俞劍平斜身錯步，那桿白猿槍「悠」地挾起一股勁風，從上面直砸過來。俞劍平左手掐劍訣，往外一展，右手劍「白鶴展翅」，截斬敵人的右胯。那矮賊的槍招又到，「烘雲托月」、「探臂刺扎」，「唰唰」一連兩槍。

俞劍平把劍招施展開，百忙中看清了高矮二賊的槍法路數；這三十六路白猿槍，大概是北派神槍陸四的嫡派親傳。兩條槍上點眉心，下撩陰，倏扎盤肘，倏分心；上崩下砸，裡撩外滑。兩個少年賊一般快的招術，一般快的手法；合手夾擊這一口青鋼劍，不亞如蛟龍交鬥，兩條白影把俞劍平裹在當中。

長槍卷舞，短劍遮攔，以一敵雙，以短敵長。

俞鏢頭從鼻孔中微微哼了一聲，喝的一聲：「好槍！」忽又「呸」的一聲道：

「小小年紀，不要臉！雙槍暗襲，太不體面。」

俞劍平頓時施展開四十年來苦心孤詣所得的奇門十三劍，青光一縷，上下飛騰，陡然間身劍合一，攻虛搗隙，矯若神龍，把兩團白影衝開。

高矮兩個少年賊好生驍勇，任俞劍平劍術神奇，借攻為守，兩條槍仍然一左一右，分從兩邊攢攻。吞、吐、封、閉、點、挑、刺、扎，不住地纏戰；輾轉往來，連折了二十餘招。十二金錢俞劍平猛撲那身高的少年賊，用一手「樵夫問路」，青光閃閃的劍鋒向面門一點，高賊疾疾撤步。俞鏢頭霍地「鷂子翻身」，回身劍斬那身矮的少年。

兩敵卻步，俞劍平也「唰」地騰身驟退。敵人槍花一轉，齊喝道：「俞大劍客怎麼想走！」雙槍一顫，並力齊追過來。

俞鏢頭把左右兩敵誘歸一路，倏地翻身，迎頭邀擊。劍招一變，「金雕展翅」，往右一探劍，斜掃高身量的敵人。敵手才用槍往外一封；太極劍招虛實莫測，左手劍訣倏然一領劍鋒，變招為「玉女投梭」，青鋼劍反擊向矮身賊人。劍路矯捷，迅如閃電。矮賊往後一退，高賊槍尖又已攻近身邊；俞劍平一塌身，「龍行一式」，嗖地騰身躍出兩丈外。

矮賊提槍便追，道：「休使暗器！」白猿槍直刺俞劍平的後心。俞劍平忽一側身，一個斜身繞步，身軀只半轉，劍光往下一落，「喀嚓」一聲，矮賊的白猿槍桿斷作兩截。俞劍平鐵腕一翻，鋼鋒再展「順水推舟」，劍鋒直抹矮賊的脖頸。

矮賊嚇得喪膽亡魂，拚命地往旁一閃，才避過劍鋒。俞劍平左腳往外滑步，一個翻身跺子腳，「砰」地把矮賊踹倒地上。百忙中，猛聽得「嗤」的一聲響，俞劍平急一下腰；一件暗器遠遠打來，從頭上飛過。矮賊乘機一個「鯉魚打挺」，騰身躍起，敗退到林前。

身高的賊人吃了一驚，急急地一掄槍，要使「盤打」。不料俞劍平早在伏身避箭之時，潛將一枚錢鏢掂在手中。只一捻，「錚」的一聲輕嘯；敵人盤打的招術正撒出來，忽然「哎呀」一聲，那桿槍「騰」地飛起，直冒向天空四五丈，持槍的人一頭栽倒在地。

那槍凌空下落，俞劍平趕上去，一把抄在手中。驀地聽四周喝道：「好錢鏢！」那高身賊人倒地不能動彈，被點中要穴，同伴上前救回。

十二金錢俞劍平回身一聲長笑，把槍往平地一插，說聲：「俞某不才，像這樣的小孩子，何必教他過來試招？把槍拿回去吧！」

忽聽得一聲怪嘯，東北一條高大的黑影，迅若飄風，猛撲過來，厲聲叫道：「姓俞的少要張狂，俺姓牛的要領教領教！……」

俞劍平一側身道：「噢，朋友，你姓牛！」那高大的黑影舞動手中一對短兵刃，如一團黑煙，衝上前來。俞劍平把劍訣一領，就要開招。驀聽荒林前火把下，那一胖一瘦兩個年老的賊酋，齊聲斷喝道：「咄！牛老鐵，不要擅離卡線，快到這邊來！」

就在斷喝中，那胖老人才要邁步，那瘦老人擺手叫道：「我先上！」一步搶先，捧雙鑺，身軀一伏，「唰」地騰空竄起。直如鷹隼凌雲，掠地一丈多高，輕飄飄地往下一落，已竄出兩三丈以外；恰巧落在高大黑影的背後，和那戰敗失槍的少年面前。只見他又一揮手，命二人齊退；單腳一點地，身形復起，「燕子抄水」，早竄到俞劍平的對面。他雙鑺一抱，丁字步一站，身法矯健，勝似少年。

俞劍平身軀微轉，雙目凝神，掌中劍封住門戶，把敵人仔細一看。相距在兩丈以內，黑影中已看出敵人身材瘦矮，頦有短鬚。賊黨中竟有這等高手，真是不可輕敵。

俞劍平劍尖一指，向敵人叫道：「朋友請了！你就是在雙合店和我們朱鏢頭會面，替飛豹子頂頭的那一位吧？承你光顧，失迎之至。喂，朋友，那飛豹子是你什麼人？俞某隻身單劍，特來應邀；想不到，朋友你帶些朋友來歡迎我。哦，也有明的，也有暗的，還有打交手仗的，還有暗地裡給我一劍的！姓俞的倒不怕車輪戰，又不怕放冷箭。朋友你就來吧，只要你們面子上說得過去！」

這就算抓破臉了。俞劍平老於世故，一向措詞謙遜。獨有現在，敵人出言無狀，實在令人難忍。俞劍平不由得針鋒相對，說出挖苦話來。

瘦老人微微一笑，一亮閉穴钁，發話道：「俞大鏢頭名不虛傳，真是劍術高明。孩子們已經承你賜教，小老兒我也求你賞臉一展身手，也好學上一招兩式。俞鏢頭請放心，我們的人多，你們的人也不少，我絕不至於使車輪戰。剛才不過小孩子們沉不住氣，一見面，就發人來瘋。說實了，也不過是兩槍加一箭罷了。好在也沒傷著你老，你就不必介意了；他們年輕人沒有深淺。」一擺閉穴钁，道：「是在下給你老接招。」

俞劍平厲聲道：「好，隨你便，不過……」一亮手中劍道：「我俞劍平不才，會的是天下有名的英雄，你老兄尊姓大名？如果說著不礙口，請報個萬兒來！然後我俞劍平要憑這掌中劍、袖底鏢，向好朋友索要二十萬鹽帑。朋友，你可做得了主？」說話時，聲振林表，字字斬釘截鐵，實在恨怒已極了。

瘦老人依然嘻皮笑臉說道：「慢著，小老兒乃是無名小卒，賤名不足掛齒，由打三十年前，我早就把個姓忘了……」

俞劍平道：「哼哼！足下不肯留名，是要啞吃啞打？我俞某卻不耐煩，請你把你們的舵主飛豹子請出來，索性我們兩個對面講一講。足下不勞費心，請閃過一邊吧。」

這話十足的表示蔑視。俞劍平向來不曾這樣，他卻是用的激將法，要誘出那個飛豹子來答話。瘦老人還是嘻皮笑臉，道：「俞鏢頭不肯賞臉賜教？這可真是笑話，俞鏢頭不怕車輪戰，怎麼在下這點玩藝，就不值承教？我好歹也比剛才我們孩子強啊。請賞臉吧，你老！」

俞鏢頭恨了一聲，咬牙切齒說道：「你這……」驀然，仰面大笑道：「你定要替你們舵主出頭？……好，我就獻醜。朋友接招！」劍尖一擺，「唰」地一劍。瘦老人倏一分閉穴钁，往後一退：「且慢！我還有話。」

俞劍平道：「既然要賜招，何必挨磨時候？你老兄手下的人還沒有湊齊麼？」

瘦老人閃目四顧道：「哪裡，哪裡，我們的人應到的全到了。只是俞鏢頭的人未免太零散點，多耗一會，實在於你有好處。現在咱們就動手，不過咱們先講明，久仰俞鏢頭的奇門十三劍，頗得魯東太極丁的秘傳；在下用這對閉穴钁，專誠要和俞鏢頭明鬥兵刃，不鬥暗器。潛使暗器的主兒，老實說，在下不大佩服。請你把你的金錢鏢暫時收起，你我二人可以各展兵器，各盡所學，可別那麼潛扎一劍，暗拋一錢，我以為未免有失俞大劍客的身分。咱們不妨先過兵刃，倘若俞大劍客一定要施展你那壓倒武林的十二錢鏢，我也攔不住。咱們不妨放下兵刃，單較量暗器，南北派四十多種暗器，咱們數著樣兒較量；淨會施展自己本門的得手暗器，算不得功夫！」

俞劍平不禁又把怒焰熾起，一聲斷喝：「姓俞的不用暗器，也教你逃不出公道！不要饒舌，手下見雌雄！」把劍往上一舉，右手劍訣一領，「舉火燒天」，腳下不丁不八，亮開了太極門十三劍的劍式。

這無名的瘦老人倏將鐵钁分交兩手，身形往後一縮，說道：「就是這麼著，俞大劍客請進招！」一晃肩，嗖地挺身揉進，左手閉穴钁直點面門；俞劍平微一側臉。這本是虛招，瘦老人左手一撤，右手閉穴钁往外一穿，倏橫身，喝道：「打！」照俞鏢頭的中盤「雲台穴」，便下重手；俞劍平倏地閃開了。

胡孟剛伏在暗處，吃驚道：「這傢伙也會打穴？」

單臂朱大椿道：「他使閉穴钁，自然會打穴。」

胡孟剛道：「我教鬼迷住了！怎麼樣，咱們上吧。」

朱大椿道：「別忙！緊急的時候，俞大哥一定會打招呼哩！」

這時候，俞劍平應招發招，展青鋼劍，往下一沉，左手劍訣也往下一塌，「平沙落雁」，斜削敵人的肩臂，順斬敵人的脈門。瘦老人猛縮身形，右臂往下一撤，左腳外伸，陡然往後一滑；掄雙钁，旋身盤打，雙钁挾銳風，掃打俞劍平的下盤。俞劍平走乾宮，用「拗步回身」避過雙钁，趁勢進招。青鋼劍往右開展，「探臂刺扎」，劍尖直點瘦老人的「肩井穴」。瘦老人雙钁往回一帶，由下向上翻，猛一長身，雙钁「唰」地又砸打下來，直敲青鋼劍刃。

俞劍平抽招換式，還劍重發；驟然一個「鷂子翻身」，雙臂「金雕展翅」，青鋼劍下斬敵人中盤。一招分兩式：穿肋、截腰，手法疾迅。無名老人身手不凡，雙钁一分，左手閉穴钁掄下來，照青鋼劍一劃，就手往外一掛。橫身進步，右手钁「仙人指路」，探穴尖，尋穴道，直奔俞劍平的「華蓋穴」。

俞劍平左手劍訣一指敵人的脈門，利刃挾風，以攻為守，青鋼劍反擊敵腕。瘦老人巧滑得很，閉穴钁才發便收；撤鏰頭，現钁尾，驀地一變招，照敵手兩肋上兩「太乙穴」又點過來。這一招虛實莫測，極其狡詐。

敵招太快，劍路走空，十二金錢俞劍平凹腹吸胸，頓時展開了幾十年精修的太極門內功；腳下紋風未動，身軀竟退縮尺餘，恰恰把閉穴钁讓開。敵人這一招也用老了；俞劍平未容他收招變招，道聲：「著！」剎那間，青鋼劍寒光一閃，「白猿獻果」，反展劍鋒，虎口向外，疾如駭電，照敵人面門劈來。

瘦老人忙用雙钁，「橫架金梁」，往上一崩。俞鏢頭只把腕子往裡一合，劍翻成陰把；「唰」地青光再閃，銳風斜吹，從敵人右肩翻下來，截斬敵人右肋。

瘦老人雙钁已全封上去，哪裡撤得回來？急切間竟也走險招，不退不閃，反往前上步；雙钁一現钁尾，猛向俞劍平懷中撲來。以攻為守，雙點「期門穴」，力量猛而招術很快。

俞劍平為勢所迫，不得不斜身側步，避敵正鋒，微微一讓身；瘦老人借勢收招，湧身只一縱，斜竄出一丈以外。這才得敵己無傷，把一手險招救了回來。兩個人四目對視，分而復合。重整兵刃，各展所學，黑影中又拚鬥起來。卻各將對手的門路看清，改變了手法；各人封閉得很嚴，守多攻少；各人沉機應變，專尋敵手的破綻。

瘦老人再不肯走險招、求僥倖了；心中暗想：「俞振綱果是名不虛傳！」那胖老人與其同伴在七八丈外，扇面形打圈圍觀。齊借火把光，凝神細看俞劍平的劍招和點穴法；一面提心吊膽替瘦老人著急。馬氏雙雄、石如璋和俞門二弟子左夢雲也列成人字形，盯住了後路，注視著前方；提神加意，潛護著俞劍平。

瘦老人這一對閉穴鐝，精鋼打造，似核桃粗細的一對圓棒。一頭凸圓，鐝尾擋著一個圓球，全長一尺八寸，專打人的穴道；運用起來，有七七四十九手招術。拳家說：「一寸長，一寸強；一寸短，一寸險。」閉穴鐝欺敵進招，果然稱得起險狠。這個瘦老人與俞劍平旗鼓相當，兩不相讓，居然輾轉交鬥了二十多招，未分勝負。

俞劍平暗暗詫異，打穴名家歷歷可數。這人有如此硬的功夫，怎麼會側身賊黨，甘做飛豹子的副手？莫非此人就是飛豹子？怎麼相貌又太懸殊？一面打，一面猜疑，不覺得也有點膽寒。

這瘦老人力敵太極十三劍，也已識出俞劍平的劍術厲害。俞劍平右手劍光閃爍，劍尖伸縮，竟專刺人的要害；左手指掐著劍訣，也並不閑著，每逢閉穴鐝欺敵進招，俞劍平的左手公然在兵刃飛舞的夾縫中，探出食指中指，佯做掐劍訣的姿勢，一個不留神，便照穴道點來。

俞劍平的右手和左手指都是兵刃！

這瘦老人身形矮瘦，卻身手極快，竄高縱低，極盡綿軟巧的能事。倏前忽後，迅如飄風吹輕絮。他一面打，一面目閃頭搖，東張西望，好像有所窺伺，又似覓路欲逃。

俞劍平近四五年輕未試劍，今日忽逢勁敵，把全身功夫展開。見招拆招，見式破式，一口劍封閉吞吐，突如神龍戲水，旋似飛鷹盤空。輾轉攻拒，又鬥了十數合；俞劍平忽然一領劍鋒，一聲短嘯，展開了進手招術，太極劍連連地走起險招。俞劍平生平的特長是「穩」、「狠」、「準」之外，又加上「韌」字訣，善做持久戰，功夫越大，敵人越吃虧。

漸漸的瘦老人頭上見汗，微聞喘息。俞劍平已將他的雙鑁閉住。劍招越裹越緊，越展越快，瘦老人漸漸地只能招架，不能還手了。

鏢客這邊，馬氏雙雄和石如璋都看得分明；暗道：「俞家太極十三劍果然名不虛傳！」

但是火把下，賊人同黨也看得分明，暗說：「怪不得姓俞的威鎮江南，這可不能栽給他！」

俞劍平和瘦老人兩團黑影忽前忽後，連續鏖鬥良久。忽然聽俞劍平猛喝一聲：「著！」「嗤」的一劍，這瘦老人唰地一閃，腳步踉蹌，往旁連退。俞劍平倏然將劍交還左手，凝身不追，哈哈大笑道：「承讓！」

那個瘦老人躲開了俞劍平左手指尖的點穴，卻沒躲開右手劍尖的劈刺。老人的短衫，竟由肋下貼肉處，被劍尖削透了一個大洞。——還算是手下留情，俞劍平專為討鏢銀，不願出人命。

瘦老人羞愧難當，一掄閉穴钁，再翻身重又撲過來，待拚命相爭。陡聽背後一聲暴喊：「師兄且退，讓我領教領教俞大劍客的十三劍。」

「唰」地竄過來一團迅風。胖老人掄起手中鞭，「泰山壓頂」，照俞劍平便打。瘦老人將閉穴钁虛點一招，身軀微晃，已退出丈餘。

使鞭的胖老人急急風，三鞭連下。俞劍平冷笑一聲，道：「哈哈，還是車輪戰！……就是車輪戰，俞某也不懼，只要你們不嫌丟人！」口說著，手不閑，眼不瞬，不管敵鞭來得凶猛，早一領劍訣，一塌腰，青光瑩瑩，劍尖「白蛇吐信」，先照胖老人的肋下「太乙穴」點來。

這種招架法未免凶險，但是俞劍平只看這敵人飛身一躍，開手一鞭，便已看出這胖老人的武功，捷而不精，不如瘦老人沉著。果然胖老人急急地一斜身，回鞭一轉，趁勢下砸，照俞劍平的劍身狠狠拍下來。

俞劍平並不收招，將計就計。眼看著鞭要拍到，喝一聲：「看手！」劍鋒一抬，直照敵人面門劃來；倏又一抹，下砍敵人的手腕。胖老人抽鞭急架，青鋼劍唰地掣回來。敵人鋼鞭卻又舉起下砸。俞劍平早將劍一圈，躲過鋼鞭，疾如閃電，斜劈下來。這一接觸，雙方便換了二招六式，招術迅快已極。四面藏伏的賊黨影影綽綽地遊走，那林下一對火把也往前移動。那瘦老人敗退下來，張目四望；高喝道：「老么們，努力呀！合攏後煞啊！坑子裡等啊！」

樹林中張掛的三盞紙紅燈陡然撤去，疏林中的胡哨立刻「吱吱」地連聲怪響。四面八方，同時也有胡哨聲響起來；四面八方，黑影唰唰颼颼，一陣陣撥草亂竄；正北面上，飛起數道旗火。

胡孟剛、孟震洋大驚，相顧道：「快上！快上！」

陡然間，東南面「嘭」的一聲炸音，橫空飛起火箭；東南面和正南面，突然蹄聲歷落，殺聲大起。鏢客這邊不禁驚疑；賊黨那邊，瘦老人、胖老人也不禁錯愕。就在胖老人這一失神，俞劍平驟展先著，一劍擊到。

俞劍平臨敵鎮靜，四處的殺聲震野，他竟充耳如不聞；雙眸炯炯，只窺敵進招。太極十三劍上下翻飛，力戰單鞭；只十數合，已占上風。胖老人也鬧得遮攔多，攻取少，三招不能還上兩招。俞劍平趁敵人稍一分神，將劍驟縮驟伸，迅如蛇信，照賊人右肩胛刺去。胖老人單鞭不及招架，忙用「跨虎登山」式，往右一斜身，閃開劍尖，想要回身進招橫打。俞劍平這趟劍已臻爐火純青之候，虛實莫測，變化無窮。猛往回一撤劍，一撲身，往下殺腰，「踩臥牛」，「砰」的一腳，踹中胖老人的右胯。「撲通！」如倒了半堵牆，胖老人摔倒地上。

群賊大驚；胖老人倏地一滾，直滾出兩三步，挺身躍起，愧不可當。俞劍平道：「收招不及，朋友你請起吧！」

群賊大怒，呼叫一聲，把扇面形的陣勢一開，十餘人中立刻先衝上來五個賊黨。

馬氏雙雄大怒，罵道：「你們要臉麼？」也把人字陣一分，和石如璋、左夢雲一齊撲上來，接應俞劍平。

那一邊鐵牌手胡孟剛、單臂朱大椿、小飛狐孟震洋，也高叫一聲，從潛伏處如飛地奔竄出來。馬氏雙雄和左夢雲、石如璋，恰將五賊迎住；那胡孟剛、朱大椿、孟震洋，頓被泥塘邊、草叢中竄出來的三個賊擋住，頓時混戰起來。泥塘邊、空草場中，已有三撥人捉對兒廝殺。俞劍平雙眸一閃，見混戰局勢已成；那胖瘦二老已退聚一處，指揮同黨，捽滅了火把，竟往荒林奔去。

俞劍平高聲叫道：「喂！朋友，就這麼走麼？趁早把你們瓢把子叫出來！」

二老人一齊回身叫道：「俞大劍客，我弟兄請教過了，實在高明！你放心，不要慌，我們沒打算走。鬼門關鬥技賭鏢，還沒有交代完。你有膽往這邊來，二十萬鏢銀和你那鏢旗都已預備好，你有膽快快來拿。」一齊竄林奔鬼門關走去。

鬼門關只在荒林後，卻是土崗、荒林、泥塘、草叢交錯，地勢險惡。二賊酋撮唇吹哨，又振吭高呼：「老么們！疙瘟點來了，收沙子回坑！」連喊十數聲，然後奔上來接應同伴，一齊往林後撤退。

俞劍平久涉江湖，竟聽不懂他們說的什麼黑話；可是聽不懂，畢竟看得明，他們似乎要走。俞劍平不由急怒，劫完鏢一藏，打敗了一跑，倒是寫意！厲聲喝道：「哪裡走，把青子給姓俞的留下！」青鋼劍一掄，抄到二賊面前，要把二賊截住不放；這時候，與鏢行混戰的賊黨，也一齊罷戰，奪路往四面潰退下去。

馬氏雙雄暫不追敵，快跑過來，喊道：「俞大哥別追。賊人有詐！」

俞劍平被二馬這一阻攔，略一遲疑怯步，突覺得從斜刺裡，「嗤嗤」的輕響，襲來一股寒風。

俞劍平喝一聲：「好！」繞步斜身，青鋼劍向外一顫，「啪」的一聲，一支暗器被打落在地。跟著，「啪啪」地連響，東面黑影中，隱聞軋簧開箭之聲。俞劍平霍地一轉身，「嗤嗤嗤」三支弩箭如驟雨飛蝗，奔上盤、中盤、下盤攢射過來。

十二金錢俞劍平疾展身手，寶劍輕揮，第一支箭先奔咽喉，「啪」地一響，已被劍刃彈飛。第二支箭下趨兩股，箭鏃已到；俞劍平往旁一跨步，左手駢食指中指，伸地二指，只往下輕輕一抄，讓過箭頭，將一支弩箭箭杆抄到手內。立刻第三支箭又到，直取中盤。平射心窩；俞劍平一個「鐵板橋」，單路登空，折身後仰，箭又射空。緊跟著一挺身站起；他瞥見疏林中有一條黑影，那人影一聲不響，揚手探身「唰」的一下，一支暗器迎面打來。

俞劍平怒叱道：「班門弄斧！」就用左手接取的箭一挑，把敵人的暗器挑開，約莫是鏢箭之類；俞劍平一進步，按甩手箭的打法，展食指中指，鉗箭尾，揚箭鏃；一振腕子，喝道：「原箭奉還！」把抄來的那支箭，脫手甩出去。那黑影

「嘿」的一聲，翻身逃入林中。

十二金錢俞劍平厲聲喝道：「別走！」才待奮身追趕，背後又撲來三個敵影。

這三個敵影本與鐵牌手胡孟剛、單臂朱大椿、小飛狐孟震洋相鬥；忽聞二老賊酋口傳號令，便一齊收招後退。胡孟剛舞動雙牌，緊緊裹住不放；朱大椿的左臂刀本難抵禦，孟震洋一口利劍上下翻飛，也一點不放鬆。這三賊且戰且走，好容易衝出來，奔向疏林。

俞劍平遠遠看見，把這青鋼劍交到左手，急伸手一探袖底，不意十二枚金錢鏢這時竟打完了。他忙向二馬道：「馬賢弟身上有錢沒有？」

二馬道：「有。」拿出兩錠銀子來。

俞劍平道：「我要這個做什麼？我的錢鏢打盡了。」

二馬這才明白，忙抓了一把銅錢，要遞給俞劍平。俞門弟子左夢雲早奔過來，將自己的二十四枚錢鏢全數掏給師父。

俞劍平先掂三枚青錢，容得三個敵影奔過來，迎頭喝一聲：「站住！」

嗖嗖嗖，三聲輕嘯，竟在相隔四五丈以外，穿過夜影照著飛奔的三個敵人打去。三個賊人應聲跌倒了一對。

二馬不由大讚道：「俞大哥好錢鏢！」

胡孟剛、朱大椿、孟震洋恰已趕來，雙牌一舉，刀劍齊揮，竟照倒地的二賊分砍下去。

俞劍平、朱大椿急喝道：「捉活的！」雙牌先到，利劍後到。

就在這間不容髮的夾當，那個未負傷的賊人，持一柄鋸齒刀，狂吼一聲，拚命地向雙牌單劍衝來。那倒地的二賊竟有一個先掙扎起來，趁勢伸手攙同伴，被二馬和石如璋看見，急忙奔過去，要捉活的。不意突然間，聽疏林對面草叢中一聲怪吼道：「一群不知死活的傢伙，你還要捉誰？你們全落在爺們的網裡了！」

十二金錢俞劍平隻身單劍，扼住疏林，左夢雲挺棍立在身邊；一聽吼聲，俞家師徒急急地回身。只見對面泥塘邊、草叢中，一擁身現出八九條大漢。跟著火光浮閃，有個高大人影，率領同伴，一條線似的飛奔過來。人未到，暗器先發；一股寒風吹到胡孟剛的背後。

胡孟剛把鐵牌往後一掃，噹地一聲，把一支鏢打飛。那高大人影趁此機會，驟如狂飆，竟從馬氏雙雄、石如璋的身旁馳過。馬氏雙雄急側身往旁略閃，掄雙鞭邀截。這八九條大漢急攻疾走，竟一衝而過。馬氏雙雄和石如璋一齊暴怒，大喝一聲，翻轉身，縱步就追。

八、九條大漢個個身形輕快，銳不可擋。一聲呼嘯，倏然的一分，最後面三個人一錯兵刃，回身迎敵二馬一石。當頭的高大人影率三個夥伴，竟直撲奔鐵牌手胡孟剛和朱大椿、孟震洋身旁。那高大的人影「燕子三抄水」猛往平地竄落；人未到，兵刃先到。只聽鋼環「嘩楞楞」一響，一對鐵懷杖「悠」地一掄，劈頭照胡孟剛砸下去。

鐵牌手胡孟剛雙眸瞪視，將雙牌一展，「叮噹」一聲，硬碰硬，激起一團火花，才看出這使雙懷杖的高大人影，並不是當日劫鏢敗在程岳手下的那個使懷杖的粗魯少年。這是一個四十多歲的中年漢子，雖辨不清面貌，黑影中看出頰上亂蓬蓬，生著猶如叢草般的一部絡腮鬍鬚；既非劫鏢在場之賊，也非店房相會之客，朱、胡二人都不認得他。

鐵牌手胡孟剛忙揮雙牌，與賊死戰。這賊卻猛攻如瘋虎，滑鬥似靈狐，與鐵牌手打了個叮叮噹噹，難分難解。隨他一同闖上來的兩個同伴，一個使一對跨虎檻，一個使一對狼牙棒，雙雙地把孟震洋圍住。敵人的雙檻雙棒，圍攻孟震洋的單劍；孟震洋昂然不懼，一口劍上下翻飛。還有一個賊，運單拐單刀，獨鬥朱大椿的左劈刀。

當下胡、孟、朱三鏢客，與衝鋒的四賊苦鬥。那一邊，二馬一石與斷後三賊相鬥；各選對手，兩下裡拚鬥不休，卻中了賊人分兵救友之計。斷後的賊黨、衝鋒的賊黨，先後與鏢客拒戰。趁這夾當，兩賊飛似的撲到核心，避敵不鬥，忙忙地把兩個負傷的同伴救起來。呼嘯一聲，與那使鋸齒刀的賊人，舞動兵刃，奪路急走；竟又「呼啦」地退出核心，「呼啦」地折奔泥塘，繞泥塘又奔荒林土崗。與二馬一石相鬥的三賊，與朱大椿、孟震洋相打的群賊，俱都應聲，虛晃一招退去。

那高大的人影立刻也猛往前一攻，倏往後一退，向胡孟剛喝道：「呔！姓俞的，你成了落網之魚了，有膽的這邊來！」擰身一竄，也退出圈外。

鐵牌手喝道：「哪裡走？追！」掄雙牌便趕。

二馬大喝道：「呔！把腦袋留下！」也緊緊跟追。

這八、九條大漢且戰且招架，且往後退。俞劍平看了明明白白。他忙一挺掌中劍，喝道：「匹夫，以多為勝，看往哪裡走？」一縱步，從荒林邊搶向泥塘，攔腰橫截過來。人劍未到，暗器先發；手指一捻錢鏢，「錚」的一聲，照那高大人影發出一枚青錢。這一枚青錢卻差多了，分量較輕，力量發飄，便不能及遠。剛剛打出三丈來遠，僅得夠上賊人。只見那高大人影身形一晃，似往前一栽，忽又挺住，終於一頭竄入疏林。

俞劍平縱步要追；驀聞東南角，簌簌地一陣響，又從林邊衝出兩影。頭一條人影剛現身，掄手中長兵刃，已猛撲過來。飛掠十數步，身形乍落，往外一亮式，所持兵刃竟是一桿大槍。第二條人影緊跟著也撲過來，使的卻是一對虎頭鉤。兩個人一聲不響，齊襲俞劍平身後。

俞劍平奮身怒叱，腳尖點地，「飛鳥穿林」，竄出丈餘遠。一個「金蜂戲芯」，急擰身，寶劍往外一穿，復往回撤；左手劍訣從劍身上穿出，身形往下一矮。肩頭微動，「龍形一字」，驟然反逼到使槍賊人的面前。

這時節，使虎頭鉤的敵人也已撲到。鐵牌手胡孟剛大吼一聲，掄雙牌迎上來；雙鉤雙牌鬥在一處。十二金錢俞劍平手揮單劍，拒住賊人的大槍。槍長劍短，本來吃虧。只見那大槍一顫，奔咽喉扎來；俞劍平微微一側身，把頭一偏讓過；未容敵人變招，喝道：「著！」一招「平分春色」，雙臂一分；青鋼劍疾如閃電，截斬敵腕。敵人將槍的後把一沉，前把一攔，往後一掛，槍身硬找劍身。

俞劍平已認出敵人是「八母大槍」的招術，黏、沉、吞、吐、封、砸、點、扎，十分猛快。俞劍平忙用左手一領劍訣，身隨劍走，一個「旋身拗步」，青鋼劍倏然盤斬敵人的雙足。

敵人忙撤步抽槍，往下一矮身，青鋼劍已走空，後把一送，單臂遞槍，「烏龍出洞」；雪亮的槍尖疾如箭馳，直點俞劍平的後心。槍尖將刺沾著衣衫，俞鏢頭猛然一個「怪蟒翻身」，大槍「唰」的擦著左肋扎過去。俞劍平立刻右腳往敵人懷中一搶，青鋼劍「烏龍入洞」，刺向敵人的小腹下陰。

這一手險招間不容髮，敵人堪堪被劍點著，忙凹腹吸胸，右腕一坐勁，往左一領槍鑽，「二郎擔山」，往左一崩，「嗆」地一聲嘯響，劍身與槍身一劃，「哧」的一溜火星。

俞劍平微微一笑，這大槍竟未將單劍崩飛。敵人不禁喝了聲：「好劍！」忙將槍一順，颼颼颼，騰身連縱，拖槍敗走。

俞鏢頭展目一望，才要塾步急追。突聽得噹地一聲，忙將身勢一斂，一柄虎頭鉤飛墜到面前。循聲一看，鐵牌手胡孟剛揮鐵牌，力鬥雙鉤，連戰十餘合。敵人「唰」地一下，左手鉤捋住單牌，右手鉤用「捲簾鉤」，硬來剪胡孟剛的脖頸。

不防鐵牌手胡孟剛膂力特強，敵人才喝了一聲：「撒手！」反被胡孟剛鐵牌一震，「騰」的一下，竟把左手鉤崩在半天空。胡孟剛趁勢一伏腰，雙牌一剪，右牌上斬，左牌橫切，照賊人急攻進來。賊人兵刃已失，不等鐵牌攻到，一挺身倒竄，退出一丈多遠，翻身敗入疏林之中。

鐵牌手大叫：「朋友快上，不要教鼠輩走了！」奮身掄雙牌，竟奔疏林攻去。將追到林邊，閃目四顧，自己這邊只有俞劍平、左夢雲、單臂朱大椿、飛狐孟震洋、馬氏雙雄、石如璋數人；不但別隊金文穆一行人沒見繞到，竟連斷後的智囊姜羽沖也沒跟上來。

荒林、泥塘、土崗、禾田、草叢、青紗帳，人影幢幢，只看見賊人一撥一撥地不時出沒。

胡孟剛心頭火起，不由怨恨姜羽沖失算；有心候伴，又恐失追賊良機，咬牙切齒叫道：「俞大哥，快上！俞大哥，快上！」口說快上，心中暗著急，不由頭像撥浪鼓似的，一面跑，一面往黑影中張望。

十二金錢俞劍平卻一點也不慌，遙見人影出沒，昂然不懼。利劍一順，向二馬一石一點手，教他弟兄助著胡孟剛；另命朱大椿、孟震洋、左夢雲，跟隨自己，喝一聲：「追！」竟飛身突入疏林。

敗下來的群賊，越過了東面大泥塘，投奔荒林；繞林而轉，反折向西南。俞、胡八人立刻跟蹤，趕過疏林。疏林之後，地勢益形險惡。東邊是一片爛泥地，與大泥塘斷續相接，塘邊蘆葦叢生。西邊是土崗，滿生荊棘，疏疏有幾行樹。崗下又是一片小泥塘。這泥塘、土崗便是所謂鬼門關。往西南是荒地，繞過荒地，折奔西北，才是古堡。

群賊且呼嘯，且退走。容得鏢客們剛剛闖進了鬼門關的正地段，隨聽土崗後一聲輕嘯。那使雙懷杖的高大賊人，與那使鋸齒刀的賊人倏然翻身，二次過來迎戰。雙懷杖霍霍生風，將孟震洋擋住；鋸齒刀就尋鬥朱大椿。

那使雙鉤的賊人翻身斷後，換了雙刀，與胡孟剛的雙牌二番接戰，似要報失鉤之仇。使跨虎檻的中年賊人與使懷杖的粗豪少年竟不度德，不量力，硬來拒戰俞劍平；極力猛攻，阻攔著不讓過來。那使大槍的二賊，竟顫槍挑戰馬氏雙雄。馬氏雙雄的一對單鞭上下翻飛，趕上來鬥這一對大槍。石如璋和左夢雲，一個使刀，一個使棍，也被兩個使刀的賊黨擋住，捉對兒廝殺起來。

當下鏢客這邊八個人，賊人那邊只出來九個。還有兩個賊人，在崗後一冒頭，旋又伏下身去，土崗後立刻響起了胡哨聲；同時荒林正北面，殺聲又起。

眾鏢客一面衝擊，一面詫異；看情形，出戰的都不像賊首。那賊首（如長衫客，如那胖瘦兩老人）都不知藏在何處，也不知弄什麼詭計去了。

二馬且鬥且呼：「俞大哥，咱們人全到了麼？」二馬本來專管布卡子，監視古堡賊巢。二更以後，眼睜睜看見人影歷落，從古堡西南小村出現；一直跟蹤到這裡，在荒林下救了石如璋。石如璋本與聶秉常、梁孚生也管一道卡子，卻被人誘入荒林。他自己落了單，中計遇擒，被捆在樹下。直到俞、胡踐約到來，才被二馬解救。

當此時，各路鏢客各有所遇；獨有松江三傑的動靜至今還未露頭。姜羽沖、奎金牛這兩撥大隊，更一個沒見。馬氏雙雄很著急，力戰中不暇探問，又忍不住不問，大聲叫著：「俞大哥，智囊哪裡去了？奎金牛哪裡去了？咱們人來多少？」

俞劍平不肯明答，更不肯指名呼姓的叫，只大聲說道：「二弟、三弟，放下心，只管往前衝，人全來了！」說話時手並不閑、眼不瞬，掌中劍更翻翻滾滾，上下刺擊。忽斷喝一聲道：「倒！」使跨虎雙檻的賊人猛往旁一竄，閃了閃，喊聲：「風緊！」踉蹌抽身逃去。

那使懷杖的粗豪少年嚇了一跳，也「唰」地往後一退，雙懷杖一併，揚手打出一鏢。俞劍平微側身，伸左手把鏢抄住，喝道：「好！」隻手一揚，停鏢未發，賈勇直衝到群賊的背後；便要率領弟子左夢雲，偕搶土崗，斷賊後路。

卻未容俞劍平撲到，土崗上如飛地縱出三人；身形往下一落，正是那一胖一瘦的兩個老賊酋。另外一個通身黑色夜行衣的賊黨，如飛鳥似地輕飄飄往前一竄，阻在俞劍平對面，道：「俞鏢頭，在下後學晚進，今日幸會，我要請教！」群賊或傲慢無禮，或冷誚無情，唯獨此人出語敦厚，聽口音似遼東冀北之人。

俞劍平細一打量：這人面如青棗，巨目濃眉；抱一對鑌鐵狼牙穿，神盈氣壯，頗現威稜。俞劍平心中一動，利劍一提，雙拳一抱道：「請教不敢當，俞某特來應召獻拙，諸位有本領的只管請。……兄台和飛豹子是怎麼稱呼？」說出這話，雙目炯炯，照應著四面。

不出所料，嗖地一聲，那胖老人猛然一個「雲裡翻身」，「唰」地跳下高崗。腳還未沾地，單鞭早發出招來，口中叫道：「俞大劍客豈是你末學後進，招架得來的？」這條單鞭隨著身形話聲，「泰山壓頂」照俞劍平當頭襲下。

俞劍平霍地一閃，勃然大怒，罵聲：「呸！」奇門十三劍一展「玉女投梭」，身軀一轉，閃鞭還劍。

胖老人往左一縱步，呵呵一笑道：「俞大劍客恕我無禮，不要介意。我是要請教請教你的眼神！」「霍」地又退回來，叫道：「夥計，你上！」

那使鑌鐵狼牙穿的赤面漢子這才一拱手，尊一聲：「請發招！」亮開了架式。

十二金錢俞劍平面向胖老人，佯笑道：「看你們都出什麼相？我今天一定要向你們討一個水落石出，你們就挨個兒全上！」

他把利劍一展，索性不多問，再接再厲就要發招。忽然聽「哎呀」一聲叫，側面噹地一聲；跟著颼颼颼，接連聽得人蹤飛竄。俞劍平側目急看，孟震洋已將那使雙懷杖的粗豪少年打敗。

馬氏雙雄揮動雙鞭，把對手那一對大槍，也戰得拖槍敗走。只有石如璋竟敵不住那鋸齒刀，險些被削斷手指。胡孟剛雙牌一掄，連忙拋敵馳救，和使鋸齒刀的敵人戰在一處。那使雙鉤換雙刀的賊人，卻又從側面夾攻胡孟剛。孟震洋忙又翻身揮劍，截住了鋸齒刀。

馬氏雙雄騰出身子來，雙鞭一揮，竟不窮追敵人，反奔來保住俞劍平的後路和側面。朱大椿的左臂刀，左夢雲的太極棍，各遇勁敵，尚在力戰。石如璋輸招抱慚，陡轉恚怒，忙一亮手中兵刃，仍來掩擊鋸齒刀，誓報那一削之仇。於是鏢客和賊黨展眼間又變換了對手。

這時候從後面青紗帳內，忽然馳來兩條黑影。斜穿空場，剛剛奔到大泥塘邊；忽又從泥塘葦叢旁鑽出一條人影，口中連打呼哨，揚手發出來一道火光。那兩條人影微微一停，竟奔這一條人影撲去；瞬息間兩影與一影鬥在一處。

俞、胡等百忙中偷眼一看，到底看不清誰是敵、誰是友。胡孟剛忙喊道：「喂，十二金錢今天一定要見個起落！」

這句話就像一句暗號，那雙影立刻答了腔，正是鏢客黃元禮、歐聯奎。兩人揮刀振吭，連忙報名，無形中就是告訴援兵已經馳到。哪知這一報名，那泥塘邊的單影也喊了幾聲；立刻從西邊又鑽出兩三條人影，竟把歐、黃二人圍住。二人被圍，也忙忙地大聲呼喊；這一喊，後面又奔來兩條人影。於是在大泥塘邊，雙方又有一小撥人混戰起來。

鏢客這邊摸不清賊人是怎樣的佈置；正如賊人那邊，也摸不清鏢客這邊究竟來了多少人。

當下俞劍平在土崗前，與赤紅臉使鑌鐵狼牙穿的大漢鬥在一處。這赤面大漢來勢頗疾，奮身進步，狼牙穿一分，身形陡展，「流星趕月」，雙穿一點面門一點胸。俞劍平沉機應變，以逸待勞，未從攻敵，先要看看敵人的身手。劍隨身轉，閃展騰挪，連讓三招，已看清了敵人路數。赤面大漢這對鑌鐵狼牙穿，大概是滄州洪四把北派真傳。

這時雙穿第四招又到，「飛雲掣電」，左手穿直截下盤，右手穿翻身反臂斜砸，悠悠地挾起兩股疾風。俞劍平微微側閃，左腳往外一滑；用太極劍「行功盤步」、「烏龍攪海」，身形快似飄風，剎那間敵人雙穿走空。來勢過猛，右手鑌鐵穿無法收招，「啪噠」的一聲砸在地上。寒光掠閃，俞鏢頭的劍鋒已到。赤面大漢努力往前聳身，僅得逃開這一劍，十二金錢俞劍平哂然一笑，翻身獻劍；「唰」地身劍俱進，「金針度線」，直刺敵人後心。赤面大漢覺得背後的劍風已到，忙往左一上步，「怪蟒翻身」，雙穿並舉，往劍脊上狠砸去。

俞鏢頭喝一聲：「好！」青鋼劍「唰」地一沉，往回一撤。劍光閃處，反從雙穿上面翻過來，劃點敵手的脈門。敵手往後一仰頭，振雙穿想往下崩，哪裡來得及？俞劍平猛喝道：「著！」「反臂刺扎」，連環劍點胸膛、劃雙肩，「唰」地攻到。賊人一晃身，閃避略遲，「嗤」的一下，劍鋒掠肩頭過去，夜行衣被劃破了三四寸，肩頭上頓時火辣辣地一陣疼痛，皮破血流，赤面漢一縱身，面紅耳赤，翻身敗走。

胖瘦二賊酋登高瞭敵，見俞劍平劍光揮舞，同伴不敵；兩人知會一聲，連忙增援。那瘦老人收起閉穴钁，換了一對雞爪雙鐮，先由土崗竄下來。

正值赤面大漢負傷敗走，俞劍平仗劍要追；瘦老人大叫道：「俞鏢頭少逞威風！你可曉得你已到了鬼門關，你還不知死活麼？」一陣風地撲到，讓過同黨，重來接戰。

俞劍平踐約遇伏，追敵輪戰，連交手六次手，連勝八個敵人；自是內功堅韌，氣力悠長，僅不過頭上見汗，手心發熱罷了；見瘦老賊重上，恨恨罵道：「你少要張狂！你歇夠了再來？我倒要看看這鬼門關，是誰的死地！」青鋼劍電掣星馳般，向瘦老人直攻。

這二番接戰，俞劍平痛恨賊黨無理無情，劍招狠猛。第一招「金盤獻鯉」，劍點敵人咽喉。瘦老人立刻往左斜身，雙鐮一翻，照劍上就滑。俞劍平抽招換式，往下一塌身，劍又翻回。左腳原地不動，右腳往後撤半步，劍訣一領，「盤肘刺扎」，復又攻出去。

忽然間，那胖老人高踞土崗，高聲喊道：「亮開了啊，沙子來了。眼看就到！」不知他喊的是什麼意思。俞劍平傲然不顧，手中劍一緊，仍然力攻瘦老人的雞爪雙鐮，扎、刺、挑、壓、點、鎖、拿，運用開來，專奪敵人的兵刃。瘦老人還想借這利刃，克制住俞劍平的單劍。可是俞劍平劍術精湛，見招拆招，見式破式，任何敵刃都能應付。

那胖老人一看不行，忽又喊道：「魚上網了，夠尺寸了。收啊，撤！」口說著撤，一翻身也撲下土崗，要來雙戰俞劍平。

鐵牌手胡孟剛、單臂朱大椿以及馬氏雙雄一齊恚怒，各拋敵人奔來應援。和胡孟剛對敵的賊黨，功夫竟不弱；胡孟剛一時撤不出身。和朱大椿動手的賊，卻漸漸地招架不了這單臂鏢客的左手刀；朱大椿揮刀一掃，騰起右腿來，把賊踢倒在地；急忙地抽身趕過來。

胖老人的鎖骨鋼鞭正要掩擊俞劍平的後背；俞劍平霍地一撤身，翻劍迎敵。瘦老人一擺雙鐮，照俞劍平右肋便捋。

朱大椿恰巧截過來，左臂刀一揮，喝道：「呔！相好的，姓朱的不失信，今天會會你這假豹子！」左臂刀頓時和雙鐮戰在一處。穿花般交鬥，也只走了三五招，

一揚手，倏飛起一溜火光，振吭大喊了幾聲。

左夢雲提棍趕到，要捆二賊。卻不道土崗後叢草中，賊人還有埋伏。頓時湧出兩撥人，由兩個黑衣漢各率一撥，如飛地堵截過去。胖瘦二老人也翻身率眾復回；賊黨三五成群，竟有四五撥抄到。一陣暗器雨過處，把俞氏師徒裹在當中，把別的鏢客也隔成三堆，受傷的二賊頓時被救走。鏢客未闖上土崗，反陷入埋伏陣。

群賊一齊鼓噪，那土崗上驀地又現出一條高大黑影，厲聲叫道：「姓俞的，你成了甕中之鼈，網中之魚了！你還想捉人麼？姓俞的……」

群賊也應聲齊喊：「網中魚」、「網中魚」，叫個不休。

眾鏢客十分震動，賊人果然另有詭計。四顧強敵，足有四十多人，自己這邊不過十來個人，而且被圍成三堆。

眾鏢客又驚又怒，道：「跟他拚啦！怪不得狗賊們且戰且走，黑角落還埋伏著人哩！」各擺兵刃，就要拚鬥。

十二金錢俞劍平冷笑，高呼：「眾位不要慌！……魚在這裡，看你們怎麼捉？……夢雲，放箭！」

「砰」的一聲，飛起一道藍光。

陡然聽土崗側面，遠遠地一陣暴喊道：「飛豹子，別得意！你只知道網中魚，你可知道坑中豹麼？相好的，你也落到陷阱裡了！」

第五一章　越崗增援

遼東大豪飛豹子在范公堤，劫取二十萬鹽課，拔旗留柬，匿跡埋贓；連夜渡過了大縱湖，把全撥黨羽分散在各處。淨等著十二金錢俞劍平被激出頭，便好鬥技賭鏢，一決雌雄。俞劍平果然一怒拔劍，具保討限，柬邀群雄，大舉尋鏢。飛豹子那邊立刻得到了準信，也忙著邀人。

眾鏢頭四面布卡，六路排搜，步步往前踏訪。飛豹子也立刻伏線安樁，備下了三個潛身的窟穴，暗暗遣人，窺伺鏢客的動靜。等到紫旋風夜探荒堡，十二金錢俞劍平略知賊情，忙率眾趕到苦水鋪，在集賢客棧落了店。飛豹子頓時從潛伏之處趕來，由他的黨羽和朋友先替他出頭窺探。

飛豹子挾著三十年前的宿怨，一心要挫辱俞鏢頭。當夜來到高良澗左近，踩盤子小夥計一一告訴他：「姓俞的本人來了，姜羽沖、胡孟剛也都到了。」

飛豹子綽鬚大笑，立刻遣瘦老人王少奎，前往苦水鋪，陰謀窺探，潛加挑逗。王少奎隨機應變，竟和單臂朱大椿挑簾覿面，放下了三更較技的期約。又小開玩笑，雇買當地賣漿的陸六，趁二更天，前往集賢店，登門叫罵。借此誆誘鏢客的注意力，他們潛伏的人好從集賢店後面乘機襲入騷擾。不意鏢客戒備嚴密，房頂街隅都安置著人；賊黨未能得手，倏然退回去。

幾個人由鄰近民宅越牆逃出，幾個人轉小巷，走出苦水鋪。馳報飛豹子道：「這些鏢客倒還罷了，只跟著海州的兩個捕快，並沒有驚動官面，的確按江湖道前來獻技討鏢的。」飛豹子聽了，點點頭道：「哦！」

飛豹子預由高良澗來到荒堡，趕忙著佈置了四天。所有古堡牆頹屋朽，擇重要處，把屋牆、院牆，都挖了三尺來高、兩尺來寬的窟窿。有數處直通到堡牆根，又有數處高達六尺的。復將堡牆根，打通了六尺深的數道窖溝，長有數丈，暫作為潛行的隧道。直到訂期挑鬥的那天晚上，飛豹子傳命同黨，把窖溝火速加工，直挖出堡外。

「未慮勝，先防敗！」這樣辦，先備下了退身步。但不能早掘，掘早了，恐被行家白晝識破。先時又在鬼門關，相度地勢，擇於土崗後、葦塘中，埋下百數十根長短不齊的木樁，也是預留著退路。然後，飛豹子糾合黨羽，便要親赴鬼門關，仗著數十年苦練的功夫，會一會這江南名鏢客十二金錢俞劍平的拳、劍、鏢三絕技；跟他抵面爭鋒，一決上下。

當下，飛豹子說出自己的通盤打算，手下群豪譁然讚道：「好！」那個瘦老人王少奎搖搖頭，連說不可，道：「大哥，你總得走穩步，先派別人，試試姓俞的本領。」

飛豹子不以為然，道：「那是何必呢？這樣辦，進可以攻，退可以走，已經很穩了。」

胖老人魏松申道：「但是，大哥還可以多加一分小心，不要緊的。我聽馬振倫馬六爺說：姓俞的已經盡得山東太極丁三絕技的秘要。」

凌雲燕也道：「俞劍平這些年功成業就，名利雙收；可是他做得很小心，他本身的功夫一天也沒擱下。據說他無論多麼忙，直到現在，還是每天早晨要打一套拳、試一趟劍的，末了還打二十四鏢。我們要鬥他，總得先教一個生臉，嘗嘗他手底下的真假虛實。大哥，你就讓小弟和王二哥先打頭一陣，試一試招。好在他也不認識我們是老幾；我們栽了，一點也不妨事。」

瘦老人王少奎一拍大腿道：「是這個意思。今天大哥簡直不必露面，我們先和他打；大哥可以在旁觀陣。咱們準能降得住他，再跟他挑明簾，點名叫陣。」

飛豹子微微笑了。遼東三熊也一齊發話道：「老當家的，這主意真高！你老就依著來吧！十二金錢在江南久負威名，實在不可輕敵。萬一訂期獻技，爭勝賭鏢，竟鬥不過人家，未免顯得丟臉。穩步有益無損，總該走的。」

瘦老人又說：「況且咱們這趟下江南，人地生疏，多承凌雲燕凌舵主和子母神梭武勝文武莊主幫忙。借地方、借人力，都很夠面子。現在武莊主既然大包大攬，要由他那裡起，由他那裡落；我們這回往鬼門關去會姓俞的，最好是只虛鬥一鬥他。末了一場，還是煩火雲莊武莊主出頭作面的好。」

飛豹子想了想道：「這個……也好。」他們到底定下了誘敵試招之計。決計先遣副手試一試俞劍平的本領再講。

到了這一天，由苦水鋪到鬼門關，鬼門關到古堡，飛豹子竟安下了九道伏樁。頭一道埋伏，在苦水鋪鎮口外，設陷阱、埋石伏弩。開手一招，便把飛狐孟震洋摔下馬來。那時候，飛豹子正和手下幾個人潛伏在近處；預備出其不意，先測一測俞劍平的鏢法和劍術。

鏢客們這一邊，對著古堡三路設卡，在白晝被飛豹子看出兩路。馬氏雙雄這道卡子，和三鏢客金弓聶秉常、梁孚生、石如璋這道卡子，俱被飛豹子和他的黨羽看破。挨到天黑，便動了手。只有松江三傑夏建侯、夏靖侯、谷紹光，武藝高強，潛身隱秘，豹黨一時沒有注意到。

鏢客分兩路赴鬼門關踐約。俞劍平、胡孟剛、姜羽沖這一路大隊，半路上突然與賊相遇。奎金牛金文穆、朱大椿等，這第二路人數較少；在別路上也遇見了飛豹子手下的人。

飛豹子與他手下的黨羽，安排下步步為陣的法子。由苦水鋪至鬼門關這一小段，共設著四道卡子，被鏢客踏過三道，俞劍平和姜羽沖衝破兩路，金文穆和朱大椿衝破一路。倒弄得自己散了幫；另外一路，鏢客們也沒有勘破。

飛豹子又在鬼門關踐約之地，埋伏下大批的人。鏢客的人少，他們就包圍住，捉活的；來的人多，他就叫副手出來答話。然後驟然撤退，一撤，再撤，撤到鬼門關，荒崗泥塘等險峻地點，便由遼東三熊出頭襲擊。襲擊不勝，就由胖瘦二老人魏松申、王少奎同那外邀的兩個能手，一齊出來。或文打，或武打，看事做事；臨到最後，再由飛豹子出頭，如此便可穩立於不敗之地。這是飛豹子與他的黨羽商定的頭一步挑釁辦法。

不意十二金錢俞劍平單劍踐約，名不虛傳。二老三熊，輪戰嘗敵，竟都不是俞劍平的對手。鏢行這邊，智囊姜羽沖驀然率眾趕到；踏過伏樁，直闖進後崗，竟遠遠地答了腔，也喊著：「豹子落坑！」雙方針鋒相對，旗鼓相當，竟未得抵面爭鋒，一霎時反激成群毆混戰。

姜羽沖這一路本為教俞鏢頭單劍赴會，才稍稍落後。半騎半步，一路趲行，將近鬼門關，按白晝所勘的地形，忙進入青紗帳，把馬藏起來。由姜羽沖拔劍當先引領著，悄穿田徑，斜趨土崗，要將賊人的退路先行剪斷。

但是賊黨在關前田邊，預設著兩道伏樁，兩處一共埋伏六個人。智囊姜羽沖等將將逼近，便被瞭高的豹黨聽見蹄聲，瞥見黑影。他們急發旗火，吹起呼哨，六人一齊發動。兩個人馳報同黨，四個人掄兵刃上來攔阻鏢客。姜羽沖曾囑同伴，無人處要悄悄地繞行；遇敵要快快地掩擊。於是互相知會，一路疾攻，衝到敵人背後。

姜羽沖、岳俊超、歐聯奎等各展兵刃，奮力奪路。豹黨四個伏樁，人少勢孤，各發暗器，擋了一陣；眾鏢客大堆地湧上來，同時鏢行別隊奎金牛金文穆等也由西南繞到。兩邊一夾，四個賊人越發抵擋不住；急急退下來，繞奔後崗退去。

眾鏢客急喝道：「追！」望影逐聲，跟著往土崗上硬闖。土崗上埋伏著的豹黨早已覺察，立刻亂發響箭，從潛伏處跳出八、九個人，忙將後崗要路分別把住。智囊姜羽沖張眼一望，分撥四個鏢客跟綴逃走的四個敵人。然後各通暗號，與奎金牛金文穆等合在一處，互相策應著，斜越泥塘，直搶土崗。

土崗上的群賊立刻從各路抽出一個人來，並做一道，來迎截鏢客。雙方在崗前崗後，遠攻近圍地交起手來。一霎時崗上崗下，人影亂竄；隔得稍遠，便認不清誰敵誰友。賊人這邊以為鏢客的接應人多，鏢客這邊以為賊黨的埋伏人眾；正是麻稈打狼，兩頭膽怯。

實在的情形，卻是土崗前鏢客人少，土崗後賊人勢弱。所有賊黨幾乎都衝俞劍平撲來；在土崗前，把十二金錢俞劍平師徒，連胡孟剛、馬氏雙雄、孟震洋、石如璋、朱大椿、黃元禮等，分別圈在當中。

在土崗後，三十多個鏢客列成人字形，八、九個賊人堵住一條傾斜的羊腸小徑；旁生亂草，下臨泥潭，非常險峻難行。賊人借叢草蔽形，用暗器擋道，十分得勢；可是驟見鏢行接應人到，未免心驚。智囊姜羽沖在坡下看了看地勢，也不由皺眉；如行狹道，恐遭賊人暗算；有心繞道，又聽得崗前殺聲四起，賊人連呼捉

「魚」，還怕俞鏢頭有了閃失。這必得先遣人搶上土崗，敵住這攔路的幾個賊人，大眾便可從土崗兩旁亂草上踐過去。

姜羽沖眼注前方，向眾人叫道：「哪一位應敵？」

蛇焰箭岳俊超忿然道：「我去！」掄劍便要上前。

奎金牛金文穆搶過來道：「岳四爺，我還沒露一手呢，讓我打頭陣吧。」一揮鋑鋼厚背刀，彷徨四顧，便要攻崗。

姜羽沖急道：「等一等！」忙教岳俊超、歐聯奎分立在金文穆背後左右，兩旁另外留下兩個幫手，便對餘眾說：「請他們三位上去應敵，諸位請陪我穿草地，往上搶呀！」眾鏢客譁然應諾。那追逐賊人的四個鏢客，也被姜羽沖喚回，改作誘敵之兵，喊一聲：「上！」從另一方面，佯作攻崗奪路之勢；借此牽制賊人，幫助金文穆搶崗。

羊腸小徑上，兩旁的亂草簌簌亂晃，不用明看，必有伏兵；奎金牛金文穆傲然不顧。容得誘敵的同伴喊出一個「上」字，誘得賊人發出一排箭來，他便將鋑鋼刀一揮，「巧燕穿林」，奮勇當先。蛇焰箭岳俊超、東台歐聯奎兩旁掩護著，跟蹤側上，一齊往土崗上一竄。賊人已防到這一招，迎頭「唰」地打出兩支鋼鏢。三個人各揮兵刃磕擋；卻已犯險搶上去。

奎金牛一擺手中刀，剛要招呼同伴，跟著往上搶，頓時從草叢中出現四個穿夜行衣的賊人。兩個使鉤鐮槍，兩個使鏈子槍（背後都插著短刀）急急橫身，把路口橫住。為首一個少年一抖鏈子槍，大叫了一聲：「回去！這裡不讓過！」頓時撲過，想把金文穆逼下崗口，或者打到泥潭裡去。

奎金牛金文穆照舊傲然不顧，竟回頭向智囊姜羽沖叫道：「姜五哥，快往上搶！我料理這幾個東西。你聽那邊，一定是俞大哥。」

那少年賊黨罵道：「臭魚的一夥魚鱉蝦蟹，看誰料理誰！看槍！」鏈子槍嘩啦一響當頭砸下。

金文穆疾展鉸鋼厚背刀，把鏈子槍一挑，兩下打在一處。其餘三賊剛上一步，蛇焰箭岳俊超、東台歐聯奎斷不容他夾擊金文穆一個人，齊展劍斧，把敵人迎住。軟硬四條槍，和這一刀、一劍、一雙板斧鬥起來，一時未分勝敗；可是賊黨早已輸了一招。

智囊姜羽沖一擺利劍，厲聲叫道：「快上！」眾鏢客紛紛奔竄，踐著草地東面斜坡，錯錯落落，徑往上闖。崗上賊黨的伏樁，「吱」地一聲呼哨，一齊出動。先發暗器抵擋；擋不住，頓時又有三個賊黨，揮兵刃竄出來，居高臨下，拚命阻撓鏢客，將東斜坡扼住。

就在同時，西斜坡也有鏢客爭先搶上；立刻又跳出兩個賊黨，先發暗器，後揮長矛，把西斜坡扼住。雖然擋得住，可是支援不住。呼哨聲不住地怪響。當中一路，奎金牛金文穆展開教門的潑風萬勝刀，「颼颼」的一連幾招，把使鏈子槍的少年賊，砍得倒退。少年賊卻不肯退下去，崩、打、纏、拿，支持著，與那三個同伴，緊緊把住土崗的羊腸小徑。那東面三個賊黨雖然打得過四個鏢客，卻見鏢客志在用全隊奪崗。賊黨也忙呼嘯一聲，一齊退回去。連發呼哨，警告同黨，但是他們的土崗後路進口處已被鏢客奪占了。

那飛豹子正立身在土崗最高處，眼望崗前平地，正要撲下來和俞劍平一較身手。忽聽見青紗帳後蹄聲奔騰，緊跟著後崗吃緊，敵影蝟集，他就勃然大怒。霍地竄過來，凝眸一望，急知會散漫在各處的同黨，作速聚攏來；自己將掌中兵刃一掂，如一陣狂風撲到後崗。他身邊的幾個同伴，有的銜命往崗前傳信，有的跟著他齊奔後崗。

這時候，少年賊的鏈子槍被奎金牛一路萬勝刀，直剁得左閃右退，接連遇上三四次險招。末後好容易看出破綻，金文穆的萬勝刀點到右肋；賊人往左一錯步，金文穆的刀扎老了。賊人再不肯容情，一個「怪蟒翻身」，鏈子槍翻轉來，唰地鞭打金文穆的頂梁。

不想金文穆陡然往左斜身，右手刀猛往上一撩鏈子槍，左手「噗」地把鏈子槍頭奪住；厲聲喝道：「撒手！」萬勝刀順勢往外一送，少年賊人想奪回，一縷寒風直抹到賊人持槍的手指，少年賊人趕快的鬆把，鏈子搶唰地被金文穆奪去了。刀光又一展，少年賊拚死力往後飛竄，驚得一身冷汗；忙回手拔刀，先往外一封，架住了敵招，又一跳，躲開了，這才把一陣手忙腳亂的慌勁讓過去。

奎金牛哈哈大笑道：「不要慌，給你這槍吧！」唰地劈面打出去。少年賊人閃身躲開，抹一抹頭上汗，咬牙切齒，又衝上來。他仍不肯認輸，仍不肯退避，仍然戀戰，擋住了羊腸小徑。那另外的一條鏈子槍和一對鉤鐮槍，以三打二，倒能擋住岳俊超的單劍和歐聯奎的雙斧，但是這只能阻敵，不能取勝。飛豹子如飛地奔到，略一注視，厲聲喝道：「喂，躲開了，讓我來會會這位潑風萬勝刀！」

那少年一提手中刀，抽身躍回土崗。奎金牛揮刀便進。飛豹子道：「呔，別動，相好的，我要會會你閣下。」橫身邀住了金文穆。金文穆側身進招，蛇焰箭岳俊超在身邊，智囊姜羽沖在遠處，一齊吆喝道：「金鏢頭留神，這就是飛豹子！」

金文穆聞言一愣，「唰」地一撤身，停刀封住門戶，側目仔細打量敵人。

飛豹子一到，伏樁的賊人俱都退上土崗。鏢客們川字形湧在崗口，內有帶著孔明燈的，忽地將燈板打開，向土崗連連照射，把飛豹子等照看了一個正著。飛豹子本將草帽推在背後，此時忙把草帽往頭上一按；向同伴低說了幾句話，手中短刃一晃，冷笑道：「是飛豹子又怎麼樣？呔！朋友，你好刀法！你是俞劍平的什麼人？」

奎金牛金文穆捧刀拱手道：「在下是俞劍平的朋友，你既然是飛豹子，久仰久仰！……」還要交代幾句江湖話。不料飛豹子竟挺身猛撲過來，把手中短兵刃一舉，道：「呔，發招吧，少說閒話！」這短兵刃原來就是當日劫鏢、打敗鐵牌手的一支短菸袋桿，二尺來長，純鋼打造，鍋大桿粗，菸嘴菸鍋一體渾成。昔年曾用它戰敗遼東綠林風子幫（指遼東一帶的劫馬匹的賊幫），今日拿來找尋俞劍平。

金文穆還想說話，岳俊超吆喝道：「金三哥，這東西不通人情。少跟他講那一套，宰呀！」金文穆遂說了個「好」字，立刻身形一矮，往前一縱步，捧鉸鋼厚背刀，照長衫客胸前便點。

長衫客飛豹子左臂的肥袖子往外一拂，也不使手中短兵刃接招，身形快若飄風，突繞到金文穆背後，金文穆也是虛實並用，頭一刀並未撒出去；刀才點空，左掌斜往上一推，右手刀「白鶴剔翎」，斜塌身形，刀鋒外展，唰地旁掃長衫客的下盤。

飛豹子見金文穆刀法很快，遂不再試招。鐵菸袋「倒打金鐘」，斜身往後甩打，喝聲：「撒手吧！」「嗆」地一響，聲銳而長，火星飛濺，兩下兵刃相碰。金文穆的鉸鋼厚刀雖沒撒手，可也驀地一震；嗖地往右一縱身，匆遽間急驗看刀鋒。幸而刀鋒只是斜劃，刀身吃力重，只微微磕傷一點刀刃。

金文穆心中吃驚，這個飛豹子好大的膂力！金文穆只一落身的工夫，飛豹子已跟蹤而至；鐵菸袋「迅雷貫耳」，挾著勁風砸下來。金文穆往左錯步，倒翻身「烏龍盤樹」，橫砍飛豹子的中盤。

飛豹子身隨勢變，步眼圓滑，右腳往外一溜，以敵勢破敵勢，「倒踩七星步」，閃身讓招。金文穆的刀又走空招。飛豹子反欺到金文穆的背後，左手駢食中二指，照金文穆右肩後的「風府穴」點下去，想卸金文穆的右臂。金文穆頓時覺察，塌身下式急忙一擰身，「推窗望月」，鉸鋼厚背刀上斬敵人右肩、順削脈門。飛豹子兵刃往下疾沉，斜身探臂，鐵菸袋反打金文穆的下盤「風市穴」。金文穆騰身旁躍，竄出數尺，險被敵傷。兩下裡分而復合，又鬥起來。

奎金牛金文穆把教門潑風萬勝刀法施展開，雖只七十手，可是回環運用，變化無窮。這種刀法一須力大，二要招熟；金文穆乍逢勁敵，把一身本領運用出來。刀光人影，上下翻飛，恰似駭電驚霆；崩、扎、窩、挑、刪、砍、劈、剁，一招一式，迅猛異常。

長衫客的一支鐵菸袋，更是江湖上少見的外門兵刃，時而做奇門劍用，擊、刺、挑、扎，夭矯如神龍；時而作點穴钁使，點、打、崩、砸，伸縮如怪蟒。短短兵刃，虛實難測；身形迅快，猛若怒獅。

動手到三十餘招，金文穆覺得自己的招術發出去，往往受到敵人的牽制，不能隨招進招。深知遇見強手，忙將精神提起來，用全力應付。霎時間，又鬥了幾合；金文穆把鉸鋼厚背刀一翻，「進步撩陰」，照敵人攻去。長衫客飛豹子故意誆敵誘招，容得金文穆的刀已遞出來；便霍地將右足往後一滑，鐵菸袋往下一壓，左手並雙指，猝點金文穆的「啞門穴」。

金文穆收招不及，急急地一抹竄出一丈多遠。才得凝步轉身，長衫客早騰身躍起，跟蹤撲來，喝道：「呔，別走！」往前一縱，欺敵進步，飛身趕打。鐵菸袋快如脫弦之箭，又照金文穆背後「天突穴」點來。

奎金牛金文穆也是老江湖了。閃身一竄，雖為避敵，卻已百忙中料到敵人跟蹤必到。立刻應招改招，變式詐敵誘敵；故意地將身法略略一頓，長衫客的鐵菸袋堪堪點上來。他這才倏地往左一旋身，身移刀現，展「鐵雨金風」，鉸鋼厚背刀自下往上一掩。刀光閃閃，猛喝一聲：「看刀！」照敵人的兵刃猛削出去。

這一下削實了，敵人的兵刃必定脫手。長衫客的招術用老了，鐵菸袋已經發出，奎金牛的刀已經削到。

長衫客眼快招疾，就是黑夜，聽風變招，居然隨機應變，把鐵菸袋懸崖勒馬，往上一舉，「舉火燒天」，避開敵招，反照金文穆的面門上一晃。卻趁勢伸左手，並食指中指，「仙人指路」，倏地照金文穆的右臂「三里穴」點去。兵刃點面門，手指點穴道，同時發出兩招來。

金文穆的刀已經削出去，一見勢危招急，忙展開萬勝刀的絕招「三羊開泰」，一招分三式，振右臂往下斜沉，俯頭面往旁微側，只喝得一聲：「咄，看招！」不管敵招閃開閃不開，把鉸鋼刀的刀頭，硬往長衫客的左臂狠狠劈過來。料想長衫客勢必撤左手，回來救招。奎金牛這一刀真是拚命；敵在坡上，己在坡下，形勢先不利，只得冒險求功。

果然長衫客把奎金牛這一招的用意看破，急借招拆招；短兵刃一轉，倏然翻下來，劃打金文穆的刀背。金文穆就是原式不變，左腳一頓，刀鑽的鋼環一振，嘩啦啦一響，刀鋒倏地往外疾推；一招兩式，斬項截胸。

長衫客右臂一拂，迅如旋風，已轉到金文穆的背後。「遊龍探爪」，鐵菸袋照金文穆的右臂一搭，左手的食指中指又照金文穆的「靈台穴」點來。鐵菸袋早把金文穆回身現刀的路子封住，這左手探出來，看看擊中金文穆的要害；金文穆再要閃躲，已來不及，長衫客濃眉一展，喝道：「朋友，認輸吧！」

奎金牛數十年的盛名，眼看要敗於二指之下，猛然「唰」地飛過來一條黑影。一聲不響，其快如矢，飛縱到金文穆側面，一對判官筆往下一沉，一分一抬，把長衫客的招術破開。然後振吭一呼：「金三哥，衝啊！」

第五二章　強賊詐退

長衫客看看得手，猝然來了敵人的援兵，哪能不抽招撤步？鐵菸袋往回一帶，借著甩臂擰身之力，颼地往左退出五六步。手中鐵菸袋復又揚起來，向來人一指道：「哈哈！朋友，你來的是時候，金朋友可以歇歇了。……噢，原來是你！」

來人封住門戶，向長衫客叫道：「不錯，在下是姜羽沖。飛豹子，鎮前初會，怎麼就走了？來來來，在下陪同十二金錢俞劍平，應召踐約，來到鬼門關前。朋友，咱們是怎麼個講究呢？你這麼亂打一鍋粥，究竟怎麼講？你閣下邀人赴會，就是這樣的聚會麼？朋友！魚兒沒入網，我只怕豹子掉在坑裡了！」

智囊姜羽沖救了金文穆，暗向金文穆一擺手；金文穆把長衫客盯了數眼；閃身退到姜羽沖身旁。攔路的賊黨也都退到長衫客身後兩邊；兩方面旗鼓相當，劍拔弩張地對峙著。

這時候四面喊殺聲大作，震耳欲聾。姜羽沖把判官筆一分，橫在長衫客對面，提高嗓門，大聲叫陣道：「飛豹子！看你的意思，一再誘敵，多方設伏，大概你是要群毆。你口口聲聲說以武會友，那麼輸了怎麼樣，贏了又怎麼樣，也該當面言明。像閣下卻奇怪，一味地誑騙，把我們誑到這裡來了，可是你又能怎麼樣？現在我們也看透了這步棋了。

「長話短說，你若看得起我們江南武林，請你把萬兒報出來，把菜也點出來。你若看不起我們；朋友，沒有別的說的，我們可就要針鋒相對，毫不客氣了，喂，請明說吧！你是要跟十二金錢一個人會會？還是挾黨恃眾，跟我們大傢伙湊湊？你願意單會俞某人，就趕快止住大從，我也止住我們的人。你願意群毆，朋友，我們也沒法子，我們可就要開招齊上了。但是話歸本題，你贏了，鏢銀歸你；你輸了，你該怎麼樣？莫不是你輸了，你還是再跑？」

姜羽沖向長衫客發話；其餘鏢客叫罵著，恨敵無理，齊要上前混戰，擒拿這長衫客。姜羽沖連連喝止：「咱們到底是先禮後兵。」把雙筆一合一舉，按武林規矩，向敵人施禮；想這長衫客飛豹子被自己的話封住，無論如何，必有兩句場面話。

哪知這長衫客非常古怪，冷笑一聲道：「姜朋友，江湖上傳言，都說你料事如神，果然不愧智囊之號。我們當家的真教你猜著了；他輸了，真是要跑。不過，朋友，你不能只說一面理。我們當家的投柬邀駕請你們十二金錢俞大劍客在鬼門關，較藝賭鏢，本來說得很好。但是，你們卻派一撥人來踐約；另派一撥人抄後路，到我們撈魚堡來胡攪。相好的，只可惜你們抄後路的朋友有點頂不住，也陷在堡裡了。姜大劍客，我請問你，這個理怎麼說？明面上在鬼門關踐約，暗地裡派人掏底，這難道也是江湖道上的規矩麼？」

智囊姜羽沖愕然道：「什麼，你又要賴辭？」

長衫客呵呵大笑道：「就算我們賴辭。可是你們硬要抄我們的後路，我們當家的能夠不回去麼？相好的，這鬼門關相會的話，現在就拉倒。我們當家的已經翻回撈魚堡，照應你們抄後路的朋友去了。喂，松江三友，威名不小，我們當家的好接好迎，此時想必已經和令友松江三友答話了。兩個地方，兩個邀會，我們人少，蒙嘉賓登門，可惜照應不周到。索性我們兩路並成一路，都在撈魚堡見吧。」

群賊同時叫道：「姜大劍客說的話冠冕堂皇，你可臉對臉說話，暗地又下絆子。乾脆，你們有膽量，咱到撈魚堡見面！」長衫客與群賊把鏢客分路下卡的佈置喝破，頓時紛紛遊走起來。唰地一溜火光，發起信號，在長衫客後的群賊各各撤退。長衫客放了幾句話，竟拋開姜羽沖，湧身一躍，分明也是要走。

姜羽沖、金文穆、岳俊超等，見時逾三更，窺知賊人勢將潰圍而遁。卻不料賊人抓了這麼一個理，把失約之過推到鏢客身上。姜羽沖大怒，喝道：「飛豹子，你不要攪理。站住！我還要請教你三招兩式再走！……」

當此時，群賊亂竄，呼哨連吹。長衫客竟置鏢客的詰問於不顧，把短刃一揮，招呼同伴，一齊撤退。姜羽沖怒極，回顧眾鏢客道：「不要放他走，截住他！」所有鏢客頓時暴喊了一聲，掄刀爭先，把路口攔住。

長衫客轉身要走，卻未真走，仍然扼住土崗，不教鏢客上前。智囊姜羽沖將一對判官筆插好收起，重拔長劍應敵，展開身形，當先奪路。厲聲罵道：「飛豹子，別人能走，你別想走！」

長衫客飛豹子笑道：「你是江南成名的武林道，我在下早想領教；但是，姜朋友，我卻不願在這裡候教。」回身一指道：「還是到撈魚堡！」

姜羽沖用劍一指道：「你倒一廂情願，相好的，你就接招吧！」利劍一挺，「巧燕穿林」，身隨劍進，奔敵人撲來。長衫客飛豹子當徑而立，早料定有這招，卻故意地不閃不躲，扼住崗路，把鐵菸袋桿往外一磕。他居高臨下，分外得勢；右腳著地，左足輕提，雙臂一分，斜身側展，「毒蛇尋穴」，鐵菸袋唰地往劍身上砸去。姜羽沖不由一撤劍，倒退了半步，復又挺劍進攻。這兩人在土崗後一上一下的拒住。

傾斜的土坡高低相懸也有一兩尺。姜羽沖左手劍訣復一領，劍花一轉，「仙人指路」，直指向敵人上盤；卻因高低參差，僅僅刺及長衫客的中盤。長衫客一招撲空，右手微撤，左腳上步，「撥草尋蛇」，讓過了劍鋒，鐵菸袋斜奔姜羽沖的「雲台穴」。姜羽沖往左一擰，「烘雲托月」，上削長衫客的兵刃。長衫客把鐵菸袋往回一帶，「唰」地反從下往上猛翻，「倒打金鐘」，兜著姜羽沖的肋下撩來。姜羽沖回肘縮身，幸沒被菸袋兜上；急搶步改勢。展眼間兩個人換了五、六招。

姜羽沖仰攻吃力，不由恚怒起來，喝道：「好朋友，你下來！」

長衫客笑道：「好朋友，你上來！」

姜羽沖越怒道：「好朋友，比武只憑一刀一劍，借地勢勝人，不嫌丟臉麼？我可要對不住了！」回顧同伴喝道：「一齊搶！」頓時間，金文穆、屠炳烈、岳俊超、歐聯奎、阮佩韋等，先後衝上來；即一左一右，和姜羽沖站在一條線上。後面的鏢客各各掏出暗器，又聽得姜羽沖喝一聲：「攻！」一齊發動猛往土崗上搶來。飛豹子就生得三頭六臂，也擋不住近攻的七敵，遠攻的好幾支鏢箭。說聲：「好麼！」翻身一退說道：「我讓了！」身後土崗立刻被先上來的七個鏢客奪占。

七個鏢客犯險先登，仍由姜、金二人追敵，其餘岳、屠等人忙接引同伴上崗。

七個鏢客沿崗飛奔，往崗前葦叢走去。鏢客大喜，這一佔領高崗，頓時望見崗前的情形；崗前邊的群賊正圍攻俞劍平等。姜羽沖邀著金文穆，揮劍緊追長衫客；一面閃目四顧，防備賊人的埋伏。崗上崗下亂草叢生，深恐潛藏著敵人。姜羽沖奮勇當先，連聲吆喝著：「朋友們，留神看四面！」

四面竟沒有意外，眾鏢客一齊奮勇下去。哪知崗上沒有埋伏，崗下竟生意外。

眾鏢客緊綴著長衫客，穿羊腸小徑，折向土崗下，抹著葦塘，緊追下去。葦塘前雜草搖風，只見這長衫客似一條長影，東一拐，如水蛇似的閃掠，竟投進葦塘。眾鏢客窮追不捨，往前衝殺，姜羽沖喝道：「小心葦塘！」

眾鏢客一齊注視葦塘，奎金牛金文穆負怒猛追，道：「哪裡走！」一言未了，陡然間土崗前坡半腰叢草中「唰」地一聲，竄出五條黑影。草叢很矮，這五個賊人大概是躺在草地上伏著。為首一賊，短小精悍，突喝一聲：「打！」五個賊黨從斜刺裡攻來，發出一陣暗器。

眾鏢客懸崖勒馬似的，急急凝步側閃。五個賊人竟施展五根桿棒，齊照金文穆一個人纏打過來。崗坡傾斜，不易立足。金文穆被這五根棒包圍，急急地揮刀抵拒，循著長衫客逃走的路線，往下猛竄。腳下一軟，說聲：「不好！」想往回退，後面的兩根桿棒已經打到。

金文穆大怒，不能後退，只得努力往前一竄；「噗嗤」一聲，兩條腿陷入泥塘中。原來這片葦塘，處處是泥灘；有的地方是軟泥，有的地方是水窪。金文穆恰被賊人所誘，掉到泥灘裡了；頓時往下陷落，爛泥竟沒到膝蓋。忙追中，也就顧不得許多，一迭聲地大叫：「泥塘、泥塘！」卻不道喊聲未了，時光庭跟蹤繼上，也陷進了一隻腳，急忙拔出來。

眾鏢客聞聲大驚，只道金文穆中了暗器，負傷栽倒。智囊姜羽沖、岳俊超、屠炳烈等一共十多個鏢客一擁而上，由土崗斜坡奔向這五個使桿棒的賊撲來。岳俊超揮劍先到，被兩根桿棒纏住。姜羽沖揮劍斜繞，只想追超飛豹子，也被三根桿棒擋住，動起手來。

沒影兒魏廉、東台武師歐聯奎，趁這工夫，飛奔來救金文穆。二人騰身往下一竄，下面頗像一片淺草地。金文穆大叫：「姜五哥，這是爛泥塘，我陷住了！」這話可惜喊晚了，才叫出「泥塘」二字，歐聯奎「撲通」一聲也掉在水窪裡了；沒影兒魏廉也落在裡頭；他們卻仗一股猛勁，叫得一聲：「不好！」「忽啦」的一聲，歐、魏兩個人從水窪裡跳出來；原來這片水窪泥底較淺。

這時候少年壯士李尚桐在土崗斜坡上，奔竄尋敵；忽一腳踩著圓溜溜的一塊東西，不由得腿一滑，身子一栽。賊人的桿棒抽空「唰」地纏打起來，使足了力氣，往懷裡一扯，喝一聲：「滾下去吧！」

李尚桐猛然往外一奪，賊人驟然一鬆手，李尚桐身形一晃，骨碌碌地從崗上掉下來，整個栽倒泥塘裡。「鯉魚打挺」，往起一竄，哪知腳下身下盡是軟泥淤水，不得著力，到底「噗哧」的一聲，又滑下去。他連滾帶爬，往外力掙，大叫道：「好賊！朋友們，土崗底下這邊盡是爛泥塘呀！」

土崗下確有一片片的淺草泥塘和深潭葦塘；賊黨一力地往這邊敗退，就是要誘鏢客上當。崗上邊五個使桿棒的賊譁然大笑，且戰且嘲弄眾鏢客：「魚兒入網了，你們這些蝦米，小泥鰍，還不給我滾下去！」跟著「噗哧」一聲，又有一個鏢客失足滑落下去。蛇焰箭岳俊超勃然大怒，一展手中劍與四五個鏢客奮力圍住這五個賊人。

智囊姜羽沖抽出身來，顧不得追豹，只得先想法拔救奎金牛。其餘鏢客散漫開，擇路往土崗下面奔竄，還得超過去接應俞、胡二鏢頭。狂笑聲中，長衫客飛豹子已然徜徉走了。眾鏢客乾生氣，追不上他。

岳俊超引同伴力鬥五條桿棒，殺興大起，一連數劍，把那個矮小精悍的賊殺得倒退。原來這賊便是江北新出手的劇賊凌雲燕。此人生得削肩細腰，頗似女子，卻是身輕如葉，武功很強；但不甚會用桿棒，所以抵不住岳俊超。當下此賊賣一個破綻，抽身便退。一抹地敗下來，還想誘岳俊超陷入泥潭。此賊細聲細氣，冷笑叫道：「好漢子，你敢追過來麼？」一翻身，往葦塘邊跳去；退到泥潭邊際站住了，又向岳俊超叫陣。

岳俊超大怒，卻不肯上當，把劍一收，一揚手，倏地發出一支蛇焰箭。箭馳半空，砰然地一聲爆炸，放出一溜藍焰，頓時照得崗下片刻通明。眾鏢客齊聲喊叫：「這邊是泥潭，這邊是泥潭！那邊有道！」跟著一路急攻，所有使桿棒的呼哨一聲，敗退下來，一登一竄，一竄一登，先後也沒入葦塘。料想葦塘有水，賊人能夠鑽進去，必定也有土徑，可以通行。

蛇焰箭岳俊超便窮追進去。智囊姜羽沖急叫道：「別追，別追！你們快來救金三爺吧！」

李尚桐嚷道：「還有我哩，我可要沉下去了！」

眾鏢客亂作一團，有的急急繞路追賊，有的忙著過來拔救自己的人。鐵矛周季龍首先奔來，設法援救李尚桐。不想救得太急，周季龍一下子失神，自己一條腿也陷入泥中；忙忙地拔出腿來，腳上的靴子，已經灌滿了臭泥淤水。

那一邊又奔過來兩位鏢客，協力搭救奎金牛金文穆。金文穆身高體胖，陷沒處又最深險，越掙扎越往下沉，眼看泥水將要淹沒到臍下，急得他怪喊不休。

東台歐聯奎、沒影兒魏廉，半身濕淋淋地站在泥塘邊，掏出飛抓來，擲給金文穆，努力往外牽救。金文穆往懷裡扯，歐、魏二人往塘外拔，兩方較足了氣力。不想這爛泥的膠著力很大，「蹦」的一聲，飛抓的繩索竟被扯斷。魏廉、歐聯奎連打了幾個晃，險些摔倒。急得金文穆大叫道：「不好，要命，要命！眼看要過胸口，我可要憋死啦！」

金文穆又急又怕，深恐飛豹子賊黨再翻回來。莫說來反攻，就是發個暗器，自己也逃不開，躲不掉。姜羽沖空號智囊，到了這時，也萬分焦灼；一面催人接應俞、胡，一面還得想法子把人撈出來，那一邊，周季龍一腳爛泥，和兩個鏢客努力拔救李尚桐。沒影兒魏廉、歐聯奎半身是水，努力拔救奎金牛。俱都是越著急，越救不出來。

到底姜羽沖隨機應變，想出急招來；連喚阮佩韋、周季龍各掄飛抓，先扯住金文穆和李尚桐，以免再往下陷。他自己忙又分派眾人，散在四面，防護著賊人來擾。又撥出數人，催他們趕快拔刀割草；束草成捆成墊，鋪墊為橋，好渡過人去，扯救那陷溺最深的金文穆和李尚桐。

眾鏢客忙亂著救人，也顧不得追賊了。但是賊人果然反身追尋他們來！葦塘中只聽得陰沉沉地連聲怪笑，那長衫客驀然現身，吆喝道：「俞大鏢頭，姜大劍客！到底教你看看是魚兒落網不是？哈哈！豹子沒下去坑，臭魚爛蝦都掉在臭水塘裡了！我這才要會會你們的能人！」

葦草簌簌地響動，賊黨眼看反撲出來。姜羽沖等一齊大驚，賊人果然乘危前來反攻。智囊姜羽沖切齒恨怒，不遑計及拔草墊灘之事。自己忙一提兵刃，一縱身，嗖地撲向葦塘，先把賊人來路擋住。

沒影兒魏廉和阮佩韋等，雖不能扔下金文穆、李尚桐不顧，可也不能忍受賊人的訕笑與反擊。幾個人不約而同，齊一揚手，「唰」地先發出鏢箭，徑照葦草打去，其他鏢客也齊發暗器。那長衫客早已一陣風竄出來。姜羽沖、岳俊超，不要命地截過去。葦草亂響，人影亂閃，好像賊人都向這邊撲來。

葦塘那邊草地上也是人影亂竄，至少有十多個人。姜羽沖這邊倒有三十來人，可是忙著掩護同伴，有一半人橫身擋在金、李前面；不敢退避，不敢進攻，只能死守的份兒。姜羽沖一跺腳，道：「咳，跟他們拚了吧！」與歐聯奎等六七個人，一條線地往前橫衝過去，決計不容賊人迫近。賊人如果迫近，金文穆等必要喪生。

金文穆只剩兩隻胳膊了，爛泥眼看陷到胸口。李尚桐比較好些，掙了渾身的泥；雖沒有陷到深處，只是使盡氣力，總拔不出來。

長衫客已率六、七個人翻回來，姜羽沖忙率六、七個人迎上去。長衫客用菸管一指道：「姓姜的！」

姜羽沖揮劍罵道：「飛豹子，沒有說的，看劍！」說著往前一竄，摟頭蓋頂舉劍就砍。

長衫客長笑一聲，往旁略閃，「唰」地斜竄過去。姜羽沖急急往外跨步，橫身要將敵人截住。這如何截得住？長衫客一迎一閃，竟奮身一躍，拋開姜羽沖，直奔泥塘撲來。

姜羽沖咬牙切齒急追，長衫客竟從姜羽沖左肩抹過去。追之不迭，姜羽沖抖手發出一支鏢。那長衫客一撲，龐大的身軀一伏，把暗器閃開；腳步不停，一味地奔金文穆隱身處而來。葦塘外東南角也有一些人影，遠遠地歷落繞來。

姜羽沖大怒道：「快截住那一邊！」救護金文穆的鏢客未容敵到，急急地應聲分出幾個人，來遠遠地先擋住東南角敵人的來路。本來是鏢客人多，這一來倒牽制得應付不暇了。姜羽沖心中非常地惱怒難堪。

忽又見西北角疾如箭馳，奔來三個人影；兩個人影在前，一個人影在後。姜羽沖越發焦急，心想：「金三哥的性命休矣！」深愧計疏，怒喊如雷道：「飛豹子，哪裡走？看鏢！」嗖地一聲，一點寒星掠空打出去，直奔長衫客的上盤。

長衫客一撲身，又一旁閃，一支鏢掠空打過。姜羽沖趁此機會一躍兩丈，竟趕到長衫客的背後；長劍一挺，照敵人後心就刺。長衫客回身招架，他的同伴立刻把姜羽沖圍住；眾鏢客也立刻衝過來。雙方抵住，在崗下又混戰起來。

姜羽沖且戰且呼：「岳四弟，快擋住那邊！阮賢弟，別離開，務必扯住金三爺！」正在危急間，那三個人影也奔到兩個。先頭那一個人厲聲喝道：「姜五哥，怎麼樣了？」

姜羽沖一塊石頭落了地，眾鏢客一齊大喜，來人正是十二金錢俞劍平。十二金錢俞劍平、鐵牌胡孟剛等被群賊包圍，本甚緊迫；直等到姜羽沖等從崗後抄過來，群賊立刻知道鏢行援兵馳到。猜想人數必多，也許有官兵來剿，他們就吹起呼哨，立刻撤退下去。雖然散奔各處，卻繞著道，都奔葦坑埋伏下來。

那胖、瘦二老人首先往下撤退，兩個穿黑衣的夜行人物也率眾退卻。俞劍平、胡孟剛和馬氏雙雄、單臂朱大椿、黃元禮、石如璋、左夢雲、飛狐孟震洋等頓時鬆動，忙聚在一處，認定胖、瘦二老人為賊黨領袖，一步不敢放鬆地追去。

二老腳程頗快，穿林疾走，眨眼間出了疏林。俞劍平、胡孟剛和馬氏雙雄，繞疏林兩頭截堵，沒把二賊堵住；可是也沒容二賊逃開。這二老往葦塘那邊奔逃，也想把俞劍平誘陷在泥塘裡頭。不想俞劍平有數十年的輕功，追賊又追得很緊，賊人狡計竟未得逞。

那胖老人往泥塘邊一跳，又一登塘中預先豎立的木樁；一竄一登，一竄一登，身形亂晃，逃入葦塘中去了。黑影中看不出道來，可是俞劍平分明還記得這片葦塘有水，賊人竟會在水中奔跳，竟會聽不見泥水「啪嗒」的聲音，料想必有蹊蹺。

俞劍平是從平地趕過來的，不比姜羽沖憑高下竄的冒險，頓時發現賊人的秘密。賊人跑近葦塘，分明腳底下似有所擇，並非一直往前闖。俞劍平便不肯上當，立即止步低頭尋看。這一看，忽然發現前面亂草中隱隱似有水光，「哦」的一聲道：「好賊！」一聲未了，賊人抖手發出一鏢。俞劍平忙即閃身，將鏢閃過。賊人大喝道：「呔，姓俞的，你敢過來走兩招麼？這裡可有魚網！」

俞劍平冷笑道：「俞某不才，梅花樁也學過。你等著吧！」賊人聞言，不由一愣，疾抬頭，看見俞劍平伏身作勢，做出要往前竄的架式。賊人竊喜，立刻蓄勢以待。哪知俞劍平猛往前一躍，並未離開地方，卻「錚」的一聲，發出一枚錢鏢來。只聽得「噗嗤」、「哎呀」！葦塘中的賊人中鏢栽倒，滾下了木樁，掉在葦塘的泥窪中了，迸得泥水四濺。賊黨立刻把中鏢的同伴救起來。

在這葦塘西北面，相距不過片刻，鐵牌手胡孟剛、馬氏雙雄、小飛狐孟震洋、左夢雲等人俱都抄旁路，繞到這邊來。

賊人故弄狡獪，把葦塘的葦草弄得簌簌作響。鐵牌手胡孟剛大叫道：「好賊，都在這裡呢！攻啊！」他與馬氏雙雄一齊撲去。十二金錢俞劍平連忙喝止：「胡二弟，別上當！這葦塘不是旱葦子，裡面是泥塘！」馬氏雙雄、胡孟剛急忙止步尋問，湊了過來。

俞劍平道：「賊人暗埋梅花樁，想把我們誑下泥窪裡去。可惜他們梅花樁的身法並不強！」他吩咐馬氏雙雄四面兜圍，先把豹黨看住了。「相好的，我看你怎麼走！」

胡孟剛恨恨叫道：「快放火！把葦子燒了，看你們怎麼藏！」這是句威嚇的話，卻也做出放火的架勢來，不料賊人在內已經看出。

俞劍平喝破賊人的誘敵狡謀，賊人在葦塘中便藏身不固。俞劍平窺定賊蹤，用金錢鏢一枚一枚地打進去。賊人會登梅花樁的果然不多，身法極重，腳步又不能輕，漸漸支撐不住。有的在水中木樁登的工夫久了，樁子吃不住勁，似要下陷；有的把木樁登歪了，連忙換樁挪地方。而且賊人設樁誘敵，事出倉促，所設的木樁很少；只在要徑上，選取幾處葦塘，按卦象設了一百二十八棵。

木樁也是臨時湊的，長短粗細不齊，乃是賊黨專給自己預備的退路；萬一拒不住鏢客，便可以登梅花樁穿葦塘退走。所以初設之時，拒敵意思居多，誘敵的計策還是臨時起的意。

當時胖瘦二酋和黑衣二伴未能把俞劍平誘入，忙暗呼同黨，一徑取路退下去。

俞劍平緊追不捨。此地葦塘、水坑、土崗、疏林，處處險阻，到底沒有綴住賊人。賊人誘敵之計雖敗，可是抽身逃走，到底很容易地溜開了。卻把俞劍平、胡孟剛、馬氏雙雄、朱大椿、黃元禮、孟震洋、石如璋、左夢雲等人，溜得圍著葦坑泥塘繞了好幾圈，仍未把賊人堵住。於是十二金錢俞劍平望影逐賊，剛趕到土崗前坡，恰恰前面又阻住一片葦塘。胡孟剛叫道：「俞大哥，這些狗賊們一定又鑽在這裡了。」

俞劍平對馬氏雙雄道：「二弟，三弟，你們打南繞，我們打北繞。」分兩面，抄葦坑奔過去；意在追賊，卻得與接應之兵相遇。

姜、金一行本為接應俞、胡，反倒受了俞、胡的救應。可是姜羽沖等一陣鼓噪，無形中又替俞、胡解了圍。俞劍平立刻健步當先，同姜羽沖等，遙打招呼；鏢行至此，合在一處。

那長衫客飛豹子公然不懼，兀自猛撲姜羽沖。姜羽沖惟恐賊人無法無天，傷了奎金牛金文穆，正在破死力牽制長衫客。長衫客無意傷人，只不過故意張惶，要牽制鏢客，好容自己人退去。

當下，智囊姜羽沖力拒長衫客；俞劍平急抄土崗，斷賊退路。各路鏢客漸次聚在一處，勢力愈形雄厚；賊黨卻分散成四五堆，往來亂竄，不時出沒於林崗、葦塘中。鐵牌手胡孟剛連聲呼叫：「劫鏢的正點在這裡，穿長袍的就是；相好的，往這邊鑽啊！」眾鏢客聞聲歡呼，越發奔長衫客一個人撲來……

突然聽疏林吹起胡哨，聲調尖銳而嘹亮，似有三四支呼哨同時吹響。鏢客愕然，不知賊人又弄什麼詭計，復疑賊人又來增援。哪知散奔各處的群賊驟聞哨聲，「唰」地退去。這一次退得極其神速。但見人形亂竄，不一刻，群賊合成兩路，由胖、瘦二老人率領，衝奔土崗西北角而去。

鐵牌手大聲呼道：「飛豹子不要走！」然而飛豹子並沒有走。那長衫客飛豹子和兩個穿夜行衣的賊人，正在落後力戰。眾鏢客都奔長衫客，長衫客施展迅快的身法，引得眾鏢客跟他東一頭，西一頭亂跑。

忽然間，長衫客及其同伴，竄到泥塘邊，短兵刃一舉，要來攻打陷入泥塘的金文穆、李尚桐。姜羽沖隻身單劍，遮攔不住三個敵人，情形危急，連聲招呼：「俞大哥快來，金三哥陷在泥塘了！」

十二金錢俞劍平正搶土崗，遮截群賊。不道長衫客真真假假，竟要來戕害金文穆，兩個夜行人來傷李尚桐。眾鏢客明知賊人使的是牽制之計，無奈賊黨「攻其所必救」；「救友」總比「追賊」急，剛剛搶上土崗的人還得奔下來。

十二金錢恨極，如飛鷹掠空，竄到長衫客背後，厲聲叫道：「飛豹子，我俞某今天一定要跟你見個起落！」「唰」地一劍砍去。

這地方就在泥塘邊。那阮佩韋正像放風箏似的，扯著飛爪，牽著落塘的金文穆，往外拉竟拉不動，只能牽扯著，不教金文穆再往下陷落罷了。猛聽後面長衫客陰幽幽地一聲怪笑，道：「相好的，你是釣魚還是釣王八？拉皮條還是拉縴？」冰涼的鐵菸袋桿隨著話聲，「嗤溜」地打到阮佩韋的脖頸上。

阮佩韋吃了一驚，手一鬆，回手掄刀。他哪裡是長衫客的對手？胳膊才一抬，覺得肩後「環跳穴」一陣發麻，「咕咚」一下，「啪嗒」一響，人和刀齊倒在地上。

姜羽沖大吼一聲，揮劍來救；一躍兩丈，人未到，劍直劈出來。

姜羽沖劍快，還不如長衫客的手快；只見他一伏身，立刻抓起阮佩韋，回身一掄；厲聲叫道：「你砍！」姜羽沖嚇得拚命往回收招，這劍才未砍著阮佩韋。那兩個夜行人就勢竄過來，把姜羽沖擋住。眾鏢客大駭；雖未看出危急，卻已聽見阮佩韋的呼聲，立刻紛紛撲過來。

阮佩韋被長衫客掐脖頸，抓腿腕，掄了起來。眾鏢客一齊猛衝，都不敢下手，有的掏出暗器來。長衫客似旋風一轉，狂笑聲中，阮佩韋失聲大吼。立刻，黑忽忽像球似的，被長衫客喝一聲：「去你的吧！也餵王八去吧！」嗖地被拋向泥塘，恰落在金文穆失陷處的旁邊。

阮佩韋卻也了得，未容身落實地，懸空一翻，這才頭上腳下地落下來。泥塘爛泥很滑，「噗哧」的落下來，泥水四濺。阮佩韋趁勢「鯉魚打挺」，往起一掙，哪裡掙得出？「噗哧」又一聲，重又陷在爛泥之中。渾身濕淋淋，不亞如落湯雞，頭面上盡是淤泥臭水，掙扎著露出上半身，下身也陷入泥中。

金、阮兩人做了夥伴，恨罵道：「飛豹子，你這老兔蛋，好損！」泥塘邊發出了得意的狂笑，長衫客傲然揮動短兵刃，尋敵而戰。眾鏢客譁然大罵，首先竄過來的是岳俊超、屠炳烈、歐聯奎，跟蹤而上的是馬氏雙雄和左夢雲。長衫客像蝙蝠似的，在鏢客群中飛騰亂竄。夜暗星黑，人都攢過來；鏢客的暗器不敢輕發，恐傷了自己人，只舞動兵刃，群攻這長衫客。

鐵牌手胡孟剛大聲吼叫：「這是飛豹子，這是飛豹子！」

長衫客猛勇善戰，厲聲回答：「就是飛豹子，又待如何？姓胡的，招傢伙！」鐵牌手胡孟剛如飛奔來，長衫客抖手發出一粒鐵菩提，胡孟剛伏身閃開，險被打著。

這時節，十二金錢俞劍平已從土崗竄下來，利劍一揮，從背後掩到，振吭呼道：「呔，豹子，看劍！」未肯暗襲，先叫一聲，「唰」地一劍，照敵後心捌來。長衫客肥大的衣袖袍襟一閃，一個「盤膝拗步」，反圈到俞劍平右側，左手駢雙指，照俞劍平的左「肩井穴」便點。

俞劍平一劍捌空，劍招倏變，未容得長衫客二指點到，青鋼劍便順勢往上一撩。「太公釣魚」，反挑敵人左臂。長衫客往右擰身，「龍形飛步」，颼地如一隻巨鷹，竟從俞劍平右側竄出，腳未沾地。屠炳烈一個箭步撲到，「摟頭蓋頂」，掄刀就剁。岳俊超劍訣一指，也從左側急掩過來。

長衫客一聲狂笑：「來得好！」鐵菸袋陡然上翻，噹地一聲，如虎嘯龍吟，正兜在屠炳烈刀上，頓時火星四濺。屠炳烈「吭」的一聲，右臂隨刀風往後一落，身軀不由的半轉，手臂頓然發麻。

長衫客鐵菸袋「順水推舟」，往外疾送，正點屠炳烈的「氣門穴」。

屠炳烈自恃有鐵布衫橫練的功夫，冷笑道：「飛豹子！別人怕你點穴，爺爺……哎喲！」「咕咚」一聲，應手栽倒在地。他自恃鐵布衫不怕點穴，卻仍有十二道大穴搪不住重手；這一下比別人傷得更甚，頓時倒地不能動轉。

岳俊超、歐聯奎大驚，刀劍齊到，拚命應援過來。長衫客振臂大吼，飛掠出二三丈外。

俞劍平運太極行功，往前作勢，雙足努力，也一掠三丈，飛追過來；劍往外斜遞，身隨劍走，身劍相合，一縷青光，追到長衫客的背後。眼看劍鋒直取長衫客的「魂門穴」；長衫客忽然「怪蟒翻身」，往回一轉，鐵菸袋「金雕展翅」，驟往俞劍平劍上崩砸，喝道：「撒手！」用了個十二分力量。

俞劍平沉著應戰，青鋼劍疾往下沉，隨即往外甩腕，「螳螂展臂」，劍鋒下斬長衫客的雙足；冷然說道：「不見得撒手，看招！」

長衫客的鐵菸袋儘管迅如電火，到底未能砸著俞劍平的劍。俞劍平的劍不但撤回去，又立刻發回來。長衫客道：「呵呵，好快！」心中也自佩服。飛豹子肩頭一動，騰身躍起，「唰」地縱出三四步；長袖飄飄，往下一落。

俞劍平一聲怒叱：「飛豹子，你接招！」緊跟著長衫客的飛縱身形，同時飛起，同時著地。相隔四、五尺，俞劍平右腳一點，身形往前探，用「猛虎伏樁」，青鋼劍猛戳敵人的肩梁。長衫客也正殺腰下勢，微側著半轉身軀；又瞥見俞劍平追蹤掩擊，勢猛劍疾，劍風已劈過來，卻又「錚」的一聲，一枚金錢鏢已應手發出來。

長衫客回身一擋，右手短兵刃架劍，左手鹿皮套捉鏢。而同時，岳俊超的劍也扎到。那一邊，馬氏雙雄揮雙鞭，胡孟剛搖雙牌，把長衫客的兩個穿夜行衣的同伴緊緊裹住。歐聯奎把屠炳烈救起。唯有智囊姜羽沖，插利劍，收判官筆，急展飛抓，招呼鏢行，一齊用力；割草的割草，墊道的墊道，遞抓的遞抓，百忙中合在一起，來搭救落泥塘的金文穆、李尚桐、阮佩韋。

豹黨那邊，繞林，登崗，越泥坑，穿葦塘，人已退去一多半，長衫客戰到分際，飛身旁竄，跳出圈外；眼光只一繞，看清敵己的情形。葦塘中銅笛又連聲急嘯，長衫客這才雙足一頓，「燕子三抄水」，忽然撲奔雙雄這邊。

俞劍平叱道：「哪裡走！」跟蹤趕過來。長衫客立刻右腳點地，身軀斜轉，一對豹子眼閃閃放光，分顧前後。頭一扭，「犀牛望月」，亮開了發暗器的架式，鐵菸袋早換交左手。

這時候馬氏雙雄正和胡孟剛率三、五個鏢客，把那兩個夜行人圍住。長衫客猛喝道：「哥們，走！」右臂陡然一揚，數粒鐵菩提照胡孟剛、馬贊源、馬贊潮、九股煙喬茂、左夢雲、小飛狐，歷落發出去。

胡孟剛眼快，急呼道：「留神，豹子來了！」鐵菩提如流星亂迸，眾鏢客急閃。

長衫客又喝：「快走！」那兩個夜行人趁勢拘身而退，也掏出暗器，且打且退。黑影中，眾鏢客大呼：「豹子在這裡呢！」竟全都放鬆他賊，重復撲奔長衫客。

長衫客如飛地退走，眾鏢客連喊：「截住他！」

十二金錢俞劍平道：「不要走！」迎面截過來，兩個人正打對頭。

俞劍平橫身扼住退路，長衫客拋身反走，卻又止步。俞劍平利劍一揮，「唰」地竄過來，猛如飛虎，腳才落地，劍已劈出。那長衫客暗撚三粒鐵菩提，微微向旁一閃身，讓過利劍，三顆暗器抖手照會俞劍平打來。黑影中，鐵菩提「唰」地一響，分上中下三路，同時發出；相距極近，手揮即到。

這跟錢鏢的「迎門三不過」，是一樣打法。俞劍平不敢用鐵板橋的功夫躲，恐怕為敵所乘。他急展右臂往外一揮，左手往上一抄；身形不動，只聽得「嗆」的一聲響，奔中盤、下盤的兩粒鐵菩提，同被青鋼劍打落地上；右手同時也把奔上盤來的一粒鐵菩提抄住。立即甩腕子，「來而不往非禮也！」原個鐵菩提翻回來，嗖地一點寒風，斜打到長衫客的「竅陰穴」。

長衫客往左斜長身，往外滑右腳，鐵菩提「唰」地擦著額角過去。長衫客急斜身形，用雙手發暗器，從腋下「唰」地又打出一粒鐵菩提。這顆暗器力大勢急，竟取十二金錢俞劍平的「聽會穴」。十二金錢俞劍平聽風辨器，急往前一栽身，又猛然一抬頭，青鋼劍閃閃吐寒光，驟往外一削。扁劍身，揚劍尖，「錚」的一聲，把這粒鐵菩提反彈回去。

長衫客一面拒敵，一面四顧，見隨己斷後的兩個夜行人，已逃入葦塘，他便不再戀戰。當此時，葦塘中銅笛連響；崗下塘邊，盡剩下了鏢客。不過夜色深暗，人影亂閃，只有長衫客心中有數，鏢客卻還不十分明白敵人已退淨。眾鏢客救人的救人，搜敵的搜敵。夜影中，長衫客直如一條怪蛇，從鏢客人群中，一路急馳，搶奔土崗。

十數個鏢客打頭碰臉，竟沒有截住他。忽然間，長衫客又一轉，抽身回退；竟從孟震洋、左夢雲身邊竄過，一溜黑煙似的，又撲到葦塘邊。小飛狐孟震洋、左夢雲、石如璋大叫一聲，急急地掄兵刃來截堵。左夢雲掄太極棍當先便打，被長衫客突然進撲，鐵菸袋反點到面門「神庭穴」。左夢雲拖棍急退。孟震洋利劍一挺，「斜切藕」，照著長衫客肩頭便剁。

長衫客倏又一撲，閃過了劍；鐵菸袋往下一顫，叮噹揮刃繼上。鐵牌手胡孟剛大叫著，舞雙牌趕來。馬氏雙雄大罵：「好大膽的豹子！」這飛豹子竟敢把一群鏢客看成無物，在眾人中往來狂奔，如入無人之境似的。二馬怒焰飛騰，雙鞭一掄，便來雙戰敵人。

長衫客過於厲害，又會點穴，又會發暗器，遠攻近攻都得格外當心。二馬剛往前進撲，還未及挨近，便被他突然一揚手，發出來一對暗器，二馬連忙閃開。十二金錢俞劍平跟蹤衝到，凝神注目，從亂竄的人影中，辨出敵人來。喝一聲：「呔！」身劍並進，追至敵前，「唰」地劈下一劍去。

長衫客一見俞劍平到，突然地騰身飛縱，翩如驚鴻，復又搶奔葦塘。胡孟剛、孟震洋恰在塘邊，各展牌、劍，就要窮追入塘。姜羽沖正忙著救人，忽一眼瞥見，急急叫道：「哪是誰？留神別追！」急叫聲中，長衫客已輕登巧縱，躍上了泥塘水窪。

孟震洋冒冒失失，仍要跟追；姜羽沖大驚，連忙喝叫：「別追別追，那是陷坑！」孟震洋已一腳踏入泥水中，被他急竄退出。長衫客放聲大笑著，輕踏木樁，馳入葦塘之中了。他的同伴也有十數人，先時遁入；只聽得蘆葦搖曳，瑟瑟作響，偶爾夾雜著三聲兩聲的侮慢笑聲。賊人走了！

第五三章　蘇老淩波

眾鏢客三五成群，倏地奔湊到淺塘邊。百忙中，姜羽沖只叫出「陷坑」二字，大家都往陷坑這一面來；一個個繞塘而走，搜尋暗坑。他們一邊想：「就有陷坑，賊人能走，我們就不會陷下去。」他們再想像不到，賊人在泥塘裡，竟是暗擺梅花樁。這梅花樁非有絕頂輕功，不能在上面遊走。

俞劍平、姜羽沖雖已猜知賊人的詭計，心中也很疑訝，怎麼賊人個個都會走梅花樁呢？卻不知泥塘內的百十根梅花樁，長短不齊，粗細不等，而且栽得深淺也不一樣。

雖按梅花樁的擺法，卻在水窪中另有捷徑，搭著跳板，四通八達，設著粗而穩的木樁，只要稍會提縱術的，都可登樁飛渡。另在實樁旁，虛設著許多浮樁，把人引到絕路，只要一登便倒。這些浮樁本非比武用的，乃是飛豹子用來騙阻追兵，便利撤退而設的。

葦塘沿岸，鏢客們越聚越多，紛紛繞尋，互相指問：「哪裡有伏樁？哪裡有陷坑？」忽然間，馬氏雙雄瞥出幾根木樁，露出水面尺許來長，只是與短葦混雜難辨。二馬頓時大吼道：「這裡有木樁！狗賊登著這個進去的！」

長衫客輕登巧竄，沒入葦叢；猛然間又登著梅花樁，探頭出來，面對二馬，縱聲高笑道：「不錯，這裡是有木樁，算你有眼睛！朋友，你可以上來玩玩麼？」往水裡一根木樁上一跳，「金雞獨立」，右足著樁，左足輕提，把全身現出來。他昂首四顧，旁若無人。

眾鏢客譁然大叫，「唰」地一陣暗器，奔長衫客亂打出來，只聽叮噹、嗆啷！長衫客舞動短兵刃，把暗器一一打飛。然後翻身一跳，跳到水塘深處，距岸數丈，暗器打不著了；然後冷笑著譏誚道：「相好的，這就不夠格了！亂打暗器，有什麼意思？喂，俞大鏢頭，何不請上來遛遛？還有姜大劍客，久仰你是銀笛晁翼的高足，你也可以登萍渡水，往我們這架現成的浮橋上走走嘛？」

此時智囊姜羽沖正在打疊精神，割亂草，墊泥灘，搭救奎金牛、李尚桐、阮佩韋三人；另有幾個鏢客幫著他。在長衫客現身處的塘邊，聚著馬氏雙雄、鐵牌手胡孟剛、單臂朱大椿、飛狐孟震洋等一群鏢客和九股煙喬茂、沒影兒魏廉、鐵矛周季龍三個嚮導。

長衫客鵠立水上，仍在公然叫陣：「喂，俞大劍客哪裡去了？怎麼著，聽見沒有？可肯上來麼？」眾鏢客一陣傳呼，十二金錢俞劍平如飛地來到水窪面前，炯炯雙目，忙將水面的形勢一看。

十二金錢生平倒也練過輕身太極拳，也走過青竹樁，只是多年未用，也不過是在平地上立樁，在白晝蹈行罷了。像這泥塘木樁，又在黑夜間，並且敵暗我明，若果上去，分明吃虧上當。若不上去，又明明教敵人較量短了。

俞劍平哼了一聲，叫道：「朋友，不要張狂！你等著吧！」立刻，左手將劍訣一指，右手把利劍一提，抱元守一，凝神一貫，雙眸精光往泥塘上一瞬，頓時將長衫客落腳處的部位認準。但是木樁的部位被葦草混淆著，只能認出近岸浮出水面的幾根來。俞劍平心中為難，事迫臨頭，不能不冒險；於是一作勢，便要飛身上樁。

忽然，馬氏雙雄叫道：「俞大哥，你要做什麼？」一把將俞劍平拉住。

鐵牌手胡孟剛、歐聯奎也趕過來，一齊攔阻道：「大哥，大哥！你素日把穩，怎麼今日竟要受賊人的騙？你一個人上去，就不怕他們暗算麼？」

俞劍平未及答言，長衫客哈哈大笑，把雙掌一拍，劈拍響了兩聲道：「鏢行朋友，不要小瞧人！這裡只有我一個人，還有兩個夥伴。我們絕不在暗處暗算你們，我們也不像你們亂發暗器。我說俞大劍客、胡老鏢頭，還有姜大劍客，我們就只三個人，專請你們三位。誰要是施暗算、發暗器，誰是匹夫。在下受朋友的邀請，單要會一會俞、姜、胡三位高賢；別位武林朋友，我們改日再會。請上來吧，三位！」

十二金錢俞劍平怒生兩肋，哈哈大笑道：「你們不必說大話，你們是三位，我們這邊對不住，就只我俞某一人，要會會你們三位高賢。你們三位有這等好功夫，請報個萬兒來！」

長衫客仍然怪笑不答道：「算了吧！俞大劍客怎麼又把話說回來了。我乃是無名小卒，給人幫忙抱粗腿的。」

俞劍平心知胡孟剛不會梅花樁，姜羽沖雖聽說練過，無奈這乃是凌塘樁門，萬一失足，一生威名掃地。俞鏢頭因此把牙一咬，自己一個人應承下來。

鐵牌手胡孟剛在旁聽得真切，心中慚愧，急得大叫道：「好你個飛豹子，不要胡吹！你左騙一回人，右騙一回人，你說的話還不如屁響。我們就上了木樁，你不過輸了一跑。閒話少說，你敢賭輸了不跑，把鏢銀交出來麼？」

賊人不答，只是狂笑；轉向俞劍平叫道：「俞大劍客，我只問你，一個人真敢上來麼？」

智囊姜羽沖在那邊，也聽見賊人指名叫陣，要他登木樁，他固然不肯示弱，無奈救人要緊。現在割草墊灘，忙得剛有頭緒，這也要施展「登萍渡水」的功夫，才能把金文穆救出來。賊人指名叫俞、胡、姜三人上樁，現在只有俞劍平一人可上。

俞劍平把劍一領，就要單人獨闖；卻把蛇焰箭岳俊超惹得動火，大喝一聲道：「狗賊，你又要說謊騙人！你倚仗一片臭水坑，幾根木頭樁，就能逞強麼？看箭！」「砰」的一聲，把蛇焰箭發出去。唰地一道火焰，照得葦塘霎時一亮。

眾鏢客歡然大叫：「對！快拿燈來吧。」賊已淨退，不怕他打燈亮了。鏢客們立刻提過來數盞孔明燈，把燈門打開，發出一道道黃光，雖然看不清泥坑內的虛實，可是塘外浮出水面的木樁已顯露出來。

單臂朱大椿忽然逐燈亮過來，厲聲叫道：「俞大哥，來來來！我單臂朱大椿微能末技，我願替我們胡二哥上樁走走。」俞劍平回頭一看大喜，他倒聽說朱大椿會而不精。朱大椿若不借火亮看清情形，也還在猶豫；於是跳過來，和俞劍平駢肩而立。俞劍平未曾登樁，先退後數步，暗暗向身旁馬氏雙雄，關照了幾句話。二馬點頭會意，急急地轉告其他鏢客，又急急地握著鞭，袖藏暗器，以防賊人意外的詐謀。

然後俞劍平來到朱大樁身邊，一拍肩說道：「朱賢弟，你稍後一步，你我不可駢肩齊上；要一先一後，互相策應著。」俞劍平這才重凝浩氣，目閃精光，把利劍一展；腳尖點地，施展開「蜻蜓三抄水」的絕技，看準塘邊一根木樁，嗖地一聲，輕輕奔騰上去。俞劍平真格是身輕如葉，往上一起一落，左足單找木樁；卻才腳尖一點木樁，覺得木樁微微一晃，立根處竟然不穩。反觀對面敵人，長衫客在那邊木樁上，站了好一刻，不倒樁，不換勢，竟安若泰山！

十二金錢俞劍平毫不介意，仍輕身提氣，預先尋好了前躍旁竄的木樁，燈影中認清樁高樁低，樁粗樁細，只覺腳下這頭一根樁似往外滑，卻仍不肯挪地方，立刻「金雞獨立」，把身子一展，這根要傾側的木樁竟被他凝住。

那邊單臂朱大樁，也將單臂一張，提著左臂刀，叫道：「朋友，我可要上樁了；要發暗器，可就在這時候！」這一句話罵人不帶髒字。於是朱大樁也輕輕一躍，登上木樁。

塘前坡上，閃照著孔明燈的黃光。在俞劍平、朱大椿身後，一左一右兩道光；另外一道光照射敵人，直投入葦塘。夜暗天黑，這三道黃光不啻暗室明燈，給鏢行添了不少聲勢，減去不少的危險。

那一邊，姜羽沖身旁也有兩盞孔明燈，照耀著救人。飛抓已抓牢了金文穆和阮、李二人；鐵牌手胡孟剛奔到這邊來，插牌握抓，和兩個少年鏢客，拔河似的，兩手揪著一個人。在泥塘上高墊草捆，鋪成草橋；姜羽沖挺身踐草，先搶救陷溺最深的金文穆。金文穆像泥猴似的，居然被拖出來；抓著姜羽沖的手，「忽隆」的一竄，身登彼岸。姜羽沖卻被他一帶，腳下的草捆直陷下去兩三尺；泥水橫流，沒過腳脛。姜羽沖百忙中一提氣，飛身躍上旱地。還有阮、李二鏢客，竟不能就勢拖救，至少須重墊一回草。

九股煙喬茂、歐聯奎、于錦、趙忠敏、葉良棟、時光庭，凡是用刀劍的鏢客，一齊動手割野草，再打捆，往泥塘裡投下去。金文穆已出陷溺，渾身都是臭泥，氣得不住口大罵。胡孟剛不嫌髒，挽手道勞道歉，忙給金文穆脫衣。各人撤出衣衫來，給他換上。只有兩隻泥腳，重有十六七斤，滿靴口都是泥漿，一時沒處替換；竟脫下來，只穿光底泥襪子。金文穆又好氣，又好笑，不住口地罵街。姜羽沖緩過一口氣，忙著再救阮佩韋、李尚桐。

當下，十二金錢俞劍平和單臂朱大椿，一先一後，登上了木樁。葦塘中敵人那方面，只有長衫客往前一探身，揮手中短兵刃，叫道：「好，俞大劍客的功夫果然不同平常，請上招吧！」葦草簌簌地一響，忽又另現出兩條人影來，各登一根木樁，竟候鏢客們來攻。

俞劍平一提氣，由第一根木樁，往前一竄，輕輕落到第二根木樁上。這第二根木樁比第一根木樁更不穩；單腿才往上一落，立刻樁身一傾。俞鏢頭便知這木樁不能著力，忙運丹田之氣，往右腿上一貫，氣復往下一沉；腿尖用力一登，身軀騰起，腳下這根木樁竟往淤泥中倒去。

但是俞劍平已飛落到左邊第五根木樁上，離長衫客只隔著一樁；頓時「寒雞拜佛」，青鋼劍往外一展，喝聲：「朋友，你接招！」劍鋒直奔長衫客的中盤，用的是虛實莫測的招術。雙雄就在梅花樁上開了招。

長衫客登樁待敵，一見劍到，急凹腹吸胸，往回一縮；俞劍平的劍尖差半寸沒得挨著身。隨將手中的鐵菸袋往下一壓，雙臂分張，向外一展；「蒼鷹展翅」，菸袋鍋甩到十二金錢的「丹田穴」。

燈影裡，十二金錢俞劍平見劍走空招，敵招反遞過來，忙分左腳往旁邊木樁上一跨，跨出六七尺。右足一蜷，左足登樁，順勢將劍柄微提，劍尖下垂，「唰」地往左猛掛長衫客的兵刃，長衫客驟然收招。

俞鏢頭不容敵招再變，身形左俯，左手劍訣上指，指尖直抵左額；右腕倏翻，「金龍戲水」，青鋼劍直如電掣般猛奔下盤。長衫客喝道：「好快！」騰身湧起，斜身下落，如饑鷹撲地，斜落向後側第七根木樁。腳尖一找樁頂，俞劍平跟蹤追來。

長衫客濃眉一挑，颼地又竄起來，卻將腳尖用力一登，另換了一根樁，急回頭伺敵。孔明燈燈光一閃，俞劍平果然跟蹤又到。不想迎面木樁已被敵人登歪，才往上一躍，險些落水。急急往旁一閃，「嗤溜」的一聲木樁倒了。十二金錢早躍在另一根樁上，單足鵠立，如金蜂戲蕊，晃了又晃，可是到底沒有掉下來。

俞劍平和長衫客一照面，是三招兩式。那單臂朱大椿早已攝氣雀躍，奔上水窪，連點四根木樁，試出這水上短樁，決不容反覆點踏，只宜一掠而過。孔明燈從背後射出黃光，給他開路；葦叢中也燈光一閃，奔來兩個敵影，各揮兵刃，雙戰單臂朱大椿。

朱大椿側目打量來人。一個是四十餘歲的中年，手提一柄三棱透甲錐，三尺來長，瓦面如鋼，頭尖似鑽；另一個年約三旬，身形瘦矮，手提一對外門兵刃青鋼日月輪。只看這對兵刃，就知是個勁敵。

單臂朱大椿一順左手雙龍折鐵刀，往前復一縱身，連躍過三根木樁，趨近使錐的賊人的面前，右腳點穩了。朱大椿喝道：「朋友，你們有多少人，儘管上！姓朱的大江大浪，還見過許多，沒把你們這點陣式放在眼裡。朋友，你就一齊招呼吧！」話方脫出，往前一探步，左腳一找木樁，照那使三稜透甲錐的摟頭蓋頂就是一刀。雖是左臂刀，卻是力大刀沉；往外一撒招，挾著股勁風劈下來。

那使日月輪的賊人腳登木樁，巍然不動；使透甲錐的卻上前迎敵。一見刀猛，不肯硬接硬架；往旁一閃身，讓過刀鋒，三稜透甲錐「巧女穿針」，照朱大椿胸前還扎。

單臂朱大椿往左一跳，左邊木樁「嗤」地斜下來，朱大椿急急又一跳，跳到另一木樁上。聽背後風聲撲到，一個翻身反臂，疾向賊人斜肩帶背的劈去。敵人竟往下一塌身，縮項藏頭，刀鋒倏地擦頭皮過去。

賊人一長身，三稜透甲錐「橫掃千軍」，復照朱大椿的下盤掃打，朱大椿腰上一疊勁，颼地又竄到另一根木樁上；卻在抬腿時，把腳下木樁使力一登。他身移別椿，凝身不動，喝道：「相好的，你來！」

那賊人剛才輸了一招，不由動怒，竟跟蹤踏椿追來。不知這木椿已被朱大椿登活蕩了，不由身形連晃，急急竄過三根木椿，才穩住身形。朱大椿哈哈大笑道：「這樣的身法，還要擺梅花椿的陣勢，不怕丟人麼？」

那使日月雙輪的叫道：「不要張狂！」竟一掄兵刃，與同伴來夾攻朱大椿。

朱大椿應付一賊，綽有餘力；照顧兩敵，便覺閃架不迭；只可連連換椿，閃、展、騰、挪。但是賊人連連換椿，並不要緊；鏢客連連換椿，可就險得很了。木椿有穩有不穩的，賊人有時還認不準，鏢客犯險試踏，倍見危險。朱大椿連踏數處，幾乎椿倒身陷。多虧岸邊鏢客用孔明燈照著，多少看出一些虛實來。饒這樣，仍苦應付不暇。朱大椿被二賊雙雙纏鬥，十分急迫。

那一邊，俞劍平和長衫客一味遊鬥，未分勝負。俞劍平一起初，連點六七根木椿，只覺腳下岌岌可危。立刻改攻為守，不求有功，只求無過。登定一根實椿，任敵人左右衝擊，一味堅守不動。敵人的兵刃打到，只揮劍抵攔。

長衫客屢從浮椿上謊招誘敵，俞劍平不肯上當，絕不追趕。長衫客正想改計決戰，俞劍平忽一張目，看看朱大椿那邊吃緊，自己再難袖手；急急拋敵登椿，奔過去接應。

長衫客怪笑一聲道：「別走！」唰地一竄，快閃飄風，追趕過來。俞劍平只得卻步凝樁，回身應戰。敵人來勢很猛，俞劍平恰往旁邊木樁上一跨，「嗤溜」的一下木樁被登倒，看看要掉在水裡。十二金錢俞劍平二目一張，雙臂一抖，忽地作勢，順勁往左邊木樁跳去。這長衫客好不猾險，竟搶先一步；把俞劍平要竄過去的那根木樁站住。

俞劍平腳下木樁已倒，前竄無路，旁跨又隔離稍遠，後面雖有木樁，卻沒有反顧之暇。到此時，俞劍平急運太極門的氣功，提起一口氣，倒背身，往後一擰；就著擰身之勢，把身形縱起來，一個「野鶴盤空」，倒翻回來。眼尋木樁，身形下落，剛剛著落在後面木樁上。同時「噗嚓」一聲，把先前的那根木樁登在水中了。

那長衫客振吭喊了一聲：「好輕功！」颼地追蹤過來，道：「俞鏢頭，腿底下穩著點呀，木樁沒多大勁！」長衫客蹈瑕抵虛，總想把十二金錢閃下水去才罷。手中短兵刃一揚，趁著俞劍平身形乍穩，鐵菸袋鍋探出來，點到俞劍平的後背。

俞劍平被敵譏笑得十分難堪，含嗔冷笑道：「朋友，休要張狂，落下樁才見輸贏！俞某今夜不跟你閣下見個強存弱死，不能算罷！」腿下輕輕一點木樁，往旁一轉身，把鐵菸袋讓開。左手劍訣一領，青鋼劍才待發招還擊。那長衫客陡然往回一竄，連躍出四五根木樁方才站住。忽聽長衫客冷然發話道：「這又是哪位高人？」說話時，長衫客眼向東北面葦塘尋看。十二金錢俞劍平也不禁愕然側目。

突然聽見東北面蘆葦「唰啦」地一分，立刻湧出一個人。這個人長身扎臂，手挺一把吳鉤劍，用「一鶴沖天」的輕功，倏然從葦草叢中冒出來，輕輕一落，落在長衫客與俞劍平的當中，腳找木樁，單腿凝立，劍往懷中一抱，厲聲道：「俞賢弟，給我引見引見，哪一位是力劫二十萬鹽鏢的好漢飛豹子老英雄？我夜遊神蘇建明，要會一會高賢。」

說罷，坡上的孔明燈已然對他照來。跟著土坡上起了一片歡噪之聲，齊叫道：「蘇老英雄來了，那個穿長衫的就是飛豹子。」

蘇建明往坡上一看，道：「呵！眾位都在這裡了？」一扭頭，把長衫客盯了一眼，又把圍攻朱大椿的兩個賊黨看了看，單足輕點，往前挪了一根樁。

蘇老英雄重凝雙眸，把長衫客上下打量，捋鬚笑道：「你！豹子頭，赤紅臉，鐵菸袋桿。不錯，不錯，我老夫乃是三江夜遊神蘇建明。想當初老夫年輕時也曾走南闖北，浪蕩東西，卻恨緣法薄，眼皮淺，沒有和你閣下會過面。想不到今日幸會，使我老蘇垂暮之年得遇名手，真乃是一生幸事。

「你手裡使的是什麼傢伙？哦，原來是外門兵刃，鐵菸袋桿。我聽說你會用鐵菸袋桿打穴；現在，你閣下又擺這梅花樁，真乃多才多藝，可欽可佩。綠林中竟有你這位名人，蘇某居然不認得，算是眼拙之至了。聽說你老兄一手劫取二十萬鹽鏢，還不肯埋頭一走，居然傳下武林箭，定了約會，教我這幾個兄弟在這鬼門關與你相見。以武會友，足見你閣下英雄做事，不肯含糊，只可惜這鬼門關犯了地名，好像不大客氣似的。不過，這鬼門關到底不知是誰的關？我蘇建明外號夜遊神，夜遊神在鬼門關前闖闖，倒也有趣得很！」他遂將吳鉤劍的一指，道：「呔！飛豹子，請過來！」

長衫客乍見蘇建明，不由一愣。聽完了這一席賣老張狂的話，怒目一盯，旋即桀桀地大笑數聲，道：「我倒不認得這位夜遊神！我乃是山窪子裡的土包子，只聽說江南有個十二金錢，沒聽說這麼一個夜遊神。足見我井底之蛙，少見多怪。你既要替俞大劍客壯腰出頭，足見你家門有種，就請你趕快上場。可留神老胳膊老腿，掉下來沒地方給你洗澡換衣裳。」

話都夠挖苦，蘇建明只當耳邊風，哈哈笑道：「手底下見功夫，爺們沒跟你比舌頭！來來來，咱爺們湊合湊合吧！」兩個人立刻往一處湊。坡上的孔明燈閃前照後，給蘇老英雄助亮；葦叢中的燈也照上照下，給長衫客增光。

蘇建明這一上場，旁人都歡喜，俞劍平和姜羽沖都有些嘀咕。蘇老武師本是責守在留守店房；集賢客棧房間內，雖沒有什麼要緊的東西可守，但有海州調派的兩個捕快。這兩人固然不是多麼要緊人物，究竟是奉官調派的官差。倘若賊人狂妄大膽，真個從捕快身上出點岔錯，莫說殺官如造反，就讓兩個公差也教賊人擄走，那案情便要更熱鬧了。

這一番赴鬼門關踐約討鏢，兩個捕快本要跟來，姜、俞二人尚不放心，故此在店中留下鏢客，名為留守看「堆」，實在專為保護這兩個累贅物。但是，蘇武師現已露出相，別人只顧歡喜，可以搶上風，與賊人賭鬥梅花樁了；姜、俞二人卻心中一動，這老頭子只顧來湊熱鬧，可把兩個累贅物收藏在哪裡呢？閃眼四顧，不見吳、張二捕快。兩人心中打起鼓來，可是現在又不遑明問。

俞劍平叫道：「蘇大哥，多留神，樁子不穩。店裡怎麼樣了？」

蘇建明哈哈一笑，立刻應聲道：「沒錯！俞賢弟，擎好吧。爺們沒把這陣仗放在眼裡。」究竟薑是老的辣，不等俞、姜明問，復又安慰道：「諸位放心，店裡很消停，有人看『堆』，我把那兩塊料掖起來，放在穩當地方了。」

說完，腳下一換步眼；蘇建明人老眼不花，立刻往前點過一根木樁，手中吳鈎劍一舉，「舉火燒天」式，向長衫客叫道：「好朋友，上呀！你把我掀到泥坑裡，我立刻回家抱娃娃。我把你請下樁來，沒有旁的話，二十萬鹽鏢，一桿鏢旗，請你賞給我。如要輸招變臉，拔腿一跑，我這個老臉皮也替你家裡的老娘臊得慌。」

長衫客雙眼一瞪，忽復大笑，也把手中菸袋桿一舉，也學著蘇建明，亮出一個「舉火燒天」式，口中說道：「你年紀大，吃的飯多，輸了贏了，只值一笑。你打算要真章，相好的，距此不遠，有個撈魚堡；撈魚堡有個撈魚將。……」

長衫客說來說去，又是這一套話；看這意思，不活捉他們，討鏢事總沒有指望。蘇建明還要用話擠，俞劍平早已大動無名怒火，厲聲叫道：「蘇大哥，你這是對牛彈琴！這一夥朋友一舉一動，把人貶成腳底泥；什麼道理的話，他們滿不懂。蘇大哥，只有手底下明白，閒話休同他們講，我和他們鬥了這半夜，他們只和我裝渾！」

蘇建明愕然道：「豈有此理！」

長衫客桀桀一笑道：「真是這話。」

蘇建明立刻一順劍道：「好，打你這東西！」「唰」地一縱身，輕如飛塵，飄飄地又從這一樁竄起，到那一樁落下；再往前一進，夠上部位。長衫客立刻也把短兵刃一順，叫道：「打！」兩個人都穿長衫，長衫飄飄，頓時在泥塘木樁上，動起手來。

十二金錢俞劍平便一伏身，登樁進步，轉奔那使三稜透甲錐的敵人，使錐的敵人還身招架。那使日月輪的人便一擺雙輪，單盯著單臂朱大椿。到此時，三個鏢客正鬥三個劫鏢賊。使日月輪的賊人直揉朱大椿；朱大椿單臂一揮，奮刀相迎。

使輪的賊人忽然叫道：「相好的，我聽說白天在雙合店，有一位插標賣首的單臂鏢客，想必就是足下。我今日得遇插草標的高手，真乃幸事！只可惜我用的是一對輪子，沒有帶割雞的牛刀。單臂朱鏢頭，你就將就著點賣吧。」

朱大椿勃然恚怒，罵道：「呸，無恥之徒口舌勝人，看刀！」立刻往前一縱身，單腳登樁，左手照敵人削來。敵人一擺日月雙輪，往上疾迎。一輪對敵，一輪護身，右手輪往外一展，先捋左臂刀；左手輪「孔雀剔翎」，向朱大椿腰部便劃。

單臂朱大椿斜跨木樁，往左一邁，橫刀撤鑽，往下一沉，犀利的刀鋒倏照敵人的右臂切去。敵人往回收轉日月雙輪，斜身輕縱，右腿後登，點一點背後的木椿；身形旋轉，快似風飄。右腳退回去，一個「怪蟒翻身」，忽復攻上來；右手輪閃一閃，一塌腰，下斬朱大椿的雙足。朱大椿左右也往後一跨，腳尖點樁，左臂刀「夜叉探海」，刀尖壓輪刃，唰地抹過去，削切敵人的脈門。

賊人忙撤單輪，颼地往回竄退過去，直踏出四五根木樁，凝身立穩。單臂朱大椿喝道：「別走！」一下腰，腳點梅花樁，身似驚蛇竄，「唰」地跟蹤追過去。「惡虎撲食」，迫近敵背；「金針度線」，刀點敵腰。一股寒風撲到，敵人早已覺察。只容得朱大椿人到，便左腳一提，右腳一撚，猛翻身，擺雙輪，舌綻驚雷道：「砸！」輪鋒直照朱大椿的左臂狠拍下去，這一下拍著，刀必出手。

朱大椿這一套「六合刀」，削、砍、攔、切、吞、吐、封、閉，運用起來深得秘妙。他為補救單臂的缺陷，運用左臂發招，稍微含糊的敵人，實在不是他的對手。敵人的雙輪才往外一送，朱大椿早唰地把刀收回來。只一領，唰地發出去；應招換招，迅疾非常。

使雙輪的敵人慌忙倒竄，才得躲開這一刀。朱大椿用刀的手法好，敵人登樁的身法巧，因此兩人打了個平手。但是相形之下，當不得久耗；那敵人大概是初次和左手對敵，漸漸地顯出不利來。朱大椿刀光揮霍，專攻敵人的要害；那敵人一味閃、轉、騰、挪，想往浮樁上誆誘這左臂刀，左臂刀不肯上當。

老拳師夜遊神蘇建明，這時和長衫客長衫飄飄，東閃西竄，也打了個難分難解。

老拳師蘇建明年歲高大，身手矯健，梅花樁的功夫更經過數十年的幼工精練，在當時堪稱江南一絕。只見他把吳鉤劍一展，不慌不忙，老眼無花，先把長衫客立身處連盯幾眼；於是劍訣一領，單腿點樁，「金雞獨立」式一立，喝道：「過來吧，相好的，我這裡守株待兔哩！」

長衫客喝罵道：「我就打你個老烏龜下河！」腳尖一點，飛身竄起，急如掣電，已撲到蘇建明的面前；往前一探身，鐵菸袋桿「白猿獻果」，當做點穴鐝，向蘇建明的「中府穴」打來。蘇建明身形微晃，上半身僅僅地往右微偏，腳未離樁，略避敵招。吳鉤劍一扇劍峰，貼敵刃進招，「玉女穿梭」，扎扁頭，劃右臂，照長衫客反攻過去。

長衫客將短兵刃往下一沉，往回一帶，從左往右，唰地一個「怪蟒翻身」，腳下輕點木樁，身隨勢轉，「蒼蠅盤樹」，掄鐵菸桿，鞭打蘇老拳師的右肋。

蘇老拳師單腿立柱，紋風不動，只憑丹田一口氣，巍然矗立於泥塘木樁之上。他見敵刃又到，勁風撲來，喝一聲：「去！」左手劍訣斜往上指，右手劍峰「白鶴亮翅」，猛然一撩，「唰」地截斬長衫客的脈門。這一手險招，況當昏夜木樁之上，真是驚險異常。只爭瞬息的時間，不勝則敗，一敗必危。

三江夜遊神是人老招熟，拿捏時候不遲不早，剛剛湊巧。長衫客本採攻勢，現在反得急救自己這條右臂；全身攢力，急急地往左一傾，大彎腰，斜插柳，硬將撒出去的力氣捋回來，掙得赤面一紅，不由暴怒。

蘇建明這老兒哈哈大笑，道：「慢著點，這下面是泥塘。」長衫客如蜻蜓點水似的，避過敵劍，颼地一竄，連越過四根樁，凝身立好。豹子眼閃閃放光，把蘇建明一看。蘇建明依然穩立樁上，身形未動。長衫客心想：「想不到這蘇老頭梅花樁的功夫竟這麼穩！」

長衫客叫道：「老傢伙名不虛傳，來來來，在下再請教幾招！」旋轉雄軀，微提短袍，把衣襟掖了掖；復閃目往四面一看，四面並無異動。然後，奮身一躍，掄兵刃二番進搏，又搶到蘇建明的左側；鐵菸袋「封侯掛印」，往蘇建明「太陽穴」一點。這一招用得虛實莫測，可實則實，可虛則虛。

蘇建明吳鉤劍「偷天換日」，往上一封，順勢削斬長衫客的肩臂。長衫客不是易與者，這時候含嗔爭鋒，鐵菸袋往上微點，化實為虛，「唰」地翻回來，一個

「毒蛇尋穴」，颼地一縷寒風，反打蘇建明的下盤「伏兔穴」。蘇建明撤劍來不及，救招趕不上，「吁」的一聲長嘯，唰地往左縱身，右腳點樁，飛身躍起，直竄出六七尺外才躲過這一招，懸身於空中，急急地尋找落腳處，老眼無花，閃眼俯窺，坡上孔明燈也正追逐著他的身影而照射；這才輕飄飄落在另一根木樁上。

這一個木樁偏偏是浮樁，「嗤溜」的一聲，頓倒下來。老英雄道得一聲：「好……糟！」百忙中，雙臂一抖，立刻又踏上另一樁。他禁不住放聲大笑道：「好損！飛豹子，你真缺德！」德字剛說出口，鐵菸袋陡然乘危急攻，直追到肋下。「叮噹」一聲響，吳鉤劍劍花一繞，橫劍猛格。長衫客霍地竄向右邊樁。

兩人扭項張眸，互相注視，然後腳尖一撚，把身形擰過來。

又面對面，各展兵刃，封住了門戶。兩個人都暗叫了一聲：「慚愧，真是險得很！」

第五四章　雙雄落水

蘇建明和長衫客略為喘息一下，各各閃目四顧，復又鬥在一處。那邊俞劍平和那使三棱透甲錐的賊人正打得十分凶猛。

這種三棱透甲錐乃是外家兵刃，會使這種兵刃的在江湖上寥寥無幾。這種三棱透甲錐傳自北派拳家神錐路武師的門中，有七十手連環招數。但是三棱錐路家的家傳招術實有八十一手，路武師故意留下十一手絕招不傳外姓；只有他的後代子孫，方得到他的全盤招數。他家子孫恪遵門規，只傳外姓門徒七十手，決不肯多傳。凡是三棱透甲錐，只此路姓一派，別無他門。

這個賊人在壯年，運用透甲錐招術極為熟練。十二金錢俞劍平腳登木樁，以奇門十三劍來應付這透甲錐。一照面，賊人來勢張狂，欺敵直進，錐尖直點俞劍平的胸窩。

俞劍平腳登木樁，忙展右臂，揮利劍往外一封，「順水推舟」，截斬敵人的腰肋。敵人一側身，斜點左旁木樁，右手斜帶三稜透甲錐，身形驟轉，「唰」地掄起透甲錐斜肩帶臂，猛照俞劍平砸來。來勢太猛，十二金錢俞劍平不敢硬接。按照梅花樁的步眼，一找木樁，身趨走式，只一轉，轉到身後第六根木樁上。

賊人的三稜錐狠狠砸過來，卻收不住勢，急忙一點，「咔嚓」的一聲響，砸到俞劍平先前立身的木樁上。賊人急借勢往斜裡一衝，竄到俞劍平身邊。

俞劍平嗤然冷笑，左手劍訣一領，右手一換青鋼劍，一個「龍形一式」，身隨劍走，劍隨臂揚。「倦鳥投林」「唰」地一劍，向敵人腹腰扎去。

賊人才提錐挺身，未及進招，俞鏢頭的劍已然挾一縷寒光刺到。這賊人忙用「鐵牛耕地」，三稜透甲錐截青鋼劍，想將俞劍平的兵刃磕飛。俞鏢頭的劍術變化莫測，唰地往回一掣劍柄，猛橫身，明是走勢，似將閃躲，倏然單足輕點木樁，展「抽撤連環」，不後退反進攻；竟探身獻劍，直取敵人的下盤，喝道：「看腳！」

賊人驀地失驚，奮身一躍，退出三根木樁，身搖步晃，才待拿樁立穩，十二金錢俞劍平挺身一竄，直追過來，喝道：「看背後！」青鋼劍閃閃含光，跟蹤急襲，直追到敵人的背後。

賊人越發吃驚，掙命地往旁一拔，連竄出五六根木樁，身形連連搖擺；幸而躲過了劍擊，卻幾乎閃落下木樁。嚇得頭上冒汗，急急地收攝心神，回身重展雙錐，封住門戶，和十二金錢俞劍平又打到一處。

使三稜透甲錐的賊人雖有獨門外家兵刃，究非俞鏢頭的敵手。並且他的梅花樁的功夫，也止於是湊合而已。僅僅走了這麼十幾招，便連連出險，他實在不是十二金錢俞劍平的對手。所幸者他乃是生力軍，又在壯年，銳氣正盛。十二金錢俞劍平卻是通宵索敵，連戰七八個賊黨好手，未免筋疲力滯。俞劍平生平以韌字占勝，錯過是他，換了別人，恐怕早已失腳。

俞劍平氣脈悠長，一口劍力戰此敵，一雙眼仍在抽隙四顧，惦記著夜遊神蘇建明老拳師和單臂朱大椿。百忙中，瞥見朱大椿一手左臂刀，把那使日月雙輪的敵人砍得手忙腳亂，一個勁地往右閃躲。俞劍平曉得敵人必是初次遇見這左手刀，便舒了一口氣，相信朱大椿必不會輸招。再看夜遊神蘇建明，這老人的梅花樁功夫頗擅勝場，而且雙目炯炯，精明可比少壯；夜遊神的外號就因他夜行功夫好，才得蜚聲三江，今和長衫客夜戰梅花樁，正是蘇建明最拿手的本領。但有一節，這敵人過強，蘇建明年紀太大，卻教俞劍平擔心不小。

十二金錢俞劍平一面和敵錐拚鬥，一面不住地偷眼照看蘇建明。只見他巍然穩立於泥塘木樁上，把那一口吳鉤劍緊緊封住門戶，守多攻少。似一任那長衫客竄來竄去往跟前突擊。蘇建明一味架格抵攔，輕易不發進手的招術。

長衫客登樁猛搏，迅若怒獅；蘇建明揮劍應戰，卻穩若木雞。俞劍平看在眼裡，心中打鼓；蘇老拳師年高望重，憑他在江南五十多年的威名，實在是只許勝，不許敗，一敗則畢生受辱。

俞劍平暗想：「蘇大哥歲數大了，萬一耗時過久，竟敗在飛豹子長衫客手裡；人家是為自己幫忙，我卻敗壞了人家一生的名望，我何顏以對朋友？我無論如何，不該讓他涉險。」思索至此，不由焦急起來。他猛然把招術一緊，要將當前之敵立刻打敗，好去接應蘇建明，把他替換下來。並且按理說，這個長衫客是飛豹子，也該自己對付他才對。

於是俞劍平一展進步連環劍，腳點木樁，「唰唰」地一連兩手，「金針度線」、「玉女投梭」，向那使三稜透甲錐的敵人狠狠地攻擊過去。敵人應付不遑，往旁一縱，竄到另一根樁上。俞劍平喝道：「哪裡走！」精神一振，利劍急揮，騰身急趕。

那敵人回身招架，俞劍平把青鋼劍施展得如龍蛇飛舞，一點也不留情地攻上攻下。敵人吃驚連閃，眼看要敗在俞劍平的劍下。

就在這個時候，土崗上的智囊姜羽沖、胡孟剛、岳俊超、馬氏雙雄、金文穆、歐聯奎、李尚桐、葉良棟、時光庭、阮佩韋、九股煙喬茂、于錦、趙忠敏、黃元禮、石如璋等已經散佈開，分兩路抄來，欲截斷賊人的退路。

賊黨包括那胖瘦二老人和那使桿棒的五賊、使雙輪的二賊、使狼牙棒的二賊，大部已經撤退。這時忽然又翻回來數人，黑影中連吹呼哨，喊出奇怪的唇典來，催長衫客速退。木樁上臨陣的眾鏢頭都是老江湖，就是聽不懂，也猜得明白：他們要跑，大家急抄過來。

老拳師夜遊神蘇建明仗手中吳鉤劍，只守不攻，與長衫客滑鬥。忽然窺測出長衫客的用意，見他向那使日月雙輪和透甲錐的兩個同伴連遞暗號，並且張目四望。蘇老拳師哈哈大笑，立刻叫道：「俞賢弟，點子不打好主意，可是要溜！」十二金錢俞劍平怒答道：「不能放他走！」

長衫客忽又一聲長笑道：「這可不見得！」身形一晃，向一同伴一揮手，「唰」地向蘇建明一攻，又一個敗勢，要走的形勢已然很明顯了。

老拳師蘇建明將吳鉤劍一指，厲聲叫道：「飛豹子，不要欺負我年老！」老字一落聲，吳鉤劍「唰」地一展，身形掠起，長袍飄飄，如巨鳥似的登樁斜趨，要攔截豹子。滿想到長衫客必跑，哪知不然。飛豹子手中鐵菸袋一緊，仍然回身應戰。老拳師又哈哈一笑，叫道：「相好的，咱們真打吧！」

這一回交手，頓形激烈。老拳師三江夜遊神蘇建明陡採攻勢，那把吳鉤劍閃閃劈風，連照長衫客砍去。長衫客呼嘯一聲，鐵菸管上下翻飛，奮力拒敵。兩個人齊展開梅花樁的身法，忽前忽後，進攻退守，越打越猛；卻不聞腳步踏樁聲，也不聞兵刃格架聲。但只聽得泥塘之上，兩人的長袍呼呼掠風，兩人的身影往來飛竄。

十數回合過去，陡然間，蘇建明、長衫客同時進撲，齊聲大喝，道：「下去吧！」燈影一閃，不知怎的，「喀嚓」地一聲大響，長衫客撲登地落下水去，蘇建明也撲登地掉下樁來。

俞劍平大駭，利刃一揮，急忙拋敵馳援。卻還未奔到，陡然「忽隆」的一聲，長衫客、蘇建明，剛剛下水，又猛然竄出來。兩個人一齊登樁，一齊後退，水淋淋的，渾身是水。……

長衫客大罵道：「媽巴子的！」

蘇建明大笑道：「一鍋煮，有趣得很！」

這一番失腳，是長衫客故意踏歪一根樁，往旁樁一退，打算誆誘蘇建明。蘇建明一步未踏穩，浮樁斜倒下去，就勢一振臂，也往旁樁一退。兩個人爭登一根旁樁；各伸右腳，點占樁頂，各出一掌，急抵敵人。兩掌相推，頓時一齊掉下水去。卻仗著一身輕功，兩個人竟一點塘底，飛身倒竄，重踏上身後的另外一根木樁上。

兩個人的長衫順衣襟往下滴答水；單足點樁，顧不得身上不好受，只凝眸監視敵人，防備猝擊。燈光影裡，各看見對方教水浸的模樣，低頭看看自己，俱各禁不住失聲大笑起來；卻將雙方的同伴都嚇了一大跳。

俞劍平拋開使錐的敵人，頭一個竄過來；賊黨這邊，那使日月雙輪的，也拋了單臂朱大樁，如飛地撲來。土坡上，鏢客譁然，持孔明燈上下照射。

智囊姜羽沖拔劍上樁，馬氏雙雄的馬贊源衝上來，尋樁繼登。葦叢中，一陣陣簌簌亂響，頓時有兩道火光一閃，「唰唰」也奔出賊黨數人，踏樁增援，上前應戰。

十二金錢俞劍平急走如風，踏樁搶到蘇建明背後，厲聲大叫：「蘇老哥，上岸歇一歇，小弟我會一會飛豹子的梅花樁！」口頭上似像換手，無形中實要雙戰長衫客，好把他活活拿住。

長衫客頓時覺察，一聲長嘯。猛然拔身往旁一躍，掩護著同伴，再不戀戰，踏著長長短短的塘中木樁，一徑撤退下去。俞劍平、蘇建明焉能放鬆，立刻分從兩面追趕，長衫客竟很快地奔去。……

十二金錢俞劍平緊追長衫客，已然追到長衫客的背後，長劍一挺，照後心就刺。長衫客回身一架，奮身一躍，越過了四根木樁，落到退路上第五根木樁。又從第五根木樁往第六根木樁一跳；從第六根木樁往第七根木樁又一跳。只聽「喀嚓」一聲，第六根木樁竟然登倒。只見他由第七根木樁往第八根木樁上再一跳；頓時第七根木樁也「喀嚓」一聲，又「撲通」一聲，木樁躺在水面上了。

照這樣，長衫客且戰且走，容得同伴退淨，他便跳上一根樁，踩倒一根樁，一直退入葦塘的盡頭。所有經過的木樁，完全被他登倒，然後他一聲長笑，厲呼道：「相好的，堡中再見！」施展輕功提縱術「燕子穿雲縱」，把末一根木樁一點，也「喀嚓」一響，樁倒人飛。一團黑影疾如飛鳥，從蘆草叢騰起一丈多高，兩丈多遠，輕飄飄斜往葦塘岸邊一落。

崗坡之上，群雄齊動。馬氏雙雄的馬贊潮和歐聯奎、鐵矛周季龍、九股煙喬茂，搶先抄到，大呼著截過來。黑影中，長衫客抖手打出一粒鐵菩提，喝道：「打！」「嗤」的一聲，「啪」的一下，歐聯奎不禁止步；大聲道：「飛豹子在這裡啦！快來，他可要跑！」

馬贊潮橫鞭當路，喝道：「哪裡跑？」掏出暗器，唰地還打出去。但只一眨眼，長衫客早「颼颼颼」連連竄躍，斜奔疏林而去。疏林後，聽出一陣馬蹄奔騰之聲，賊人似又增援。

鏢客群中，奎金牛、金文穆、阮佩韋、李尚桐更衣換襪，剔泥整刀，記恨著陷灘之恥，同聲大呼，拉過馬來跨上去，冒險搶奔疏林。葉良棟、時光庭等也跟著立刻趕了下去。

智囊姜羽沖偕馬贊源才登樁復又跳下，繞坡塘半轉，仗劍一看；急呼同伴不必進疏林，速繞土崗，徑奔古堡。十幾個鏢客依然繞過來，便要合到一處，抄土崗，往西南奔去。

這時候，十二金錢俞劍平、夜遊神蘇建明、單臂朱大椿，早由水窪撲入葦叢，撥開一層層蘆葦，好容易犯險追豹，將次追上；不想敵人竟毀樁遁去。木樁連斷六七排，當中隔斷了七八根，就是插翅也難越過。

蘇建明在葦塘中，尚欲別尋追路，單臂朱大椿又欲涉水跟逐。俞劍平陡然繞轉，大叫：「蘇老哥、朱賢弟，這可使不得！快退回，快下來，往岸上抄！」饒這麼神速，長衫客已遁得沒影了。

林後蹄聲歷亂，初大漸小。賊人竟不是增援，乃是接應。賊人會到一處，竟然逃走。

十二金錢俞劍平勃然惱怒，恨恨地叫道：「姜五哥、胡二弟，賊人又跑了！」姜羽沖、胡孟剛一齊叫道：「俞大哥，快上馬！」

馬並不多，只十幾匹，俞劍平、胡孟剛、蘇建明、姜羽沖、沒影兒魏廉、鐵矛周季龍、左夢雲，這些人先行上馬。依照姜羽沖的主意，不從背後追，徑向古堡搶。其他眾人由九股煙喬茂引道，就步下追趕。

俞劍平臨上馬，向其餘鏢客一拱手道：「眾位仁兄再幫幫我一場！……」眾位鏢師哄然叫道：「俞老鏢頭，咱們就快追吧！我們在步下趕，沒什麼！」

智囊姜羽沖忙道：「且慢，蘇老英雄現在已經到場，店中沒有人了。」向于錦、趙忠敏二人舉手道：「在下擬請二位回店，留守老營要緊。」

胡孟剛忙道：「這個……」

俞劍平搶著說：「這麼辦對極了！于、趙二位賢弟快快回去吧。」

于、趙二人大喜領諾，立刻拔腿就走。胡孟剛等大不謂然，俞、姜二人忙道：「胡二弟，你不用管了，回頭告訴你。」

俞劍平忽又對時光庭說：「時賢弟，你也回店吧。」時光庭點頭默喻，立刻也拔腿走了。

大家分兩撥，半騎半步，一路踵追，一路繞抄；雙管齊下，分頭趕下去了。步下的是馬氏雙雄等在前，歐聯奎等在後，喬九煙引導。馬上的是俞劍平、胡孟剛、姜羽沖、蘇建明在前，其餘的人在後，由魏廉、周季龍領路。騎馬的鏢客豁刺刺地把馬放開，頓時征塵大起，蹄聲歷亂；和下椿逃走的群賊馬蹄聲遙相應答，在這四更天夜靜時候，備覺驚人。

但是長衫客這一敗走，鏢客這一追趕，頓時又蹈上先前的險難情形。敵人放開馬，大膽地突林急走。鏢客這邊卻瞻前顧後，提防著暗算。好容易闖出疏林，又遇上一片片的青紗帳，此奔彼逐，起初相距很近，轉瞬間越追越遠。

十二金錢的馬最神駿，騎術也最精，就不顧一切，當先放馬，斜抄著飛趕下去。姜羽沖、胡孟剛、老拳師蘇建明等，緊緊策馬跟隨。馬力有遲有速，又趕了一段路，甩下不少鏢客。及至抄近古堡前面，僅剩下五匹馬了，是十二金錢俞劍平、沒影兒魏廉、鐵牌手胡孟剛、鐵矛周季龍和俞門弟子左夢雲，卻又散在各處，只有俞劍平一人踏上草原土路。

同時那奎金牛金文穆和少年鏢客李尚桐、阮佩韋等三個人像泥猴似的，從敵人背後，首先緊綴下去；卻繞林渡崗，連穿過數片青紗帳，竟把敵人追丟了。反而遙逐蹄聲，把後到的老拳師蘇建明和智囊姜羽沖，險些當做敵人動起手來；幸有孔明燈對照，才沒有誤會。步下追敵的人，只有馬氏雙雄和蛇焰箭岳俊超遠遠地趕來。

十二金錢俞劍平馬不停蹄，往前窮追。穿過青紗帳，一到荒原，往四面望。遠遠看見古堡上浮起淡黃光，風過處，一陣呼哨聲大起，更有火箭、旗花在各處不時飛起。猜知必是賊人誘敵的詭計。側耳傾聽，古堡後面馬蹄聲乍沉乍浮，似正在奔馳。

俞劍平心中一動，想賊人既知自己大舉討鏢，他們必不肯退入絕地。也許他們畏剿懼禍，繞堡逃走了。想到這裡，又往古堡門前一望。堡上有火亮，堡門黑忽忽一片，相隔稍遠，任什麼看不出來。

十二金錢俞劍平勒馬回頭，想向姜羽沖問計；姜羽沖馬力稍遜，還未趕上來。

只有鐵牌手胡孟剛，跑得馬噴沫、人揮汗，眨眼間已然撲到，老遠地叫道：「十二金錢，俞大哥，十二金錢！」俞劍平眉峰一皺，以為胡孟剛喊得不妙，方要攔阻；轉想昏夜中，這喊聲也不為無益。連忙答應道：「喂，二弟，我在這裡哩！」鐵牌手一陣風地策馬奔了過來。不想他這一喊叫，居然發生影響。

眼前黑忽忽的濃影中，忽然聽「吱」的一聲急嘯，在堡前偏東壕溝邊上，樹叢後面，竟有數團人影在那裡閃動，隱聞「叮噹」之聲，俞、胡二人急逐哨聲，策馬奔向東邊；兩個人駐馬凝眸略一斜視。突然間，樹後面呼哨聲再起，人影紛紛奔竄。

鐵牌手胡孟剛探頭一望，竟不管不顧，一迭聲大叫道：「俞大哥，咱們還是快闖古堡吧！」古堡內忽然飛起一支火箭。俞劍平抬頭一看，依然攏目光，端詳東面樹叢，忽然呼道：「胡二弟，快快，樹後面有咱們人被圍了！」「啪」的一鞭，縱馬飛奔過去，大喝：「飛豹子！呔！姓俞的趕來了！跑的不是好漢！」驟馬揚鞭，直往樹後壕邊猛撲過去。

鐵牌手胡孟剛愕然一愣，也將馬鞭一掄，喊一聲：「呔！」跟奔過去。堡東面那數團人影驟見奔馬，早又「吱」地吹起一陣呼哨，「忽啦」地一陣騷動，陡然收撤回去。孤零零還在壕邊的，只剩下一個人。

十二金錢俞劍平催馬過去，手捻一枚金錢，方待喝問；那個人影已然喘吁吁叫道：「來的可是十二金錢俞鏢頭麼？」

俞劍平厲聲道：「然也！……哦，呀，你是梁賢弟？」

這人影果然是三路下卡的鏢客梁孚生，正被四個敵人圍在這裡，苦戰不得脫身。梁孚生一見俞劍平，心中大喜，忽又一驚道：「俞大哥你可來了？……可是的，咱們那些人呢？就是你一個人來的麼？」才說出這話，已然喘不成聲。

緊跟著鐵牌手胡孟剛揚鞭策馬趕到。俞劍平卻已飛身下馬迎上前來，捉住了梁孚生的手，張眼四顧，急急說道：「梁賢弟，你多辛苦了！可是的，聶秉常聶爺呢？你們都散了幫麼？」心上未免驚惶。

胡孟剛翻身下馬，也跑過來，忙忙問道：「梁大哥，是你麼？松江三傑呢？」

俞、胡二人一左一右，拉著梁孚生的手問他。梁孚生抽出手來，急急地一指古堡，道：「俞大哥、胡二哥，怎麼就你們二位來到，他們呢？他們那些爺們真格的全沒來麼？」兩隻眼不住地看古堡，又看對面青紗帳，青紗帳後分明蹄聲大起。

俞、胡二人忙道：「他們就來。你們卡得怎麼樣？剛才飛豹子逃過來，你們沒見面麼？」

梁孚生急口地說道：「飛豹子在哪裡？我們沒看見。咳，俞大哥，咱們兩道卡子都教人家圈在堡裡了。馬氏雙雄也沒有看見影子，咱們得趕緊回店，聚齊了人。趕快攻堡救人！」神情、話聲，十分著急。

十二金錢俞劍平、鐵牌手胡孟剛駭然驚動，抓著梁孚生齊聲詰問：「真的麼，難道你們哥幾個，還有松江三傑，都教人家誘進去，困住了麼？……」二人往古堡瞥了一眼，牆上仍浮火光，隱聞呼噪之聲，夾雜著呼哨。賊人竟這麼大膽，居然不退不逃，公然據古堡，誘擒鏢客。

俞、胡又問：「梁賢弟，你再說，他們被圍有多大時候了？都是誰？他們堡裡有多少人？」二人仰望堡上浮光，互相顧盼；等不及梁孚生答話，一整兵刃，便要搶攻古堡。

梁孚生喘息略定，忙攔阻道：「二位別忙，我們不是被誘，是貪功上了當。我和聶秉常、石如璋在堡後追賊，追散了幫。我和聶秉常大哥襲入古堡，人家並不出來迎敵；我們一直往裡攻，教他們圍上了。松江三傑也跟我們一樣，闖進堡牆，出不來了……」

俞、胡二人道：「呀！」

梁孚生忙說：「好在工夫不大，快接應，還來得及。」俞、胡不再多問，只催梁孚生道：「梁賢弟，你在這裡等，再不然快騎馬迎上去，咱們大撥的人很快就到。我們兩人先進堡，打頭陣接應。」

說時，後面蹄聲大響，側面人影奔竄。梁孚生斷不出是仇是友。俞、胡估量時候，知是自己人，忙將馬讓給梁孚生，催他上馬。俞劍平不顧疲勞，卻與鐵牌手胡孟剛全不騎馬，施展開輕功飛縱術，公然直趨古堡前門。

那梁孚生喘吁吁上了馬，又回頭叫道：「俞大哥、胡二哥，堡門有卡子，你們最好往東邊上，跳牆過去。咱們的人是教他們困在堡裡頭，東邊院裡了。」

俞劍平回頭一瞥道：「是了。」

胡孟剛連連問道：「他們有多少人？」

梁孚生遠遠答道：「說不清，露面的只有一二十人。」

俞、胡二人如飛地撲過去。胡孟剛掄一對鐵牌，且跑且說：「俞大哥！賊人一定不少，咱們等等後邊人吧。」

俞劍平道：「不必！怕誤了，咱們儘管闖。『賊人膽虛』，一聽我們人到，必定吃驚，圍勢自然解開。」

十二金錢俞劍平提劍疾走，電掣星馳，眨眼間，來到古堡東邊。鐵牌手胡孟剛緊緊跟隨。已迫敵窟，俞劍平止步，往堡牆上一看，這就要跨壕溝了。

胡孟剛說道：「大哥你瞧，姜五爺準是來了；後面那黑影和蹄聲，一準是他。」

俞劍平卻聽見堡內聲音有異，認為刻不容緩，把頭一搖道：「不用等，來，我先上，你給我巡風！」

胡孟剛側耳聽了聽，道：「對，咱哥倆一齊上。」可是俞劍平才要往牆上竄，忽又一轉念，回顧胡孟剛道：「二弟，你我與其跳東牆，不如堂堂皇皇地走堡門。」

胡孟剛說道：「方才梁孚生不是說堡門有埋伏麼？」

俞劍平說道：「有埋伏也得走正門。」

胡孟剛說道：「但是，咱們的人不是困在東邊院裡麼？」俞劍平早已健步繞壕溝往堡門走去，且走且答道：「就是解圍，也得走正門。」

胡孟剛道：「大哥要使這個勁？」

俞劍平道：「當然。」只一眨眼，二人便到堡門。

十二金錢俞劍平把青鋼劍拔出手，左手捻一對金錢鏢，低喝道：「上！」兩人跨過朽木橋，一齊凝眸往裡張望。先把堡門一看，木柵半掩，牆上浮光；當中道路黑漆漆毫無燈亮，任什麼都看不出來。但卻知道這堡內一層層的院落，必有幾處照著燈光；而且燈火必定不少，所以才能把光亮映出牆頭來。

胡孟剛低聲道：「可是的，鐵矛周、沒影兒和九股煙全沒有跟上來。咱們還是等一等後面的人，有個領路的才好。」胡孟剛這話自然很有理。十二金錢俞劍平奮然道：「咳，闖吧！」立刻把利劍一挺，邁步直進堡門。

鐵牌手胡孟剛道：「俞大哥，讓我頭裡走。」鐵牌一分，要往堡門闖；不想話未落聲，俞劍平早一伏身，腳尖點地，颼地一聲，疾如脫弦之箭，從那半掩的柵門縫直竄了進去。鐵牌手胡孟剛皺眉搖頭，忙跟蹤前進，擺雙牌，也撲入堡門之內。

突聽得前邊俞劍平厲聲喝道：「留神旁邊！」「唰」的一聲響，從堡門裡左側高處，忽有暗器破空之聲，一點寒星奔胡孟剛中三路打來。

迎面平地雖沒有卡子，可是兩邊房上竟有埋伏。胡孟剛鐵牌一揮，噹地一聲，將暗箭打落在地上。同時前面「嗆嗆」連響了兩聲，俞劍平也揮劍打落一對鋼鏢。房頂上黑影一晃，賊人又似藏躲了。

十二金錢俞劍平厲聲喝道：「呔！休放冷箭，我十二金錢俞劍平登門獻拙來了！」

房上只聽見隱隱的怪笑，賊人不再露面。俞鏢頭抬頭一望，恨罵道：「暗箭傷人，匹夫之輩！胡二弟留神，往前闖啊！」緊握青鋼劍和胡孟剛一前一後，健步如飛，順這甬道，往裡下去。卻才走進不多遠，「唰」地又一聲，右邊院落從街門縫裡發出一排箭來，一共三支。

俞、胡二人不後退，反往前一躍，閃了過去。右院街門「忽隆」一響，好像加上了閂了；復聽颼嗖地連響，賊人又似退了回去。俞、胡二鏢頭深入重地，不遑搜伏，一味往前猛進。

堡中除了這幾支冷箭，竟沒有賊人迎頭前來堵截。也不見燈光。仰望前面，東大院一帶火光上沖，夾雜著胡哨聲，自己的人大概被圍在那裡。平視甬路兩旁，那一排排的槐樹，葉茂蔭深，黑忽忽兩行深影，由堡門直通到堡內盡頭處。風擺樹搖，唰唰啦啦響個不住；就有伏兵也很難看得清、聽得見，情形實在險惡。

十二金錢俞劍平義無反顧，片刻不停，火速地往裡闖。闖得越快，才越可以衝過賊卡的襲擊。身形如貓，腳尖點地，也就是三起三落，又三起三落。突又聽得「嘎啪」、「嘎啪」一陣陣連響，數張弩弓疾如飛蝗，唰地從左右兩邊攢射過來。

俞劍平急閃連竄，揮劍亂打，使盡了身法，閃避這陣攢射；腳尖依然不停，一個勁地往前進。敵箭如雨，竟沒把他攔住。鐵牌手將手中鐵牌一扁，仗著他這一對利器，恰好擋箭。一路橫拍橫打，也衝開了亂箭，闖了進來。

於是俞、胡二人又往前進，眨眼間已然深入八九丈了。不料形勢陡然緊急起來，前面冷箭一步比一步密，竟有十來張弩弓，借物隱身，分據在甬路兩旁的房頂上和街門縫中。俞、胡才往前一闖，便「嗖」的一排箭，「嗖」的又一排箭，歷落射出來，而且射法很有步驟。弩弓雖多，並不一齊射；乃是此發彼住，此住彼發，連珠弩不住手的集中往俞、胡身上射。

這才是賊人的真正卡子，賊人的用意，是不教俞、胡二人再往前進。十二金錢俞劍平自料或可奮勇衝過去，但是鐵牌手胡孟剛卻險些失手。賊人一聲也不哼，靜悄悄地放箭，連他們一準藏身的地段也難窺清。

俞劍平大怒，往前續闖，被一排箭阻住；驀地翻身退回來，急急地向胡孟剛說道：「二弟，你我各領一面，背靠背往前闖。」

他二人分明看見東大院那盞紅燈亂晃，而且分明聽見賊人呼噪道：「捉住了，捉住了！」俞劍平深恐松江三傑萬一失手，這救援之事，刻不容緩。兩個人一並肩，暗呼一聲，便要聯肩並進。

當此之時，俞、胡二人自己並不知道，他們眼看要陷入人家包圍陣中了。賊黨把兩人誘入堡心，這才阻止前路；另有人抄後脊，要扼斷他們的退路。一個賊人驀地從西排牆頭上出現，吆喝了幾句切語。二鏢頭全聽不明白，可是不由得停步回頭察看。倉促未能看見，復又一仰面，剛剛看見賊人的上半身，賊人卻又一縮，溜下牆去了。

胡孟剛著急叫道：「俞大哥，闖不過去，怎麼辦？」突然聽「哎喲」一聲，「咕咚」，東排房上忽有一條人影，才一露面，倏地又墜落下去。

就在這時候，聽一個人喝道：「小子，滾下去吧！」又一個人喝道：「呔！下面可是俞大哥麼？」

俞、胡二人急急地又一仰望，這才看見東面牆頭上出現了兩個人影，一個是嚮導沒影兒魏廉，另一個是智囊姜羽沖。胡孟剛大喜，急應了一聲。

姜羽沖又叫道：「俞大哥，趕快退回來！那邊過不去，你二位快上這邊來！」

第五五章　彈困三傑

智囊姜羽沖由沒影兒魏廉引領，是從東面堡牆上翻進來的；居高臨下，已窺出堡牆一角的虛實。他們又落後了一步，賊人都衝著探堡先登的俞、胡圍來，倒放鬆了姜羽沖這一撥後趕到的人。於是後到的人反得先登。群賊用弩弓拒住前路，不放俞、胡前進；又「忽拉」地從堡門旁一所小院落鑽出三四人，也袖著暗器，悄悄貼牆循壁往俞、胡二人背後湊過去。

這時，陡被登高下望的姜羽沖、沒影兒瞥見，急忙吶喊了一聲：「俞大哥，俞大叔！看後路，暗青子！」奔躍不及，姜、魏二人先後脫手發出暗器，把賊一擋。俞、胡二人早驀地一翻身，又往旁一退，把前後路都防備好了。賊人的暗器打空，俞劍平立刻也將暗器換交右手，還發出去。賊人抹頭旁竄，鑽入旁邊小院。

忽然，堡門口破棚門砰然推倒。奎金牛金文穆和李尚桐、阮佩韋三個人斜繞堡牆，正要攀牆而下；忽瞥見鐵矛周季龍引馬氏雙雄等恰巧趕到。兩路會成一路。人數較多，立刻繞過來；徑搶堡門。奎金牛金文穆一身臭泥，最為惱怒；奮力一衝，與阮佩韋、李尚桐破門而入，先把棚門弄倒。

一霎時，俞、胡二人側倚甬路，由平地協力緊打。姜、魏二人由堡牆更道，繞向堡門，從高處往裡攻打。金文穆和馬氏雙雄等，由堡門口，循俞、胡後路也往裡攻打。散散落落，分為數處，人數都不很多；卻因身入虎穴，各奮兵刃，厲聲吶喊，頓覺得山崩地裂似的喧騰。

只一接觸間，黑影中，後面煙塵大起，馬蹄聲陣陣奔騰。後面的接應由梁孚生引領，也一先一後地跟蹤來到了。老拳師蘇建明仗劍下馬，指揮眾人，跳牆的跳牆，突門的突門；呼噪連天，猛勇齊上，徑直往古堡衝上來。

智囊姜羽沖、奎金牛金文穆、馬氏雙雄等，分頭由沒影兒魏廉、鐵矛周季龍、九股煙喬茂三個嚮導引領，搜索賊人。他們見只東大院有燈光，而且火光最高；姜羽沖立即一迭聲招呼同伴，厚集勢力，專闖這一路。教那先闖進堡的人往後退，教後到的人往更道上竄。平地太險，登高便穩，眾鏢客互相傳呼，喧成一片。

喊的話有的聽得真，有的聽不真。但是賊人卻已聽真，曉得鏢客此時已經蜂擁而至，再不好硬擋了。賊人互相招呼了一聲，陡吹胡哨，唰地撤退。三個一夥，兩個一幫，紛紛退入甬路兩旁的小院落裡面。小道曲折，三轉兩轉，賊人便已聚在一處；忽又飛起數道旗火，齊往東大院投射過去。跟著見東面房屋上現出兩條人影；登房越脊，如飛地往回奔去；看那意思，正要跳下來，繞奔東大院。這分明是去送信，那飛豹子想必也在東大院。姜羽沖一見這情形，厲聲大叫道：「不好，賊人又要跑！俞大哥在哪裡？」

這兩條賊影由房頂上，登高往裡飛奔，恰從俞、胡二人頭上馳過；卻順手掏出暗器，停身探頭，要往下打。賊人只一止步，姜羽沖立刻大喝道：「快看頭頂上，暗青子又來了！」一言未了，噹地一響，又「錚」的一聲；賊人的暗器打空了。俞劍平的金錢鏢抖手往上發出去。賊人身形連晃，「哎呀」一聲，往房脊後一閃不見了。

十二金錢俞劍平和鐵牌手胡孟剛仰面看賊，已知人聲鼓噪，鏢客大集。兩人精神一振，仍要冒著甬路兩邊的亂箭，往裡硬攻。忽聞沒影兒奔來呼喚，催俞、胡撤回，又見梁孚生也追趕過來，指出松江三傑被圍之處。揣度攻勢，與其由平地硬闖，不如登高進攻。胡孟剛一扯俞劍平，俞劍平道：「前頭的箭可是撤了。……」頃刻間，俞、胡二人立身處的東牆頭上，又有兩條人影出現。俞劍平便一閃身，陡拈一枚金錢，喝道：「下來吧！」「錚」的一響，兩條人影突然到牆那邊去了，不知究竟打中了沒有。

十二金錢向梁孚生一點手，竟與鐵牌手胡孟剛，跟蹤躍上牆頭，跳到小院落內，緊緊追趕這逃走的雙影。這人影忽一頭鑽入將塌的破房內，俞劍平立即追入破房內；迎面「唰」的一下，打來一鏢。俞劍平早已防到，急急地一伏身，往旁閃竄；張眼尋看，兩條人影鑽入三間破房間的暗間去了。

胡孟剛忙大呼搶入；卻才到了暗間，裡面黑忽忽地透露微光。原來後山牆挖著一個大洞，賊人鑽入牆洞逃奔別院去了。

一層層的小院前山牆接後山牆，賊人竟在這許多小院內挖洞出沒。胡孟剛由鐵牌護著門面，便要鑽牆洞，追趕逃賊。俞劍平立在小院院心，閃目打量這小院的形勢，急叫：「使不得，快出來！」梁孚生也趕來道：「不要追了，快救咱們人去吧！」

十二金錢俞劍平道：「我們大眾已到，不必解圍，賊人自然解圍的。還是快追吧，不過別從這裡追。」立刻想到小院的短牆根，隔牆便是另一個小院。俞劍平與胡孟剛、梁孚生，散分三處躍上短牆。

那兩個人影和另一個人影從屋洞鑽到這小院內，當真正堵著洞埋伏，各掏暗器，要暗算鏢客。俞劍平冷笑一聲，拈手中錢鏢，揚手要發，賊人已然瞥見；「吱」的一聲呼哨，三個人影「唰」地奔竄，又竄入另一排破屋內。

十二金錢俞劍平立刻向胡孟剛、梁孚生一揮手，命二人仍然跳短牆斜追；自己竟挺單劍，要穿小院，往屋裡追。破屋子窗格門扇盡無，只剩了空空的四壁，賊人逃到一間耳房內，房後破窗又做了賊人逃路。俞劍平跳到屋內，又竄出窗外。窗外正是另一院的夾道；那三條人影，忽變成兩條人影，順夾道往東跑去。梁孚生、胡孟剛竟好像沒看見這兩條人影；反而往西追趕；俞劍平急急招呼一聲，不想梁孚生在那邊也喊道：「三個賊在這裡呢，俞大哥快過來！」

俞三勝大悟，他們翻小院追賊，原來遇著兩撥賊人。賊人不迎敵，反而亂跑；俞三勝心中一動，自知失策。呼應一聲，就依著梁孚生的指示，拋了逃賊，一徑馳奔松江三傑被圍之處。

當此時，那東台武師歐聯奎等最後趕到堡前；堡門口正有姜羽沖安置的四個鏢客，在那裡巡風；彼此打招呼，把眾人引進去。那姜羽沖、金文穆等一撥一撥的人，早從更道上掩到古堡深處。這些鏢客，只有最先到的俞劍平遇見賊人的阻擋，別的人居然深入無阻。

姜羽沖不由心焦起來，連說：「不好！快快，快往裡頭闖，快往各處搜。」馬氏雙雄道：「我去堵後堡門吧。」姜羽沖矍然道：「對！」二馬相偕，急急地抄向後面去了。

眾鏢客上上下下四面八方地掩入堡中，往各處搜尋。荒堡前後只有兩座門，眾鏢客將前後兩道門把住，先堵塞了賊人逃竄之路。那三個嚮導中，九股煙喬茂只混在人群中，不敢前闖。那沒影兒魏廉和鐵矛周季龍，俱各奮勇當先，一個在房上，一個在地上，催大眾徑搶東大院有紅燈處。這紅燈很怪，仍然點著，倒做了鏢客進攻的目標。

眾鏢客在房上的和更道上的，都掏出袖箭、鋼鏢，掩護著平地上的同伴。地上奔馳的鏢客，也一手持兵刃，一手握暗器，防備賊人的襲擊。但是賊人的卡子已全撤去，冷箭也不發了；僅僅在房上和一層層小院內，偶爾發現幾個人影逃竄。眾鏢客有的瞥見，便跟蹤尋過去。姜羽沖連喊眾人，不要分散開，應該聚在一處，可免賊人的暗算。

紛亂中，老拳師蘇建明提吳鉤劍，追循金文穆、李尚桐、阮佩韋，首先奔到東大院門首。東大院的大門緊緊地關閉，門以內起初有動靜，此時反沒有動靜了。蘇建明便要破門而入，歐聯奎道：「慢來！慢來！千萬不要誤入民宅。」

沒影兒跑過來道：「這東大院一定不是民宅，這裡全是空房子，趕快攻吧。」阮佩韋奔過來照門扇踢了一腳，一點也踢不動。奎金牛張目四尋，想找木柱或石磚等物，撞開門扇。老拳師蘇建明道：「那不行，還是越牆過去的好。」便要往牆上竄。東大院的牆很高，也最完整，沒有傾頹，奎金牛金文穆忙道：「蘇老師傅，我先上吧。」

蘇建明年高望重，眾鏢師都不肯讓他涉險；奎金牛金文穆、沒影兒魏廉，竟飛身往牆頭上一竄，不敢跳入，先用單臂往牆頭上一挎，探身往牆內，先打了一望。兩個人東張西望。

李尚桐、阮佩韋在牆下叫道：「裡面怎樣？有人沒有？」口說著，也一個旱地拔蔥，縱身躍起，上了牆頭，四個人都詫異地往下面看。老拳師蘇建明在牆下也微微一笑道：「不用說，裡頭沒人了！」竟在平地，施展「燕子飛雲縱」的輕功，颼地一竄，也輕輕躍上牆頭。牆頭有一尺多寬，老頭兒「金雞獨立」式站住了，往下察看；忽回頭，厲聲向甬路上的眾人吆喝道：「這裡真是空城計，你們快往隔壁掏掏吧。」

蘇老拳師說罷，首先跳入東大院院內。這東院好體面的一所三進帶跨院的四合房，可是黑洞洞的空曠無人，只在後院立著那一根燈竿，竿下一個人影也沒有。老拳師又向眾人點手道：「跟我來，搜！」

奎金牛金文穆、沒影兒魏廉和阮、李二少年，一齊跳下牆來。眾人落身處，恰挨著小院男廁；他們忙奔出來把小院門踢開；走至前庭，冒險突入門洞。一晃火摺子，才待開門，火光影裡看出這大門已竟鎖了。奎金牛金文穆奔過去，把門扇一端，使勁上舉，「豁刺」地一聲，將兩扇門都卸落下來，向門外叫道：「你們快進來。」歐聯奎等掄兵刃搶進來；於是把這東大院五十多間房前前後後，橫刀搜索起來。蘇建明躍上房頂，向四面望了望道：「這裡恐怕不是他們的巢穴。」

這五十多間房，中院七間正房，東面廂房六間，側座五間，門窗俱全；可是全都大開著，沒糊紙、潮濕、昏暗、院生雜草，十分荒涼。前院連門窗都沒有，尋到最後一層院，才發現七間後罩房，有三間糊著白窗紙。

眾人晃火折，闖進各屋，各屋四壁空空，灰塵積滿；獨這三間後罩房，打掃得很乾淨，還有兩具木床。眾人一齊留神，急忙忙地摸黑細搜。歐聯奎道：「我這裡有孔明燈。」把燈門打開，照耀著直搜到東院靠東的小跨院中，忽發現兩間花房的後山牆，挖成一個洞。眾人冒險鑽進去，卻又到了另一院落。這層院落也沒有賊人。

蘇建明等用這一盞孔明燈照著，有的鑽空房搜索，有的跳上房搜索，把東大院前後都挨處搜到了。東排鄰近的一層層小院也被他們搜過一半，只是不見賊蹤。

蘇建明道：「咱們追遲了一步，這裡一定不是賊人的垛子窯。」沒影兒魏廉卻不十分深信，忙道：「賊人就走，也是剛走的。」

正在亂轉著，忽然聽見幾聲喊罵。奎金牛站在房上叫道：「賊人在這裡呢！」眾人叫道：「在哪裡？」奎金牛一指東大院斜對面的馬號，叫道：「那邊有火光閃動！」

老拳師蘇建明忙跳到房上，張目一望，馬號空院甚大，馬棚黑忽忽果有一兩處閃爍著火光。蘇建明、金文穆、歐聯奎、李尚桐、阮佩韋、沒影兒魏廉等，火速地跳出東大院，搶奔馬號。這時候智囊姜羽沖一行人，恰從更道上跳下來，正在搜索靠西的一排排小院。兩邊的人會在一處，一齊闖入馬號，打開了三四盞孔明燈，一路照看。馬號空空洞洞，人不見、馬不見；卻有一兩處馬棚，分明有芻草料和一堆堆馬糞。那擺動的火光是兩盞紙燈籠，插入空房內，蠟淚堆殘，眼看要滅。

眾人照舊亂竄亂搜，九股煙喬茂忽然叫起來，道：「呵，你們快來看，賊人的逃路在這裡呢！」姜羽沖、蘇建明一齊奔尋過來。一排馬棚後面，有兩堵牆擋著一塊空地；地上亂生蓬草，還堆著許多乾草。眾鏢客撥草搜尋，竟在亂草的後面，緊挨著堡牆根，發現了好幾個地洞。深才三四尺，可是在地洞上面，把堡牆根也挖了三尺多寬、二尺多高的一個牆洞。地洞、牆洞合在一起，足有六七尺高，不但人可鑽出去，連馬都可鑽出去。

姜羽沖提孔明燈一照，道：「得了！賊人一準全跑了。可是的，俞大哥和鐵牌手胡二爺呢？」

一句話提醒了眾武師。俞、胡二鏢頭本是先進來的，此時反倒蹤跡不見。蘇建明道：「我們趕緊往後搜吧！」

智囊姜羽沖道：「這裡也得留人，不要再被匪徒潛入。」便請金文穆、歐聯奎等留守東大院，兼顧馬棚；自己會同蘇老英雄，跟沒影兒魏廉等施展輕功提縱術，縱上一排高房的房頂，攏目光四下望。四下裡黑沉沉，一點火光亮也看不見。仗著沒影兒熟悉道路，辨了辨方向，向後下來。

越過了三四處空庭破屋，不止於不見俞、胡二鏢頭的蹤跡，連個敵人的影子也沒望見。

智囊姜羽沖向沒影兒魏廉道：「魏老弟，怕不對吧！前面距後堡不遠了，怕是搜過了頭吧？」

沒影兒魏廉道：「不能，這堡裡大部的房子全在東排，西面只有十幾所小宅子，不是正主兒住的。這一帶再沒有，就許出了圍子了。我看……」

智囊姜羽沖忽然說道：「聽著！」

眾人佇足傾聽時，偏西南隱隱聽見叱吒之聲；細聽時，又轉入沉寂。眾人方待尋過去，忽地西南角湧起一團火光。智囊姜羽沖急忙一指道：「這是什麼發亮？可是貼西圍子的小房子麼？」

沒影兒魏廉道：「不錯，那邊大概是糧倉。」

蘇建明道：「別管他是什麼，趕緊上吧！」

姜羽沖答了聲：「好！」腳尖點地，騰空躍起，施展開身手，真似一股輕煙，急撲上去。蘇建明更不肯落後，沒影兒以提縱術擅長，這三人竟像較勁似的，先後只差著一步，一齊撲過去。連轉過兩層院，已辨出有火光處，是貼著西圍子一所土房；屋身牆傾，四周亂草橫生，顯然曠廢已久。

智囊姜羽沖捷足先登，颼嗖地連竄身形，已到了土房的東廂後簷下。一縱身竄上去，左腳輕點簷頭，右腳尚沒挨著房坡；突然左首兩丈外，暴喊一聲：「滾下去吧！」一點寒星竟奔腰肋打來。

姜羽沖閃身想接，全來不及，身形急往後一仰，左腳運力一登簷頭，一個「倒栽老蓮」，「唰」地倒翻下來。「嗤」地一支鋼鏢落空，穿入草叢；姜羽沖腰上一疊勁，挺身立在荊棘叢中。他急橫劍索敵，可是已聽出發話的人頗似胡孟剛。身形才落，趕緊招呼：「上面可是胡二爺麼？好鏢法！」

房上人「哎呀」地叫了一聲道：「姜五爺麼？傷著了沒有？我太愣了！」同時蘇建明、沒影兒全到了。

姜羽沖一縱身竄上房去答道：「還好，沒打著。怎麼樣，俞大哥呢？」

鐵牌手道：「俞大哥就在隔院下面吧，快請上來吧。夏二爺掛彩了。」

智囊姜羽沖等全吃了一驚，急隨鐵牌手，越過房坡撲奔隔院。在隔院下面，另一座蓬草沒脛的小天井中，燃著一堆乾草，煙火騰騰。夏建侯正在用刀割草，往火堆上續柴取亮；俞鏢頭和梁孚生正在借火亮，給夏靖侯紮裹創傷，只不見谷紹光。

姜羽沖、蘇建明等忙飄身下來，向俞劍平道：「俞大哥，你竟趕到這兒了，教我們好找。」隨問：「夏靖侯的傷勢究竟怎樣？」

夏建侯趕過來代答道：「還不礙事，不過左胯中了一弩箭，右臂稍微劃傷了一處，暫時行動費事罷了。咳！若不是俞大哥趕到，我們弟兄說不定全教賊人亂箭射死了。」

原來胡、俞二鏢頭按照梁孚生指示的東大院第三院搜尋過來，不料第二院、第三院全是空庭寂寂，既無燈火，也不見賊蹤。俞、胡二鏢頭十分焦灼，梁孚生也十分詫異；分明被圍在這裡，怎麼全不見了？只好往後搜尋。方轉過一帶高房，突然間，牆根下亂草中「唰唰」一響；俞、胡、梁三人擰身各往響處竄去。「啪啪」一連就是兩支袖箭，一支奔俞鏢頭，一支奔梁孚生。閃避得法，兩支袖箭全都打空；跟著叢草中跳出一條黑影，竟自往南逃去。

俞劍平往起一縱身，抖手發出一枚金錢，相隔在五六丈外，那條黑影「嗯」的一聲，身軀一晃，竟沒有躺下，依然逃走了。俞劍平道：「追！」

俞、胡、梁奮步緊趕，在黑沉沉的荒涼敗宅中，連穿破屋，往前過去。只聽得草葉唰唰又響，那條黑影被後面追的太緊，竟倏地穿甬道，奔了西圍子。胡孟剛一邊追，一邊嚷道：「小子，你往哪兒逃也不成。你就認了命吧，爺們圍上你們的龜窩了！」但這西圍子一帶很難走；更道久已廢置，沿牆滋長些荊棘蓬蒿，處處須得留神。

那賊人不時回身發放暗器；一路上又打出兩塊石子，一支袖箭。後面略一遲頓，賊人竟逃出幾丈去；突見他撲奔一片土房，「吱吱」地連響了兩聲呼哨。沒有看清楚是登房逃走，還是繞房逃走的，可是人竟沒影了。

俞三勝當先趕到，挨近門前，突聽得裡面兵刃叮噹互碰，夾雜叱罵之聲。俞三勝精神一振，回頭厲聲招呼道：「賊在這裡了，上！」他不走正門，以防暗算；微聳身，斜縱上房頂。才待騰身下落，猛然嗖地一聲，一支暗器從下面打來。俞鏢頭將青鋼劍一揮，噹地一響，將一塊飛蝗石打落房下。

房上人影一晃，俞鏢頭喝道：「賊子，看鏢！」一枚錢鏢破空打去，賊人「哎喲」了一聲，「咕咚」地栽倒。

跟著聽隔院有人喊：「大哥，我中了暗青子了。發狠幹啊！老三哪裡去了！」跟著從隔院東房上，颼颼連竄起兩條人影。

十二金錢俞劍平抬頭一看，這兩條人影拿的是兩口劍，身材差不多。俞劍平用劍封住門戶，忙叫道：「夏大哥，夏二哥，……」一聲未了，這兩個拿劍的人陡然一縱步，由房上直往東牆頭竄來。當前的那一個，腳點牆頭，「白蛇吐信」，「唰」地人劍俱到，直奔俞劍平的前胸扎來。那另一個卻從斜刺裡一側身，腳履牆頭，「玉女投梭」，斜向俞劍平的肋下也點來一劍。

胡孟剛大吃一驚，厲聲怪叫：「大哥，看看看……」

俞劍平猝不及防，也驀地一驚，急將身形往後一撤；但是腳尖登牆頭，後退無路。匆忙中，斜身往左一閃，僅僅躲開這一擊，右側的敵劍又已點到。俞劍平急用「大鵬展翅」，掄青鋼劍往外猛削，用了個十分力。陡然激起一個火花，敵人再想撤劍，已來不及，「嗆啷」一聲，一口劍被擊出數丈以外。

胡孟剛雙牌一分，大喜撲到，直奔那迎面敵人。梁孚生也從鄰房飛縱過來應援。哪想到側面的敵人失劍落地，驀然回身，發出一支暗器來。他的暗器還未發出，北面牆頭上突聽一聲大喝道：「姓俞的，看箭！」弓弦響處，一排箭冒著高射來。非為拒敵，實為救伴。俞劍平、胡孟剛、梁孚生只得分向兩旁跳閃。兩個使劍的賊人，趁此竄下院心。

使劍的賊剛退，出現北牆頭的賊這才得了手，把數張弩弓齊照俞、胡、梁三人瞄準。梁孚生、胡孟剛和俞劍平等，早防到敵箭的攢射，急急地一栽身，緊跟賊蹤跳落院內。那失劍的賊人回手一鏢，俞劍平、梁孚生往旁驟閃；胡孟剛反而迎頭橫擋，鐵牌一晃，「叮噹」一聲，把鏢打飛。

十二金錢俞劍平哼一聲，將金錢鏢一捻，「錚」地連響三聲，不追擊逃賊，掠空向北牆頭打去。金錢鏢百發百中，北牆頭「嗯」的一聲，數張弩弓退縮不見。兩個使劍的賊就往牆根底下一鑽，下面挖著一個四尺來高的洞。

胡孟剛大罵道：「好鼠賊，又要鑽窟窿！」忽又聽得隔院連聲大喊，聲似松江二夏。俞、胡、梁三人不顧一切，追尋過去。卻不敢鑽牆洞，飛身躍登鄰房，又一竄躍上南牆，往下窺望。

這鄰院裡人影亂晃，金刃亂響；正有數人橫刀矛，堵住了西面三間土房的門窗。門窗敗壞，兩個窗洞木櫺全無，都被磚泥壘上了，黑忽忽地只露出小小一個門洞，兩扇木門都倒在地上。正有幾個賊黨持著數張弩弓，分立在牆頭屋頂上瞄準。這草房屋頂還破著一個露天的大洞。俞、胡二人頓時恍然，這屋內定有鏢客被堵在裡面，正拚著死力，往外衝擊格打。

門洞窄小，賊人卻不少，他們各將長兵刃，往門裡亂刺，被困的鏢客不能突門出入。房頂破處，不但不能竄出來，反而被賊人強弓下射，箭雨直飛，成了居高臨下的危勢。屋中人怒吼叫罵，群賊冷笑還罵。猛聽「忽隆」一聲，屋中被圍的人把磚砌死的窗洞推開了。群賊急叫，立刻過來兩根長矛，又把窗洞扼住。

俞劍平、胡孟剛在南牆上瞥見，心中大驚；梁孚生也從後面驚叫道：「不好，松江三傑一定在裡面，咱們快去救。」胡孟剛年雖半老，性依然猛，大叫一聲，擁身跳下去；直抵平地，雙牌一揮，照敵人背後便砍。十二金錢俞三勝喊道：「等等！」已經來不及，梁孚生也下去了。

賊人那邊，房頂上的射手立刻吹起呼哨，「唰」地一排箭，衝胡、梁二人射來。胡、梁二人上拒飛箭，下鬥群賊，厲聲叫道：「屋裡是夏二爺麼？」屋中人立刻應聲，不但是松江三傑的老二夏靖侯，還有老大夏建侯。夏建侯叫道：「外面是哪一位？我們上了狗賊的當，我們老二掛彩了，快來！」

胡、梁二人頓時拚命往房門口衝過去。松江三傑此時已經散了幫，土屋內被困的只有夏建侯和夏靖侯。這弟兄在堡外放卡，一時貪功，追賊入堡，被賊人誘散了幫，竟誤鑽到這個絕地裡邊來了。

這三間土房正是賊人預備的卡子，窗戶都已堵塞；只留下一門，也堵上了半截磚。賊人卻將後牆根掘了一個洞；由這牆洞通過去，便進入鄰院後房。連穿過鄰院數處屋洞，走一小夾道，便直達堡牆。這邊的堡牆也挖了一個小洞，用亂草擋著；萬一有警，他們就可以從這裡鑽牆洞跑了。

這三間土房，靠南邊的房頂上面，破著三尺方圓的一個漏洞，直露著天。夏氏弟兄犯險入堡，眼看二賊逃入這三間土房內，他們也就跟進房內。不想人家鑽牆洞跑了，他們可就剛一鑽進牆洞，便被人家堵住。長槍擋住了門口，利箭從南屋房頂破洞往下射；松江二夏直退到北間，才避開箭雨。賊人竟用孔明燈，從房頂破洞往下照；箭射不著，就探進手來，往裡投飛蝗石子。二夏幾次硬往外闖，都未能得手，被暗器阻住了，兩人只得退回北間。

松江三傑武功驚人，雖處絕地，賊人也不能加害。忽然他倆聽見房頂上有奔馳之聲、兵刃磕碰之聲和叫罵之聲，二夏竟誤認自己人來了。也是他倆被困心急，夏靖侯橫利劍，捻暗器，就冒險往外闖；一陣亂箭，上下夾攻，竟使他帶了傷。

夏建侯急忙揮劍，掩護著夏靖侯，又退回北間。賊人備下更險毒的招術，揚言要縱火燒他二人。夏靖侯大怒，拔去傷口的箭，撕衣襟縛上，一揮手中劍道：「大哥，闖！想不到栽在這裡！」後面牆洞太小，絕不能硬鑽；房頂破洞被賊人扼住，絕不能硬竄；只有門口幾支長矛，或可突出，卻只能容一人出入。兩人決計拚命，佯作奪門，突然把泥封的窗洞推倒了一面。賊人立刻喊叫：「快放箭！點子要鑽窗洞！」弩弓手全在房頂牆頭，還沒有調過來。賊人先將長矛撥過來兩支，堵著窗口亂攪；松江雙傑揮劍便削。

就在此時，鐵牌手胡孟剛和梁孚生同聲大喊：「外援已到。」夏建侯吁了一口氣，叫道：「老二跟我來！」手足二人趁著救兵馳到，仍然準備著奪門。但是房頂上的弩箭居高臨下，依然看住了門口；如要奪門，必先衝過這一排箭雨。

當下夏建侯在前掩護，夏靖侯在後跟隨，從北間往外溜。上躲漏頂，下防牆洞，只挪了兩三步，「嗖」地一響，兩張弩弓斜著射過來。夏建侯早作提防，利劍一揮，身形左探，「跟虎登山」式，「嗆」的一劍把弩箭打飛。

門口的雙矛又探來一攪，夏建侯霍地縱身後退，把夏靖侯拖回來；暗推一把，一齊換手掏鏢，仰望南間。屋頂破處，正有一人持孔明燈窺探。二夏一聲不哼，齊抖手，雙鏢斜發出去。噹地一響，屋頂破洞那個賊，不知用什麼兵刃擋了一下，哈哈地狂笑道：「松江三傑，你們就認栽吧！」

正當賊人得意揚揚，忽然間聽房上一賊人失聲詫叫了一聲，吆喝道：「留神隔院！放箭！放箭！」房頂漏洞的孔明燈頓時撤回去，立刻聽平地上一陣騷動；屋頂上也聽得人蹤亂竄，弓弦之聲「唰唰」連響。跟著房頂上、平地上，一齊聽見兵刃格打，叮叮噹噹亂響。

土房上忽然聽見一個賊人喝道：「風緊，快收！」二夏心中大喜，猜知必是鐵牌手胡孟剛已經得了手；卻又恐賊人使詐語，忙叫道：「胡二哥，哥們栽了！」這就是暗打招呼。外面平地不答，房頂上忽然聽見一個人厲聲喝道：「滾下去吧！教你知道知道姓俞的厲害！」

這一聲吆喝，是俞劍平的聲音，他從牆頭，剛剛襲上草房頂。那一邊平地上，胡孟剛、梁孚生冒著一排亂箭，奮勇撲敵，也已殺到草房門口。群賊頓時連發胡哨，似有動搖之勢。鐵牌手胡孟剛把一對鐵牌揮動，力大牌沉，衝到院心；先將兩個使長矛的賊黨絆住，雙牌勢猛，往來亂舞。梁孚生振吭怒吼，刀光閃閃，上下猛砍，也衝過來。房上賊人的箭只射出幾支，便不敢再射，恐傷了自己人。

餘黨見同黨勢孤，自己人未全撤下來，無法用箭攢射；只得呼嘯一聲，捨長用短，反身挺矛圍攻。胡孟剛已知松江三傑被困在內，抖擻精神，把二十四路混元牌的招術施展開，劈、崩、撥、砸、壓、剪、捋、鎖、耘、拿，一招快似一招，一式緊似一式，悠悠風響。只走了四五招，噹地一下，竟把長矛砍折一根；使矛的賊人險些喪命在胡鏢頭的鐵牌之下。

十二金錢俞劍平探身在南房上，見胡、梁二人奮勇進攻，被賊人截住。他心想與其增援，不如搶先肅清西房上那幾張弩弓。俞劍平立刻腳點房坡，潛蹤蹈進；本是徑撲西房的，反倒飛縱上東房；十分小心，輕輕挪步。卻未容他移身換式，早有一道黃光，從西房上一閃照來。立刻「吱」的一聲胡哨，弓弦驟響，逐光掠影，嗖地射來三支硬弩箭。俞劍平急殺腰，右足輕登，「龍形一式」，竄出兩丈以外，輕飄飄往西草房上一落。人未到，右手先揚，「錚」的一聲，一枚錢鏢隨著身形同時飛出。

西草房上，圍著破房洞共有五個賊黨，三張弩弓；卻是握在手中的只有兩張弓，插在背後的是三把單刀、一對拐。那持孔明燈的賊人驀地望見牆頭又有人影奔來，便提燈一照。

就在這一剎那，人影已經跳過來；持燈賊忙喝道：「快放箭！」喊晚了，只提防鏢行人攻上來，沒留神暗器隨著人影的一竄，已經破空打到。他哼了一聲，猝不及防，「啪噠」地一鬆手，把孔明燈甩落房下；立刻忍痛拔出雙鐵拐，準備迎鬥。

俞劍平趁著餘賊錯愕驚呼的當兒，青鋼劍「仙人指路」，猛照這棄燈阻路的賊人胸肋點去。賊人慌忙將雙拐一提，方在凝眸細辨敵人，不防青鋼劍劈風之聲又到。他就忙往左一斜身，喊道：「並肩子，留神！」雙拐從左掄圓往下一翻，照定青鋼劍猛砸。俞鏢頭右腳輕滑房坡，唰地撤劍，變招，「青龍擺尾」，往使雙拐賊人的下盤掃去。

賊人忙亂中，竟在房頂上，施展「旱地拔蔥」的招術，往起一拔身，斜向簷頭落下。俞劍平跟上一步，突飛起一腿，喝道：「下去！」雖沒踢著，賊人自動地跳下去了。

俞劍平將劍鋒一指，身形側轉，劍奔持弓的賊人。賊人張惶中，把弓一架；只聽「刮」地一聲響，將賊人一張弩弓劈為兩半。俞劍平又一縱身，劍劈另一個持弓的人；劍光閃閃，上抹咽喉。賊人一驚，忙往後退，「撲通」地掉下房去。

轉眼之間，砍斷一張弓，逐走兩個賊。還有三個賊，一齊棄弓抽刀，猛撲俞劍平。一個使厚背刀的賊黨，首先撲到；「泰山壓頂」，連人帶刀，硬往下落，刀鋒直砍俞鏢頭的頂梁。俞劍平急用「摟膝拗步」，微微一擰身，青鋼劍往外斜採；一個敗勢，陡然橫身，唰地一個跺子腳，「嘭！」正踹在賊人脛骨上，賊人「登登」的一溜踉蹌，往旁搶出三四步，正撞在同伴身上。

「嘩啦」一陣響，草房泥土登落一大片；挨踢的沒有掉下去，被撞的竟仰面朝天，翻落到後山牆那邊去了。下面同伴趕快把他拖起，急急地吹起一陣呼哨：「風緊！快收！」喊個不住。

草房上只剩下一個賊人。驀地聽他一聲冷笑，不抽背後刀，急解下腰間纏著的七節鞭，「嘩朗」一抖，喝道：「你一定是臭魚！來吧，爺們跟你比劃比劃。」一先向院心院外瞥了一眼；便將七節鞭耍開，上下翻飛，跟俞劍平拚死力惡鬥起來。

俞劍平心中詫異，這裡倒有一個勁敵。他往前一上步，忙將奇門十三劍展開。點、崩、擊、刺、封、閉、吐、吞，劍光閃動，矯若游龍，直往敵人逼來，要將他趕下房去。這個敵手的七節鞭竟受過名師的指授，四個同伴都被戰敗，他兀自不退，將鞭嘩朗朗撒開，纏、劃、滑、點、打、封、捋、耘、拿，全是進手的招術。儘管俞劍平欺敵猛進，他挺然守住步位，以攻為守，苦鬥不休。

十二金錢俞劍平通夜苦戰，實已力疲；雖然他氣脈長，到了這時，也有些手腳遲鈍，微微汗喘有聲了。使七節鞭的這個賊，正是剛才在鬼門關退回的人。他連換了三四招，即知來者是俞劍平，心中未免有點怯敵；卻又潛思乘勞求勝，當真把俞劍平打敗，何等露臉？他就提防著金錢鏢，一面打，一面招呼放箭。

俞劍平連發四劍，未能逼退敵人。暗運內功，提起一口氣，一聲不響，容得敵人七節鞭打出來，閃開了；便陡然將劍招一變，喝道：「呔！」施展開「進步連環三劍」，青鋒一轉，一個「盤肘刺扎」，向敵人前胸急點過去。

敵人一握七節鞭尾，「橫架金樑」，往劍鋒猛崩。俞劍平身形一展，利劍輕掃，立刻變招為「抽撤連環」，青鋼劍回環作勢。敵人的七節鞭崩空，突然一退，唰地一個「翻身盤打」，利用房頂陡峻的地形照俞劍平下盤掃來，喝一聲：「哪裡躲？」

俞鏢頭微微冷笑：「你若不貪，還可以多耗一會。」頓時，「倒踩七星步」，往後撤退，故意地一滑步，似要往下溜；卻又一擰身，旋身半轉，做了一個拿樁立穩的樣式，把右半邊身子掩住。

賊人大喜，「嘩朗朗」將七節鞭一掄，才待墊步趕招，再抽過一鞭去。哪料到十二金錢俞劍平陡然一伏腰，似讓招；又一旋身，似發劍，青鋼劍閃閃吐寒光，「游龍探爪」，竟下擊敵人的腰胯，左手潛捻起一枚錢鏢。那賊人吃了一驚，急待收鞭搪劍。俞三勝劍隨身轉，鏢隨劍發，「錚」地一聲響，舌綻春雷，道：「倒！」賊人顧得了劍，顧不了鏢；鏢沒打著要穴，劍卻劃破了大腿。「哎喲」一聲，「蟒蛇翻身」，嗖地竄下房去。腿一軟，「咕咚」跪在地上，「嘩朗」一聲，七節鞭也摔落在地上。

地上有兩個同伴，見危驚叫，頓時飛奔過來。一個揚手發鏢，照俞劍平瞎打了一下；另一個便沒命的橫刀護身，挺臂拖人，把同伴救起來。眾人齊發呼哨，沒命地奔入夾道，鑽房窟窿走了。

賊人鬧了個手忙腳亂，唯恐十二金錢窮追不捨；殊不知俞三勝此時哪有心情追此小賊？他忙向房頂破洞口，大聲呼道：「夏二哥，賊人跑了，你從這上面竄出來。」——當此時，弩弓已破，賊黨哄然四散。那當門雙矛正在舞弄欲退，唰地一聲，忽被夏建侯奪住一根；夏靖侯趁機竄出來，掄劍照賊便剁。

那賊人喊一聲，抽身要退，已來不及。立刻一錯步，突然鬆把，棄矛拔刀，先將負傷的夏靖侯擋住。夏建侯就勢發招，掄矛便打，賊人揮刀還架。

松江二夏如猛虎出柙，銳不可當，立刻雙劍並進，追鬥仇賊。餘賊忙回身幫打。那鐵牌手胡孟剛和梁孚生齊仗手中兵刃，邀截落後的餘黨；跟一支長矛、兩把短刀，交鬥起來。

賊人逃路被截，抽身不易，反被鏢客四面包圍。只鬥得三五回合，忽然南面空房後，閃出一道黃光。十二金錢俞劍平在西草房上瞥見，急呼道：「留神暗箭！」松江二夏、胡梁二友，略略地一閃躲，空房中「唰」地發出一排箭。同時竄出兩個人，搶步掄刀，猛攻胡、梁。胡、梁回身招架。賊黨一聲吶喊，往斜刺裡一湊，倏然退回去。

這一排箭並非是攻敵的，乃是援救自己落後同伴的。借此一阻，賊人分撲南面空房的門窗，一個個鑽進去。那個使長矛的賊被胡、梁橫截緊綴，來不及進空房鑽窟窿了，他就一打旋，斜趨東南角的短牆。

胡孟剛掄鐵牌便砸，直取賊人的後脊。賊人伏身蛇竄，已到牆根，竟將長矛一拄，嗖地躍上牆頭，又一拄矛，跳到鄰院。聽得他連聲狂笑，人蹤拖著殘笑，已然逃得沒影。

鐵牌手胡孟剛和梁孚生拔身越牆，就要窮追。房頂上十二金錢俞劍平挺劍直指院內，急叫道：「胡二弟慢追，快看看夏二爺，他受傷了。」胡孟剛猛然省悟，飄身下來。——明知逃賊應當緊綴，鏢銀應當快搜；卻是松江三傑久負英名，為助己受傷，焉能棄置？俞、胡二人先後湊過來，慰勞、看傷。

夏靖侯忍痛笑道：「我的傷還不要緊。教弩箭穿一下，只是血沒止住。」夏建侯卻很著急，拉著俞劍平道：「俞大哥，你有鐵扇散沒有？」俞劍平、胡孟剛忙答道：「有有有，我們都帶著呢。」

此時天色將近黎明，大地朦朦朧朧，但是驗傷裹傷，仍還看不清楚。俞劍平掏出藥來，道：「你們哪位帶著火摺子？」胡孟剛連忙抽出火摺子，把它晃亮了。俞劍平輕輕來解紮裹傷的布條；還沒全解開，已吃了一驚，箭創深入左胯寸許，紮綁很緊，血已透出布外，染紅了一大片。布條慢慢一揭，鮮血突突地外冒，夏靖侯的臉都白了。

夏建侯搓手旁觀，一看傷重，毛髮直豎地罵道：「好賊子，我絕不能跟他善罷甘休！俞大哥，血止不住，可怎麼好，可怎麼好？……還有我們紹光三表弟，也不知道鑽到哪裡去了？我還得找去。」

俞劍平道：「夏大哥，不要心慌，這傷別看重，僥倖沒有毒。等我給二哥閉住血，再敷上藥，就不礙事了。然後我們一同找紹光三弟去。」

梁孚生插言道：「可不是，還有聶秉常聶爺呢！我只怕接應晚了，他們遭了賊人的暗算。我和二哥先找一找去，怎麼樣？」

俞劍平忙道：「等一等，我這就裹完，還是大家一齊去的好，那邊姜五爺他們正搜著呢。……你們哪一位有內服的定痛藥，給夏二爺先喝點，定一定神。」幾個人都說，只帶著外敷的鐵扇散，沒有內服的定痛藥。

夏靖侯道：「不要緊，俞大哥，你只給我止住血就行了。又沒有水，有藥也難咽。」

胡孟剛道：「東大院有水，蘇老哥估摸帶著定痛散呢。」

俞劍平運雙掌，用閉血的手法，把夏靖侯傷處的血管先行閉住。還沒容上藥，火摺子已竟燃完；梁孚生忙將自己的火摺子晃亮，在旁照看。俞劍平往四面看了看道：「胡二弟，你先給我們巡風吧。如有咱們的人，趕緊把他招呼過來。如有賊人，把他們驚走。」

胡孟剛應聲上房。提雙牌護住小院，以免賊人乘機來擾。火摺子光亮既微，又不能持久；梁孚生的火摺子用了一會，也要滅了。眾人道：「沒有亮，怎麼好？」

俞劍平說道：「夏大哥，你到西房後面，找一找燈去。」

夏建侯道：「什麼燈？」俞劍平無暇細說，忙催夏建侯，暫替自己按住傷口，記得自己曾將賊人的一盞孔明燈打落在地上，忙親自尋來，就要用火摺子，把燈點著；無奈燈已摔壞，壺漏油乾了。他不由發恨道：「這不行，摸黑治傷，太不穩當，怎麼辦？……」

夏靖侯道：「好歹捆上就行了。」

夏建侯發急道：「咱們找他們大撥去吧。他們又有燈，又有藥。他們不是都進來了麼？」

到底十二金錢足智多謀，眉頭一皺，頓時想好主意。催夏建侯拔劍割草，尋取木柴，靠屋牆堆起柴火來，立刻點著一把火；就著火亮，便可以治傷了。大家歡喜道：「這就亮多了，還是俞大哥有主意。」

借這柴火一照，頓時看清這所宅子敗落不堪，卻有箭杆、鋼鏢、飛蝗石子，打得滿地都是，想見松江雙傑被困苦鬥的情形了。夏靖侯坐在台階上，側身半臥，露出股傷。俞劍平忙忙地給他止血敷藥；夏建侯割草續火；梁孚生一面幫忙，一面戒備著；胡孟剛在房上巡風。

俞劍平的手術果然很好，按摩片刻，漸漸血止，然後細細敷上藥，又撕了一布條紮包，齊腿根捆上。幾個人一面忙，一面提心吊膽，在近處時聞人聲奔馳和呼噪之聲。梁孚生眼看傷口快捆完，便沉不住氣，催促道：「夏二哥好些了吧。我說我們還是快找找聶秉常聶大哥去，這工夫可不小了，還有谷紹光三哥……」

夏靖侯道：「是的，大哥，你們和俞大哥快去吧！我好多了，一點也不妨事了。」

俞劍平說道：「是的，但是這就好了，咱們還是一塊去。」

忽然間，牆外人聲逼近。房頂上胡孟剛大喝一聲：「滾下去吧！」

俞劍平、夏建侯、梁孚生，一齊聳然，各仰臉上看。俞劍平忙將兵刃抄到手中；夏靖侯尤其英勇，裹傷布條還未繫好，他竟伸手抓地上的劍，突然跳起來。

俞劍平喝問道：「來者是誰？」

胡孟剛答了腔道：「是自己的人。」跟著智囊姜羽沖、夜遊神蘇建明、九股煙喬茂等，一個跟著一個，隨同鐵牌手，越牆翻入院來。一聽說久負盛名的松江三傑夏靖侯竟受了傷，忙著齊來慰問。

夏建侯代他二弟回答：「教各位見笑了，傷得還不很重。」一指那空屋子道：「我們教狗賊誘進陷阱裡了，我們老二不該貪功，挨了一箭。可是的，諸位還得幫幫忙，我們三弟被賊誘散，不曉得繞到哪裡去了？此時也不知凶吉如何，哪位費心，給尋一尋去。」

原來松江三傑夏建侯、夏靖侯是胞兄弟，唯有三傑谷紹光乃是二夏的表弟。

在場群雄哄然答道：「搜！我們一齊搜。谷三爺一世英雄，斷無閃失，也許他追趕賊人去了。」大家各整兵刃，就要登房。

姜羽沖急忙叫道：「慢來！慢來！我們也得佈置佈置，看一看還有誰沒進來。還有誰沒露面？」

俞劍平道：「也得查查，還有哪些地方沒搜到。」

蘇建明道：「堡內堡外都要搜一搜。」

俞劍平道：「那是自然。」又問道：「怎麼沒見金三爺和岳四爺？」

姜羽沖代答道：「金三爺進來了，岳四爺可沒見。」這兩撥人匆匆地互相詢問，就已搜過的地方，沒有人發現鏢銀，也沒有追著豹子，更沒有捉著一個小賊。俞、胡、姜、蘇四老英雄心中都很焦急。松江二傑，一個沒傷的扶著個負傷的，由眾人隨護著，一同搶奔東大院。然後把所有入堡的人聚齊了，點名查數，四停還差一停人沒有見面。又點算古堡，共有二十六層院落、二百數十間破房子，角角落落，一定還有沒搜到的地方。俞劍平、胡孟剛、姜羽沖立刻將全撥的人分為數路，開始二次的排搜。

此時天色暗淡，仍未十分大亮。眾人忙把數盞孔明燈打開。登房頂的登房頂，穿夾道的穿夾道；以東大院為起點，齊往各處搜尋下去。智囊姜羽沖告誡眾人，莫看賊人似已退盡，仍要留神他們的陷坑和伏弩。眾人稱是，各加小心。

九股煙喬茂就和鐵牌手胡孟剛，單找他一個月前被囚的地方。馬氏雙雄引領數位鏢客，專搜更道內外。梁孚生引領著姜羽沖、蘇建明、孟震洋等十幾個人專鑽賊人挖的牆洞和地道，極力地搜尋金弓聶秉常、蛇焰箭岳俊超與松江三傑的老三谷紹光。還有蘇建明的二弟子路照、鐵布衫屠炳烈、石如璋、孟廣洪等，一從入堡，就沒見面，這都得尋找。

單在東大院，留下俞劍平和金文穆等，一面保護夏靖侯和別位受傷的，一面只在近處搜尋小院，實際就算歇著，這一場夜鬥，數俞劍平最為勞累，簡直說有點筋疲力盡了。金文穆和李尚桐、阮佩韋是一身臭泥，通體難受，也在那裡歇著。有人尋出一瓶水來，又拿出一盒內服七厘散來，忙給夏靖侯服用。夏靖侯漸漸緩轉過來，與夏建侯忿忿不已，引為奇恥慘敗。

眾鏢客三五成群，一撥跟一撥地來往梭尋。那小飛狐孟震洋與梁孚生，伴同智囊姜羽沖、蘇建明這一撥，直搜盡東排房，沒見賊蹤，沒見同伴，除了牆洞，也沒發現可疑的地點。

這一座古堡，地勢太大，滿處生著荒草。頹垣敗屋，碎磚殘瓦，隨處都可發現蝗石、鏢箭。梁孚生搜不著盟兄金弓聶秉常等人的下落，不住地著急亂竄。小飛狐孟震洋提利劍、捏暗器，奮勇當先，單找冷僻地點。智囊姜羽沖、夜遊神蘇建明緊隨在後。直繞到西北角一所大空場，類似囤糧的場院。一道長牆堵著，蒿草遮蔽，牆頭路絕，猛看好像到了堡牆根。哪知撥草根尋又發現一條窄道。

忽然聽見窄道盡處，隔牆似有聲音。小飛狐孟震洋回頭低叫道：「這裡一定有蹊蹺！」嗖地跳上長牆一看，在這堵長牆後，又展開一座高房廣場，一片沒門窗的大房足有七間長，看樣子像是糧倉。孟震洋招呼眾人，紛紛跳下牆去。

梁、孟二人剛鑽入空倉房，忽聽倉後有一人悶聲大叫道：「打死你個鬼羔子！」又有兩人清清朗朗低吼道：「燒死你個狗腿子！」

梁孚生側耳一聽，急喊道：「這裡有賊！」眾人慌忙撲過去。亂草中，又現出一座菜窖似的地窖，四面荒草高可及胸，當中撥出一條窄道。窄道盡處，露出一座地窖的入口，窖內微透燈光。正有兩三個人堵著窖口，往裡塞堵乾柴，另有一人登牆巡風；一回頭，瞥見眾鏢客，叫了一聲，抬手發出暗器。

孟震洋、梁孚生急忙一閃。那三兩人竟像鬼似的，齊往草叢一鑽；簌簌地一陣響，竟又沒有影了。梁孚生、孟震洋奮身追過去；姜羽沖忙叫道：「等等，先看看地窖裡頭。」

智囊姜羽沖和老英雄蘇建明奔過來，先繞著地窖，巡查了一圈。梁孚生登牆察看外面，原來隔壁便通堡外。那孟震洋就忍不住湊到地窖口下，往裡探頭；蘇建明也挨過來，要往裡探視。突然聽見裡面罵道：「鬼羔子，教你使詐語！」弓弦響處，嗖地打出一粒彈丸來。

孟震洋急往旁一晃頭，彈丸擦著耳輪打過去，蘇建明竟沒有看清窟內的情形，便縮回頭來。孟震洋僅僅瞥見這地窟很深很廣，內部面積很大，黑洞洞的，偏在一隅似有一堆堆板箱竹筐，箱上放著一盞小燈，發出熒熒的微火。

眾鏢客忙都湊到窖口，一齊大喜，心想內中或者竟埋著二十萬鏢銀，也未可知。可是大家明知內中有人，竟沒有看出這些人藏在何處，也不知內中有幾人。

孟震洋眼光銳利，冒著險，又往裡一探頭，目光直尋燈火，卻照樣由黑暗處嗖地打出來一粒彈丸，孟震洋忙又縮回頭去。只這一瞥，又看出這座大菜窖，前後共有兩個入口，已經堵塞一處，內中陰濕黴潮之氣撲鼻；忙厲聲喝道：「裡頭什麼人？」裡面悶聲悶氣地答道：「是你祖宗！」嗖地又打出兩粒彈丸。地窨漆黑，只一探頭，彈丸便打出來。

眾鏢客一齊罵道：「好賊！我看你往哪裡跑？」急急地繞著地窨頂，又踏看了一圈；一面喊道：「先堵死門，別教他溜了。」

智囊姜羽沖隔著倉房吆喝道：「快看看，有地道沒有？」

飛狐孟震洋忙道：「沒有地道。」

九股煙喬茂過來問道：「裡頭有多少人？」

孟震洋道：「一個，或者不止一個，在暗中也許還有幾個伏著。」他向老英雄蘇建明道：「看情形，這裡就許是賊人埋贓的所在，下面這個小舅子定是看守贓銀的賊黨。」

沒影兒魏廉跑來說道：「這小子用彈弓看著地窨入口，真不易往裡衝。方才那兩個東西分明是守窨的小賊，逃走報信去了。工夫耗大，怕賊人翻回來搗亂，咱們趕快把這小子掏出來才好。」

孟震洋急道：「他有彈弓，可怎麼掏？有了，咱們快砍點柴把子往裡扔，就是把他薰不出來，也能燒死個舅子的，好在如真是鏢銀，也燒不壞。」

姜羽沖搜尋賊人的逃路，正從菜窖那邊繞過來，忙低聲道：「捉活的比死的強，還可以在他身上取供。」

蘇建明點頭會意，故意高聲道：「你們哥幾個看住了窖口，快拿火把，燒死個小舅子的就結了。」一邊說著，向旁一指。

眾人會意，分別動手；用聲東擊西的法子，決計將東面堵塞的窖口挑開，冒險闖下去。卻在西面未堵塞的窖口上，堆柴點火，故意地做給窖中人看。

眾鏢客用假火攻計，要甕中捉鼈，擒拿窖中賊人。大家散佈開，持刀握鏢，蓄勢以待。梁孚生跳過來，和沒影兒魏廉，在那邊提刀急掘出東窖口。夜遊神蘇建明、飛狐孟震洋，各砍了一束草，用火折點著，往西窖口內一拋。鐵矛周也割一束草，點著了往西窖口拋去。

到這分際，窖中人已窺破外面的舉動，甕聲甕氣地大罵道：「好一夥不要臉的狗賊，你敢燒死大爺，看彈！」唰唰唰，一連三彈。可是三束火把已經投入窖內了，突然地起火冒煙，就在同時，「噗嚓」的一聲大震，梁孚生已將東窖口挖通，往裡面一推，一堆土坯直落下去。這東窖口正挨窖中人藏身的地方；板箱、竹筐也亂聚成堆。一團黑影中，忽地跳出一個人。

小燈閃搖，暗淡不明。飛狐孟震洋持劍護面，急急探頭；黑忽忽看不甚清，恍見那人高身闊肩，背刀握弓，只一甩，嗖地一彈，照東窖口打來；又嗖地一彈，奔西窖口打來。且打且跳、且喊且罵；丟開西窖口，直撲向東窖口。一連七八彈，直攻魏廉、梁孚生等人。

魏廉、梁孚生急急地躲閃，那人不要命地抽刀似要往外竄，卻又明知竄不出來。只聽他放聲大罵起來：「好狗賊，飛豹子娘賣皮的！你跟大爺一刀一槍地比量比量？你娘的！使這下賤的火攻計，我搗你姑娘！」忽地一聲，又發出三個連珠彈。

當此時，老拳師蘇建明、小飛狐孟震洋等各舉火把，往窖內投送；竟跟著火把，硬往下跳進去。窖中人大叫一聲，回身開弓，「啪啪啪，啪啪啪」，如流星驟雨，照眾鏢客不住地打來。火把在窖中突突地燃燒，眾鏢客突然冒煙入襲，兩面夾攻。

姜羽沖奮劍猛進，迎面一彈打來，忙伏身一閃道：「咦，等一等！你可是聶秉常聶大哥？」

梁孚生也在東窖口大叫：「別打，別打，是自己人！」煙影中，頓時起了一陣驚喊道：「住手，這是金弓聶大哥！」

窖中人如負傷的獅子一樣，奔突猛搏，揮刀拚命，哪裡聽得見？竟飛身一撲，照準智囊姜羽沖又是一刀。智囊姜羽沖本已猶豫，未敢還手；揮劍一架，連忙閃開，高叫：「聶大哥，是我！」窖中人早已一伏身，單刀猛進，又照蘇建明扎來。

眾人一迭聲大喊，窖中人果然是金弓聶秉常。到了這時，他才愕然收刀，竄退到一邊，叫道：「是哪位？」不由滿面堆下慚惶來，頓足叫道：「哥們，我老聶栽了！」姜羽沖、蘇建明忙上前慰問。

金弓聶秉常與梁孚生、石如璋，三個鏢師在堡外設卡，才到三更，便被飛豹子的黨羽誘散開。金弓聶秉常自恃掌中連珠彈，百發百中，隻身追敵，竟深入重地，陷在堡裡。又不該貪功，上了賊人的大當，把地窖認成賊人埋贓之所。

他見賊人好像很怕他似的，一個個都直逃入窖內。他竟一直追到窖口，探頭內窺。他看見竹筐木箱，又看見一桿小旗子，好似金錢鏢旗。他便驚喜異常，開弓發彈，把賊黨守窖的幾個人，都打得棄贓而逃。他自己孤身一人，背弓抽刀，一直鑽進地窖。哪曉得鑽入容易，再想出來，便難了。由打西窖口進入，到了地窖當中，賊人轉從東窖口逃走，卻突然堵上了東窖門口。

金弓聶秉常所恃者只有彈弓，忙奮力奪門。被豹黨四個人頂住，分毫沒有推動。再想翻回去，那西窖口邊又被賊人擲下草來，擺出火攻計，似要燒他。他立刻大驚大怒，急拿彈弓向窖口亂打。

賊人好像本領並不強，似怕他彈丸厲害；雖擺出火攻計，竟沒得下手。以此聶秉常才得暫保性命，困在地窖裡，逃不出來。眼望著窖中半埋在土裡的木箱竹筐，也是乾著急，不能過去打開看。

他的彈弓只稍微一住手，西窖口的賊人便往裡頭探，跟著就嚷鬧著，要投柴放火。所幸雙方僵持，耗的工夫不大。隱聞地面上胡哨聲、腳步聲大起，守窖口的賊人忽然撤退了一半多，只剩下幾個人，堵著西窖口。聶秉常正要拚命向外硬闖，這時候鏢客們已經攻進堡來，往各處搜敵覓贓了。

當下眾鏢客很著急地寬慰聶秉常，問他何時被困在這裡。他說：三更在堡外瞥見賊人，四更追賊入堡。在堡內鑽窟窿、竄房頂，緊追三個賊人；繞了好半晌，堡中空空洞洞，留守的賊人竟寥寥無幾。問他別的情形，一點也說不上來。卻指著竹筐、木箱，告訴眾人：「這裡面多半是鏢銀，我剛進來時，七八個賊人守著呢！」

第五五章

眾鏢客大喜道：「真的麼？好極了，咱們快挖出來。」

姜羽沖面對蘇建明道：「這不一定吧？且挖一挖看。」大家仍然加倍十分小心，先囑咐孟震洋、梁孚生看守窖口。幾個人急點著火把，把地窖裡遍照一遍，撲到偏東隅，眾人一齊動手。先挪開小旗；那小旗只是一塊紅布，掛在竹竿上罷了。又把高堆的大筐，搬到一邊；這些筐都是空空的，有的盛著碎磚。

姜羽沖眼望蘇建明，有點失望；輕輕說道：「我看這裡賊人輕易放棄不顧，未必埋有贓銀。」

聶秉常道：「那麼說，我上當了。」

蘇建明道：「也不見得，咱們挖出來看看，又有何妨？」

眾鏢客一齊動手，把上層木箱子打開，仍然空空如也，一物也沒有。

蘇建明笑了一聲道：「空城計！」

聶秉常睜著眼罵道：「可寃了我不輕！地下埋著的不用說，也一定是空箱子！」

姜羽沖說道：「索性咱們都挖出來看看。」就用刀劍挖土起箱。十幾只白木板箱，一個個打開來看，全是空的。木箱埋在潮土中，日久必得朽爛；這木箱卻只只嶄新，好像埋藏的日子並不久。

小飛狐孟震洋道：「賊人弄一堆空箱，做什麼呢？」

梁孚生問道：「不曉得失去的鏢銀是用木箱裝的麼？」

蘇建明道：「這個不一定吧。如果是官帑，必用銀鞘。」

姜羽沖道：「不錯，二十萬鹽帑都是用銀鞘裝的，我先頭問過他們了。」

老武師蘇建明本來最爽利，他見一番挖掘，渺無所得，面對眾人道：「走吧！不用掘了，這裡一準沒有鏢銀。賊人斷不會把二十萬兩銀子擱在明面處，趁早往別處搜吧。」頭一個拔步往窖外走。

幾個少年鏢客口中咕噥道：「這裡既沒有鏢銀，他們埋這些空箱子為什麼？」

姜羽沖說道：「左不過是誘敵之計罷了。」

九股煙喬茂冷笑道：「除非是傻子，這能騙得了誰！」

聶秉常聽了不高興，哼了一聲道：「我就是傻子！」喬茂不再言語了。

夜遊神蘇建明站住窖口，候眾人出來，手指叢蒿，叫道：「咱們搜一搜敵人的逃路。剛才他們兩個賊往這邊一鑽，一轉眼沒有影了，這裡多半有地道。」大眾散開了，重新勘地、搜敵、覓伴、尋贓。果從草叢中，牆根下，發現了一條短短的地道，穿過堡牆，直通到堡外。

眾人正要搜出去，更道上忽然瞥見了兩個人影，老遠地叫道：「是胡二哥？還是姜五哥！」

蘇建明急仰面代答道：「是我們，你是哪位？」

更道上回答道：「我是夏建侯。」

松江三傑的老大夏建侯，很不放心老三谷紹光的安危，伴著一個少年鏢客，出離東大院，親自找出來了。夏建侯跳下更道，問蘇建明、姜羽沖道：「你們幾位找著我們三表弟沒有？」

小飛狐孟震洋答道：「找著金弓聶師傅，谷三爺還沒有碰見。」

夏建侯十分焦灼，忙向聶秉常打招呼，問他何時進的堡，看見谷紹光沒有。聶秉常答說沒有見著。夏建侯越發心慌，又挨個盤問眾人：「可看見咱們的人，有受傷的沒有？剛才喬九煙跑到東大院，向我們報告，說他們振通鏢局綴賊訪贓的三個鏢行趟子手、夥計，在空屋裡搜著兩個，餓得半死了。還有一個叫于連川的沒有找著，也不知是死是活。」說到這裡，不由唉聲歎氣道：「大致堡裡都快搜完了，我們老三可上哪裡去了？難道說他真會教賊人暗算了不成？」

姜羽沖、蘇建明一齊安慰道：「我們還沒細搜到呢！這就天亮，更好搜了；我們裡裡外外，再仔細搜搜。」

孟震洋道：「夏老英雄不要著急，我們只在堡裡面搜，還有堡外沒有搜哩！也許谷三爺追賊出堡了。」

眾人道：「對！我們快快往外搜！」就由姜羽沖、蘇建明等，疾引眾人，回返東大院，見到了俞劍平。立刻由俞、姜等各率領一撥人，都搜堡內。由夏建侯、馬氏雙雄和孟震洋等，多帶鏢客，往堡外橫搜下去。

搜出半里地，忽見青紗帳外，往苦水鋪去的大路上，遠遠有兩三個人影，結伴奔來。夏建侯等忙大聲招呼著，橫截過去。來人正是岳俊超，背著葉良棟，由谷紹光持劍在前相護，繞著青紗帳，往回路上走來。

夏建侯大喜，急上前迎問。才曉得谷紹光被誘失群，隻身追賊，直繞出堡外。眼看把賊追上，教賊人的卡子一擋，又繞青紗帳一陣亂竄，竟被賊人逃走。他忙逐影追尋，忽看見另一片青紗帳的後面，飛起一道藍焰，有人抗聲大喊，急撲過去一看，乃是蛇焰箭岳俊超和葉良棟兩個少年英雄被圍住。

這兩人分路急追，葉良棟首先把賊人綴上，無奈落了單。賊人撥回來四個人，呼嘯一聲，反身還攻，竟將葉良棟圍住。這四個賊人全是斷後的好手，內中就有江傷死門。

北新出手的劇賊雄娘子凌雲燕。才一接觸，四個賊包圍葉良棟一人。凌雲燕換用單刀鐵拐，唰地一下，把葉良棟的腰眼刺傷。葉良棟順著衣衫往下淌血，尚在負傷死門。

岳俊超在後望見，急急地趕上來，突入圍陣，與葉良棟背對背，抵擋這四個劇賊；百忙中，先趁空發了一支蛇焰箭，飛起一道火光。只可惜匣中火箭，看著用完，只剩下兩支，不敢輕發了。但只這一支火箭，已將松江三友的谷紹光引了過來；大呼一聲，奮劍撲入。

天色微明，一看這四個賊，竟全用面幕遮住了臉，只露出口眼，不把廬山真面示人。經岳俊超激罵問名，四人閉口不答，一味猛攻；賊黨卻把谷紹光看輕了，冷不防被他唰地一劍，把賊人刺傷一個，賊人頓時往外一竄，情勢鬆動。岳俊超忙順勢也往外一竄，把最末一支火箭端正了，嗖地射出去。「砰」地一聲爆炸！賊人大驚，呼哨一聲，抽身退入青紗帳；簌簌地一陣響，結伴逃走了。

岳俊超挺劍要追，被谷紹光攔住道：「岳四爺等一等，先看看葉師傅吧。」

葉良棟後腰負傷，傷處流血不止。谷紹光急忙過來，撕衣襟，代為纏住傷口；隨即伏身，把葉良棟背起來，道：「岳四爺，這裡待不住，咱們快把葉師傅背回去吧。」葉良棟年紀輕，在輩份上比谷、岳二人都晚一輩；忙向谷紹光說道：「谷老前輩，請你放下我來，我掙扎著還能走。岳四叔，你老人家還是快追賊；別教狗賊跑了，好歹捉回一個來，我也不算白挨他一刀。」

岳俊超也很年輕，但是輩份高，聞言不禁臉一紅道：「葉大哥，對不住！我只顧生氣，忘了你了。谷三哥，還是我背葉大哥吧。」不由分說，雙臂一穿，脊背一伏，硬從谷紹光背上，把葉良棟奪下來，往自己身上一背。然後說道：「算了吧？狗賊鑽了青紗帳，我看也不好綴。這裡也許還有豹子的卡子，還是回去對。谷三哥你不知道，咱們的人已經全攻進荒堡了。」

幾費唇舌，三個人這才商妥了，往回路走；行近半途，和夏建侯相遇。

松江三傑的第一人夏建侯，見三表弟紹光一點沒傷，好好地回來，便放了心；倒抱怨起來，皺眉說道：「老三，你嚇死我啦。你怎麼單人獨馬地硬往前闖？你瞧，咱們老二受傷了。你若不貪功，老二決不會掛彩。」

谷紹光把眼一瞪，道：「二哥傷著哪裡了？誰把他傷的？……我不是貪功，我瞧見一個賊，從堡牆鑽窟窿出來，長得豹子頭，豹子眼，我想他一定是那個飛豹子。他又只帶著一個黨羽，我怕他跑了。誰知道二哥會受傷呢？重不重？」

夏建侯忙道：「還好，不甚重。可是你到底追上了麼？得著他的下落沒有？」

谷紹光回身一指道：「賊黨剛剛奔西南去了。我說大哥，要不然咱們趁白天，再往西南摸下去看。……不過，我得先去看看二哥，他在哪裡？」

孟震洋插言道：「咱們的人現時全在古堡呢。」

谷、岳、葉三人齊問道：「哦，咱們的人都進去了麼？可搜著贓，捉住賊沒有？」

孟震洋說：「還沒有搜出什麼來呢！」

夏建侯向岳、葉二人道：「得啦，你們二位快回古堡吧！我和老三再往西南搜去。」

谷紹光不放心夏靖侯的傷，定要先回古堡看看，說著說著，哥倆又爭執起來。

孟震洋忙道：「好在離堡才半里地，咱們全回去，回頭再出來，也誤不了事。」

葉良棟在旁忍痛說道：「要誤早就誤了。為我一個人，倒牽制諸位不能綴賊，我太對不住人。我自己一個人回去，不要緊。你們幾位搜搜，還是趕快搜，賊人大概是奔西南去了。」被葉良棟一說，眾人倒不好意思貪功了，只得相率齊返古堡。

眾人一進古堡，胡孟剛正在那裡，瞪著眼大罵：「白打了一個通夜，堡裡頭都搜翻過來了，任什麼沒有，連一個毛賊也沒捉著。自己人反倒有好幾位受傷，真他娘的可恨！這豹賊也太歹毒，把我們的趟子手張勇和夥計馬大用差點餓死；還有于連川，也不知是死是活！」說著，和俞劍平迎過來，一齊慰問葉、谷、岳三人，並給葉良棟治傷。

原來九股煙喬茂引著鐵牌手胡孟剛，搜尋一個月前自己被囚的所在，把堡內一片片的空房子踏遍，竟沒找著和當日囚室類似的院落。胡孟剛疑惑起來，忙問道：「囚你的地方莫非不在這裡，另在別處吧？」

喬茂搖頭道：「不能，堡裡倒真認不出。可是我分明記得外面有泥塘，也有土坡，跟這裡一樣，咱們還是細搜搜吧。」

搜來搜去，竟從一個臭氣薰蒸的地窖內，搜出兩個肉票來，便是振通鏢局失鏢後，結伴綴賊的趟子手張勇和夥計馬大用。這兩人失蹤逾月，直到此時，才被尋救出來，全被囚磨得髮長盈寸，面積泥垢，氣色枯黃削瘦，懨懨垂斃。這一個多月被賊囚禁，兩人吃喝便溺都在室內。那滋味和喬茂受過的正是一樣，只是日子更長，罪過越深。賊人又不是綁票的慣手，竟時常地忘了給他倆送飯；兩人幾乎活活地餓殺。從地窖裡攙出來時，虎背熊腰的兩個漢子，竟變成骨瘦如柴的一對病夫，連路都不會走了。見了胡孟剛，兩人只是搖頭。問到那個于連川，二人說：「三人分路尋鏢，自己被誘遭擒；卻不知道于連川的下落，猜想凶多吉少，恐怕也許死在賊人手中了。」

眾鏢客一齊忿怒道：「這賊太狠毒了。」

此時朝日初升，天色大明。眾鏢客個個饑疲不堪，尋著水缸水瓢，喝了一氣水，用了一些乾糧；然後強打精神，把古堡重勘一遍。

最奇怪的是，這裡本是當地富戶邱敬符的別墅，曾經住著一兩戶窮本家，如今一片荒涼，變成一個人沒有了。只在東大院，頗留下住過人的痕跡。院內屋中固然是空空洞洞，卻有著水缸、柴灶、餘糧、餘秣。七間後罩房內，還有涼席、草褥，看出賊人在這裡睡過。

俞劍平和蘇建明、姜羽沖、胡孟剛、金文穆、松江三傑、馬氏雙雄等互相商議，認定此處必非賊人久住之所。要根究賊人出沒的蹤跡，可托鐵布衫屠炳烈，轉向這荒堡的原業主打聽。

但是鐵布衫屠炳烈，自從被長衫客點中穴道，便行動不得，經俞劍平給他一度推拿，通開血脈；僥倖沒有見血，鐵布衫的功夫沒破。入堡之後，恍惚見他騎著馬，往外下去，此時連人帶馬都不見了。還有老拳師蘇建明的弟子路照、少年鏢客孟廣洪和石如璋三個人都沒有回來。

俞、胡二人十分焦急；忙又派出一撥人四面散開，再往古堡搜尋下去。直到巳牌，才將散開的人全部尋回來。

那少年鏢客孟廣洪出堡搜賊，僅聞蹄聲，未見賊跡。因知屠炳烈是本地人，地理熟，兩個便搭了伴，騎著馬往堡南下去。忽望見三個騎馬的人，從青紗帳轉出來，斜趨田徑，往正南飛跑。相距半里地，恍惚見這三人穿著長衫，帶著兵刃。

孟、屠二人頓時動疑，急策馬遙綴。那三個騎馬的忽回頭瞥了一眼，縱馬加鞭，東一頭，西一頭，一路亂走起來。兩個人越發多心，拍馬緊追；轉眼直追出三、四里地，驟見前面三匹馬馳入西南一座小村去了。孟廣洪便要進村一探，但又自覺勢孤；回顧屠炳烈，面呈疲容，在馬上皺眉出汗，似乎不支。忙勒馬問話，屠炳烈說又累又餓，想尋點水喝。

兩人在路邊土坡下馬，拴馬登坡，半蹲半坐；遙望小村打不定主意。這時老拳師蘇建明的二弟子路照和石如璋搭伴搜賊，追尋蹄聲，來到了附近。望見土坡上有兩個人、兩匹馬。路、石二人忙穿入青紗帳，從背後掩過來，伸頭探腦，潛加窺伺。不想窺伺結果，竟都是自己人。幾人忙打招呼，湊到一處，商量一回，四個人便假裝迷路，同往小村投去。將近村口，已看出這是一個極窮苦的荒村，寥寥十幾戶；沒有較大的宅子，只是些竹籬茅舍、鄉農佃戶住家。路照這人年輕膽大，和石如璋忙將手中兵刃交給了孟廣洪和屠炳烈，自將小包袱打開取出長衫披在身上。由孟、屠二人帶著馬，在村外等著，路、石二人空手進了小村。

不意二人剛剛進去，突然聽見村後蹄聲大起，三匹快馬如飛地繞出青紗帳，奔西南而去。路、石大愕，急忙追看，只望見人的背影；馬的毛色正是三匹棗紅馬，和剛才進村的三匹馬差不了多少。孟、屠二人在村外也望見塵起，聽見蹄聲，急忙地跨上馬，穿村跟進來。路、石二人把手一點，孟、屠二人立刻把頭一點，將石如璋和路照的兵刃全投下地來，一直地縱馬飛趕下去。

那三匹棗紅馬竟跑得飛快，孟、屠二人把胯下馬狠狠地打，越追越遠，到底追不上。眼看著人家三匹馬，頭也不回，奔向西南大道去了；正是往火雲莊去的正路。

第五六章　一戰潛蹤

鐵布衫屠炳烈和孟廣洪，騎馬搭伴往西南搜尋，看見三匹棗紅馬穿小村跑了。估摸去向，恰奔火雲莊。這時，路照和石如璋也從步下追躡過來，四個人合為一夥，穿過小村，半騎半步追了一程。人家的馬快，他們都累乏了；趕出好遠，實在追不上，只好住腳。

屠炳烈受過傷，滿頭出汗，更覺饑疲；緩了緩氣，幾個人齊往回走。走不多遠，仍不肯這樣白白地回去，四個人一商量，重往小村勘來。村中井台上，正有人汲水。四個人忙探衣掏錢，道勞借桶，汲水止渴，搭訕著問話。起初以為這裡也許是挨近盜窟，恐怕問不出什麼；不想這汲水的村民脫口講出實話來。

這裡叫做半鋪村，地面很窮，十幾戶人家，十家倒有九家是鄰莊的佃戶。剛才走過的那三匹棗紅馬，乃是路南第四門柴阿三家寄寓的辦貨客戶；說是收買竹竿來的，前後借寓也有十多天了。這些人個個挺胸腆肚，說話很粗，北方口音；忽來忽去，不像買賣人。柴阿三是本村最不正幹的住戶。好耍錢，不肯扛鋤，常在家裡擺小賭局，錯非他才肯招留這些生人借住，正經農家再也不肯幹的。這汲水男人絮絮而談，對柴阿三家很露不滿。屠炳烈等聽完暗喜，精神俱都一振；急忙找到柴家叩門。

這柴家竹籬柴扉，五間草舍，院子很寬綽；院內沒有拴著馬，牆隅卻遺有馬糞。門聲一響，出來一個高身量、暴眼厚唇的中年男子，橫身當門，很疑忌地看著屠炳烈這幾人；強笑道：「你們幾位找哪個？」

孟廣洪指著自己的馬說道：「柴朋友，你們這裡可有餵牲口的草料麼？我們趕路貪急，這馬誤了餵食了。」

柴阿三眉峰一挑，似笑不笑地說道：「對不起，我這裡不賣草料。」

屠炳烈忙把一小錠銀子，遞到柴阿三的手裡道：「我們只煩你勻給一點麩料；你看我們這兩匹馬，眼看饑得走不動了。」柴阿三見錢眼開，把銀子接在手內，掂了掂，臉上猜疑頓釋，換出笑容來。他回身關門，端出草料，重開柴門，把草料簸箕放在門口外，又提出水桶來。四鏢客讓馬吃草，開始向柴阿三套問騎馬客人的來歷。柴阿三這漢子很狡猾，厚嘴唇一吭一吭的；問得久了，卻也擠出不少的實話。

他承認有幾個販竹客人在他家借住，他也曉得這幾個人行止不地道；但是他們給了不少房錢，他就顧不得許多了。他說：「好在這是火雲莊彭二爺引見來的，也不怕短了房錢；就有什麼岔頭子，還有彭二爺頂著哩。」

四鏢客忙問：「這彭二爺是誰？」

答說：「是我早先的莊主，前年我還承租他的稻田哩。」

四鏢客忙又問：「火雲莊有位武勝文武莊主，你種過他的地沒有？這武莊主和彭二爺聽說是親戚，可是的麼？」

柴阿三說道：「這可說不很清，武莊主是火雲莊的首戶，彭二爺自然跟他認識。」（實則這彭某正是武勝文的管事的，柴阿三這漢子搗鬼不說罷了。）

四鏢客轉過來盤問這寓客共有幾人，都姓什麼，是哪裡人，什麼時候來的，他們什麼時候走？

柴阿三笑了笑說：「有姓張的，有姓王的，有姓李的，有姓趙的。……」

石如璋道：「呵！他們一共多少人呀？」

柴阿三忽然改口道：「就只三四個人。……他們住了半個來月，也快走了。他們是從外縣到我們這裡來收買竹竿的，他們是紙廠跑外的夥計，大概都是外鄉人，也有北方人。」

問了一陣，再問不出什麼來了。但從柴阿三說話的口風中，已推知這些寓客不止四人。並且張王李趙都是熟姓，他們的真姓仍是難考。不過他們晝出夜歸，夜出晝歸，幾個人替換著出入；這已由柴阿三無意中以不滿的口吻說漏了。

四鏢客遂不再問，把馬餵飲好了便即出村；潛將柴阿三的住處方向牢牢記住，立刻往回路上走去。走在中途，和尋找他們的人遇上；引領著一同進了古堡。屠炳烈支持不住，竟呻吟一聲，坐下來，不能動轉了；俞劍平忙過來給他推拿，疏通血脈。跟著由路照、孟廣洪、石如璋對眾人報告所見，說是賊奔西南走了。但另有一個先回來的鏢客說，眼見兩個賊人繞奔西北去了。

姜羽沖尋思了一晌，向大家計議道：「西北、西南都得細搜；倒是這座空堡一無所有，不值留戀。現在我們人已尋齊，還是先回店房，用過飯，再作下一步的打算。」

蘇建明插言道：「不過小徒路照說的這個半鋪村柴阿三家，定有毛病，我們終得先抄抄他。」

俞劍平說道：「自然得先抄，這一準是賊人的底線。……」說時看了看眾人，個個面現疲容，便又說道：「索性我們趕緊回苦水鋪，大家用過飯，稍微歇一歇，再趕緊搜下去。」

胡孟剛說道：「這荒堡留人看守不？」

俞劍平說道：「這個地方太曠了；姜五爺你說，該留幾個人呢？」

姜羽沖說道：「不必留人了，咱們全回去。到店裡用過飯，緩過氣來，還是咱們大家一齊來。咱們把人分成三撥，一齊往西北、西南、正北三面。東面不用管，賊人反正不在東面。」

俞劍平點頭道：「西南面頂要緊。」

眾人道：「是的。」

這一次出堡綴賊，據回來的人說：飛豹子和他的黨羽大概是奔西北、西南走的。俞、姜二人根據這些人的報告，覺得西南一路距火雲莊不遠，賊人什九是奔那邊去了；往西北逃走的賊人，恐怕是故意繞圈。

大家決計出堡回店，遂推舉四位少年鏢客和兩個精明強幹的趟子手，藏在暗中，監視古堡前後門和西南角半鋪村。大家把所帶的乾糧，食而未盡，都給這六個人留下，因為近處全是荒村，沒有飲食店。又留下兩匹馬，以便六人緊急時，火速騎馬回店報信。其餘大眾便三五成群分為三路，歷歷落落，往苦水鋪走來。或騎或步，或穿短裝，或換上長衫，一面走，一面順路查看。俞劍平和胡孟剛、姜羽沖、馬氏雙雄，做一路步行走。老拳師蘇建明、松江三傑、奎金牛金文穆和受傷的鏢客騎著馬走。單臂朱大椿、黃元禮、蛇焰箭岳俊超等，也是步下走。

這時候快到晌午了，忽然天陰起來，一片驕陽遮入灰雲之中，天際大有雨意；可是沒有風，越顯得悶熱。這些人沒有找著鏢銀，又沒有綴著賊人的準下落，人人都不高興。年長的英雄默然不語，只縱目觀看四面的野景，端詳附近的地勢。少年英雄就忍不住談論夜戰之事，痛罵飛豹子。

九股煙喬茂衝著鐵矛周季龍、沒影兒魏廉，大說閒話：「難為你們二位和閔成梁怎麼盯著的！那時候倒不如把我留下了；我若是留在苦水鋪，多少準能摸著賊人一點影子。」

鐵矛周季龍大怒道：「你做什麼不留下？」

沒影兒立刻也冷笑答聲道：「那時候，紫旋風閔大哥本來要請喬師傅留在這裡，只不過你老人家怕賊找著你，又怕教賊人把你暗算了。喬師傅的記性大概不甚老好的，你就忘了你搶著要回去，還要我們陪著你走了！」

三個人嘮叨了一路，最後九股煙把屠炳烈、孟震洋也饒上了；雖沒當著兩人的面，卻也說了許多不滿的話。別人聽了並不理他。

十二金錢一行出離古堡，仍循著鬼門關一帶舊路走，霎時間走到賊人昨夜邀鬥之地，幾個人不覺止步尋看起來。葦塘中的百十根木樁，當時幾乎被飛豹子根根登倒，此時只有不多幾根，還浮在水面上。塘邊腳跡凌亂，其餘木樁不曉得被什麼人撈走了。

在這曠野中，並沒有什麼人往來，好像農夫們都回家用午飯去了。只有一座葦塘邊，看見兩個鄉下小孩，光著腳，正在那裡爭奪著打架。逼近來看，原來兩個小孩正在共奪一支弩箭、兩支鋼鏢；這個說我撈出來的，那個說我先看見的，對罵對打，吵成一片。

俞、姜二人相視示意，湊過去問了幾句話，並沒有問出什麼來。姜羽沖掏出幾十文錢，把那兩支鋼鏢、一支弩箭買了過來。細加驗看，知道內中一支鏢是鏢行遺下的；那一支弩箭和另一支鏢卻正是賊人打出手的。弩箭上有一個「月牙」花紋，鋼鏢上鑲著個「飛燕」的花樣。

俞、胡、姜等傳觀一過，心中明白，有一支鏢是劇賊凌雲燕的。大家復往前走，一路上人蹤蹄跡印，在泥途中，歷歷分明；再找暗器，沒有繼續發現。轉了一圈，回到集賢店房。時光庭和于錦、趙忠敏等迎了出來；那拳師蘇建明的三個弟子在店房留守的，也陪著海州的兩個捕快，出來相見。問起來，才知道蘇建明帶二弟子路照，夜出客店，赴鬼門關時，蘇門三個弟子暗保著捕快，潛藏在別處。那潛身處就在集賢客店的斜對過，是一家小藥鋪。由捕快借仗官勢，硬借住了一宵；三個弟子都伏在鋪面房頂上，監視了整半夜。

當下會面，兩個捕快忙問俞、胡二鏢頭：「事情怎麼樣了？」胡孟剛把眉頭一皺道：「不好辦，賊人又溜了！」一臉的怒容，恨不得找誰出氣才好。姜羽沖、俞劍平忙陪笑把經過的情形，草草對捕快說了一遍。

兩個捕快道：「要是瞧著不行，咱們稟報寶應縣，派官役協捕怎麼樣？」俞、姜道：「那倒不必，二位捕頭你放心，不出三天，我們一定找出準章來。」又問店中有無別的動靜？答道：「沒有。」

蘇建明的三個弟子卻偷偷告訴俞、姜：四更以後，瞥見兩條黑影，來到集賢店客棧門前窺探，似要上房，被三弟子投石擲路，將兩個人影驚走。因護著捕快，也未敢追逐。此後別無動靜了。俞劍平聽罷，連聲誇好、道勞。

跟著大家把店夥叫來，打水、洗臉、吃茶、催飯。飽餐之後，只歇了不到半個時辰，俞、胡、姜三老立刻把眾人邀到正房，點配出勘查盜跡的人數和路數，這一回集中人力，專側重西南、西北兩面。先派六個壯士，把暗守古堡的四個鏢客替換回來。松江三傑的夏靖侯和別位負了傷的鏢客，就在集賢客棧留守；其餘的人掃數出發。

頭一撥由老拳師三江夜遊神蘇建明，和松江雙傑夏建侯、谷紹光，馬氏雙雄馬贊源、馬贊潮，蛇焰箭岳俊超等一班勁手，隨同蘇門二弟子路照、鏢客石如璋，首赴西南半鋪村查勘；這是頂要緊的事。

單臂朱大椿、奎金牛金文穆率幾個鏢客，另搜西北一路。鐵布衫屠炳烈已然歇過氣來，就打算由他陪同智囊姜羽沖，求見古堡原業主邱敬符的當家人和管事人，刺探飛豹子和子母神梭武勝文的現在情形。

最後再由俞、胡二鏢頭為末一撥，前往半鋪村。仍派趟子手和鏢行夥計，回寶應送信；並在四路卡子上，找霹靂手童冠英、霍氏雙傑、靜虛和尚、綿掌紀晉光等，問一問這兩天的情形。這樣分派好了，那輪班守堡的鏢客先行一步，立刻向邱家圍子出發。其餘大眾忙忙地吃了一回茶，立刻穿長衫，暗帶兵刃，也分撥出店，散往西北南三面去了。多一半人步行，少數人騎馬，預備有了動靜，好騎馬回來報警。

十二金錢俞劍平、鐵牌手胡孟剛和智囊姜羽沖，暗暗地偷看于錦、趙忠敏兩人的神色，似仍然流露著不安。大家縱談飛豹子豪橫無禮，出沒不測，于、趙兩個人竟有些緘口，不願聞問；胡孟剛臉上帶出不好看的樣子來，被姜羽沖暗扯了一把。九股煙喬茂也在那裡叨念閒話，也被鐵矛周季龍惡狠狠瞪了一眼，才罷。

飯後遣眾出發，于、趙二人也被派出去。俞劍平、姜羽沖特地緩行一步，抓著一個空，把時光庭調到沒人處，悄悄地向他打聽，于、趙二人從打鬼門關回店以後，作何舉動？

時光庭回答：這兩個人和時光庭先後奉派，替蘇老師徒回店留守時，于、趙搭著伴，一個勁飛跑，東張西望，總往身後瞧。時光庭跟他二人只前後腳回去，可是竟沒追上二人。直趕到集賢客棧，于、趙二人忽然不見了；他倆竟沒有一個回店。直等到時光庭在店裡店外，轉了一圈，又過了一會兒，于、趙方從店後跳牆進來。沒等著問，于錦便說，遇見兩條人影，追趕了一陣，也沒有趕上；直轉到這時候方才回店。趙忠敏便問時光庭回店時，也遇見什麼沒有？時光庭回答說，我倒沒有碰見什麼。跟著時光庭便用話試探于、趙，並打聽飛豹子的來歷。這兩人面含怒容，不肯回答。強問了幾句，碰了兩個釘子，時光庭冷笑作罷。那于錦、趙忠敏跟著說：「鬧了一夜，累了。」放倒頭，躺在店房床上就睡，一點也不戒備。時光庭當然不放心，還恐賊人出其不意，再來擾店；握著刀假寐，直戒備了下半夜。

俞劍平忙問：「到底有什麼動靜沒有？」

時光庭想了想，說：「沒有。」

姜羽沖道：「可有人和于、趙私通消息沒有？」

時光庭道：「也沒有。」

胡孟剛道：「他倆就老老實實躺在床上睡覺麼？沒有伸頭探腦，往外瞧麼？」

時光庭道：「也沒有。」

俞、胡、姜三人一齊詫異。

俞劍平道：「這麼說來，于、趙二位似乎沒有可疑了？」

姜羽沖道：「時師傅，據你看呢？他倆一點可疑的地方也沒有麼？」

時光庭沉默不答，半晌才說：「可疑的地方倒也有點，只是不好做準。我看見他兩人背著我低語，好像商量什麼，爭執什麼。大概于錦身上，還許帶著什麼東西；趙忠敏找他要，他不大願意掏出來。」

俞、胡二鏢頭道：「哦，什麼東西呢？……」細問了一回，便請時光庭隨時留意，把阮佩韋、李尚桐等也囑咐了；仍教他們跟于、趙做一路走。他們這幾個少年，原本和于、趙年紀相仿，脾性相投，可以套問套問。

當下分派已定，俞、胡二鏢頭由孟廣洪引領，姜羽沖由屠炳烈陪伴，一齊離店分途。俞、胡直趨西南小村；姜羽沖騎著馬，由苦水鋪東行，往寶應西北鄉走。一面走，一面向鐵布衫屠炳烈，打聽古堡的邱家園子原業主邱敬符的為人。

走出四五里，迎面開著兩條並行的土路，靠左是大道，右面是田徑小道；姜、屠兩人為抄近道踏上田徑，從一片片青紗帳中通行。又走出半里多地，驀見左邊大道上，塵起浮空，馬走鸞鈴，豁朗朗直響。一個人聲如洪鐘，振吭吆喝道：「喔！吁……呔！那邊是什麼人？」

鐵布衫屠炳烈、智囊姜羽沖在馬上聽得分明，頓時腳踏馬鐙，將身直立起來；隔著青紗帳，往隔田大道察看。禾田深密，看不見隔路人蹤；在背後一箭地外，卻有一條歧路，橫穿大路。姜羽沖用手一指，與屠炳烈一齊勒轉馬頭，急急地奔向歧路，隔路的蹄聲已如飛奔來。

鐵布衫屠炳烈繞到橫路上，駐馬以待。從青紗帳後大路上，並轡轉過來三匹高頭大馬；騎馬的是二老一少，都穿著短衫。左首那個老人光著頭，不戴草帽，身量很高，腰板很直；生得童顏皓首，瘦頰疏眉，睜著朗如寒星的一對碧眼，顧盼自如，揚鞭縱馬走來。左首那一個黑面孔，濃鬚眉，已是年逾五旬，身後還帶著一個二十多歲的少年壯士，眉目之間，精神壯旺。

屠炳烈張眼端詳，並不認識；回頭一看，智囊姜羽沖已然揚聲高叫了一聲：「二位老哥！」立刻翻身踏下馬來。對面右首那人立刻也滿面堆歡，舉手道：「噢，智囊！」

兩邊的人一齊下了馬，姜羽沖忙給屠炳烈引見。右首那位正是把守南面卡子的霹靂手童冠英，左首那位正是各路傳信的振通鏢師金槍沈明誼；後面那個少年卻是綿掌紀晉光紀老英雄的小徒弟八叉吳玉明。這三位跟屠炳烈說起來，都是熟人，可是從前很少見過面。雙方牽著坐騎，寒暄數語。

霹靂手童冠英最為性急，忙問姜羽沖：「十二金錢俞鏢頭現在哪裡了？你們訪得怎麼樣，有眉目沒有？我們在南路卡子，卡了這幾天，沒有白卡；我們可是跟飛豹子手下的人招呼起來了。」

智囊姜羽沖說道：「哦，打起來了麼？」正要往下細問；童冠英搖著智囊的手道：「我們那裡，打倒是打了，究竟稀鬆，瞎亂了一陣子。我們把狗賊踩盤子的追跑了；只探出飛豹子跟火雲莊真是通氣罷了，此外可算一無所得。我先問問你們吧，姜五爺跟屠師傅忽然跑到這裡做什麼？可是前面打起來，要回寶應邀人麼？」

姜羽沖忙道：「不是，我們這是打聽飛豹子的下落去。」

童冠英皺眉道：「這麼說，你們也沒有撈著，我們也沒有撈著。不過我猜著這個飛豹子，多一半是藏在火雲莊，火雲莊至少也是他潛蹤落腳的地方。」互問了幾句話，姜羽沖遂將鬼門關鬥技、古堡探鏢銀撲空的經過，向童、沈、吳三人，扼要地說了一遍。急急地轉叩沈明誼，各路有何情報。又問吳玉明：「令師綿掌紀晉光老前輩，把守東路寶應湖畔，可有什麼動靜？」

沈明誼只說道：「海州現在來了專人，……」還待往下說，那吳玉明已搶著講道：「家師正為沒有動靜著急，我們在湖濱把了好幾天，一點風吹草動也沒有。只在水路上半夜裡，發現一點可疑的情形；我們刨了兩天兩夜，也沒有刨出所以然來。家師很不放心，怕路上也許吃緊，所以打發我來送信；順便問一問俞、胡二鏢頭踩探苦水鋪，究竟見著正點沒有？還有郝穎先郝師傅、白彥倫白店主二位拜訪火雲莊的結果，究竟怎樣？我們都很惦記。我們家師說，東路寶應湖一帶，一定不是賊人出沒之所。他老人家要上苦水鋪來，又不願擅離職守，所以打發我，先到寶應縣義成鏢店問一問。他老人家大概明天晌午，或者後天一早，就要回寶應縣。」

姜羽沖聽罷，轉臉來，仍和金槍沈明誼敘話。沈明誼道：「俞、胡二位真格地已和飛豹子見過陣仗了麼？」

姜羽沖道：「打了半夜呢！只是那傢伙匿名不肯直認。我說沈師傅，那個劫鏢的飛豹子可是赤紅臉、豹子頭、豹子眼、疏鬍鬚麼？」

沈明誼道：「是的。」

姜羽沖道：「可是身量很高，並不胖，比你還高一二寸麼？」

沈明誼道：「不錯呀，他使的可是鐵菸袋？」

姜羽沖道：「是的。他穿著肥袖短袍，遼東口音，還會打穴、打鐵菩提子？」

沈明誼道：「對對！不過劫鏢時沒有動暗器。」

屠炳烈把手一拍道：「一準是他了，這個老殺材，他可是不認帳。他還使那臭菸袋，點傷我的穴道；若不是俞鏢頭相救，立時推血過宮，我二十年的鐵布衫橫練功夫，生生教他給毀了。」說著一摸背後的「氣俞穴」，道：「現在我這裡還有點麻木呢。」

智囊姜羽沖拋開閒話，重問沈明誼，各路還有什麼消息？沈鏢頭專騎前來，是不是有緊急事情發生？沈明誼忙將各路卡子上所遭遇的情形說了一番。

寶應縣城內一無事故。四道卡子只有兩面見了動靜；漢陽郝穎先前往火雲莊，昨天下晚，已經派人回來送信。在火雲莊，已經見著子母神梭武勝文武莊主，面子上倒很客氣；不過武勝文瞪著眼裝傻，討鏢銀這事一字不提。提到飛豹子這人他也一點不認。他可自承：「有一位武林朋友，慕名訪藝，要求見見十二金錢俞三勝本人。郝師傅如果願意見見他，倒也可以。不過此人現到芒碭山去了，我可以派人把他找回來。」說的話非常狡猾，教人摸不著邊際。

郝穎先當時用話擠他，說是：「俞鏢頭也很願意見見這位朋友，郝某自己也想見見。請武莊主先容一下，能在此地見面，那是求之不得的。否則擇日指定一個地點，雙方見面也好。」

武勝文說：「那好極了，郝師傅如果不見外，請稍候兩天，我立刻派人找敝友去。等我問準了這位武林朋友的意思，再發請帖，請俞、郝二位賞光賜教了。」聽武勝文的話風，只是支吾搪塞故意耗時候。郝穎先不得要領，未肯空回；他決計要夜探火雲莊，先門一門子母神梭武勝文，故此他先打發人來寶應城送信……

沈明誼說到這裡，姜羽沖著急道：「就只是郝師傅一個人，他就要獨探火雲莊麼？那豈不是自找上當？」

霹靂手童冠英拈鬚說道：「不，他不是還同著兩個嚮導的麼？」

姜羽沖只是搖頭，非常擔心；忙又問金槍沈明誼：「城裡留守的人可曾想法子派人，接應郝師傅沒有？」

沈明誼接聲說道：「趟子手一回來，我和竇煥如鏢頭，聽說郝師傅這種打算，也很替他著急。現在竇鏢頭已經帶著人，趕去接應了。」

姜羽沖忙問：「去了幾個人？」

沈明誼道：「六位……」

姜羽沖道：「太少，這哪能行？強龍不壓地頭蛇，我們就只幾個人，人家子母神梭武勝文乃是人傑地靈；況且敵暗我明，郝穎先師傅這麼精強的人，怎的竟會這麼魯莽？」

霹靂手童冠英道：「也許是被子母神梭話趕話，擠在那裡，不得不亮一手。事已至此，不必說了；我們還是打算第二步辦法。咱們上馬吧，先到苦水鋪，見了十二金錢俞劍平俞大哥；索性咱們會齊了人，全奔火雲莊，不就完了？」

姜羽沖只是搖頭，以為來不及了。

金槍沈明誼忙道：「姜五爺不要著急。去的這六位全是硬手。你知道揚州無明和尚和崇明青松道人麼？他二位剛好趕到寶應縣城。前天九頭獅子殷懷亮殷老英雄也來了。現在是竇煥如和青松道人、九頭獅子殷老英雄等，搭伴前去探莊助勢。揚州無明和尚，現在就請他在寶應留守，人數很夠了。」

姜羽沖聽了，方才稍稍放心道：「青松道人、九頭獅子去了，這還好些；不過究竟我們還是人少。咱們快翻回苦水鋪吧！」

金槍沈明誼道：「現在還有一件要緊的消息。」眼望姜羽沖道：「今天早上，海州又來人了，是我們振通鏢局的夥計，連夜趕來的……」

姜羽沖道：「唔，不用說，又是州衙催下來了。」

沈明誼道：「可不是，海州州衙和鹽綱公所，全等得不耐煩，催俞、胡二位速賠鏢銀。他們並不管尋鏢緝盜有無頭緒，只催我們先賠出鹽帑，後找失去的鏢銀。趙化龍趙鏢頭實在兜不住了，他還附來一封信。」

沈明誼說著一拍衣囊道：「這封信現在我身上呢！」

童冠英、屠炳烈齊說道：「這信看不看的不吃緊，沒的倒教俞、胡二位著急。」

沈明誼道：「不過還有一件意外的消息，也是由我們鏢局夥計帶來的，是口信。姜師傅，你猜怎麼樣？十二金錢俞鏢頭的妻室，那位丁雲秀夫人，已經由雲台山清流港專程西下找到海州來了。還同著一位在職的武官，叫做什麼蕭國英蕭老爺；是搭伴一道來的，大概是俞夫人娘家的親戚。」

智囊姜羽沖、鐵布衫屠炳烈一齊愕然。幾個人正要扳鞍上馬，不由得立住了；眼望著沈明誼，說道：「怎麼，十二金錢的娘子找來了？」

霹靂手童冠英更詼諧地笑道：「俞大哥今年整五十四了，這位俞大娘子丁雲秀小姐還是他的元配。他們兩口子一同闖蕩江湖，俞不離丁，丁不離俞，已經有三十多年了。記得七八年前我還和她見過幾回面。她也是半老徐娘了。嘻！算起來她今年至少也有四十七八，快五十歲了。怎麼的，她的當家的才出來一個多月，她就找出來了？這可新鮮，我得問問我們俞大哥去：你們小倆口兒如鶼如鰈，怎麼一步也離不開？您瞧這兩口這股子老纏綿勁兒！不行，我真得問問他去。」說得眾人哄然大笑。

智囊姜羽沖皺著眉頭，連連搖手道：「童大哥別說笑話了，這裡頭一定有事！」急急地轉向沈明誼問道：「俞夫人現在哪裡？」

沈明誼笑道：「聽我們鏢行夥計說：『她先到海州，還要轉奔別處。教夥計傳來口信，說是她準在四天內，趕到寶應縣……』我們因為這個緣故，我和竇煥如鏢頭一核計，已經在寶應縣，給俞夫人備好了公館。不過小弟和竇鏢頭只跟俞夫人見過幾次面，沒有深談過。竇煥如大哥又上火雲莊去了，竇大哥的家眷又不在這裡。等得俞夫人來了，竟沒有照應，覺得差池一點。所以我這才奔苦水鋪來，問一問苦水鋪訪鏢的情形，就便好把俞大哥請回來。」

沈明誼這麼說著，霹靂手童冠英只是嘻笑，智囊姜羽沖卻手點額角，不住猜想，道：「俞大嫂來了！這究竟有什麼緊急事故呢？莫非飛豹子又上雲台山清流港生事去了？」

沈明誼說道：「這可說不定。我們的鏢局夥計，只傳來這麼一個口信，內情並不明白。」

姜羽沖又道：「怎麼還有一位武職官蕭老爺同來？這又是何人？難道是官差委員？這人究竟是什麼官職？」

沈明誼說道：「這位蕭老爺是都司，聽說是俞大嫂娘家的什麼人。」

姜羽沖說道：「哦，是都司武職大員麼？那就不要緊了，那大概是親朋。」

童冠英捫鬚大笑道：「這位蕭大老爺，別是我們俞大哥的小舅子吧？」

智囊姜羽沖失笑道：「俞大嫂的娘家分明姓丁，怎麼又跑出姓蕭的舅爺來，那可真是笑話了。」幾個人全都笑了。

沈明誼笑道：「可是聽我們夥計說，這位蕭大老爺確是管丁雲秀夫人叫老姐，丁夫人也管他叫九弟，叫得很親近，大概是親戚。」

姜羽沖笑道：「二位口下留情吧，幸虧俞大嫂是上五十歲的老婆婆了。要是年輕，教你們這一說，俞大哥還許動刀子呢！」

霹靂手童冠英說道：「姜五爺，你可別那麼說。人家丁雲秀丁小姐，眼下固然人老珠黃，年輕時可是漂亮人物。前七八年我見著她時，她已經四十多歲的人了，還像個三十多歲的中年佳人；正是徐娘半老，風韻猶存。你不知道她和我們俞大哥乃是同學麼？他們兩口子同床同道，全練的是內家功夫，返老還童，面貌都少相得很呢！他們兩口子好得蜜裡調油，你想她會醜得了麼？」

智囊姜羽沖笑了笑，仍然沉吟道：「這位蕭老爺當真管俞大嫂叫姐姐麼？」

沈明誼說道：「一點不假。」

姜羽沖說道：「那就是了，這一定是俞大嫂邀來的幫手。不是我多心，我只怕飛豹子又生是非。剛才猛聽你一說，我疑心是武弁押著俞大哥的家眷，來找本人來呢！」

童冠英說道：「管差押家眷，也押不著俞太太呀！我說這位蕭大老爺到底是怎麼樣一個人物？他也同著俞大嫂一道上寶應縣來麼？」

沈明誼說道：「大概是也要到寶應縣來的，是一路不是一路，倒不敢說。我們這鏢局夥計笨極了，問他什麼，他都說不知道。他只送來這麼一個口信，說是俞夫人已經親身登程，來找俞鏢頭。她先到海州鏢局，見過趙化龍老鏢頭，問明俞鏢頭現在寶應，她就說四天內準趕到寶應縣。據說她還要往西壩去，也不知是專程邀人，是改路訪鏢，還是辦別的事？……大概許是邀人。」

姜羽沖點點頭，又問道：「這位蕭老爺，你們鏢局有認識他的沒有？到底是怎麼打扮長相？」

沈明誼道：「這位蕭爺麼，我們鏢局和趙化龍鏢頭都不認識。據說這人官氣十足，生得很威武的相貌，挺高的身量，說話像銅鐘似的，乍看真和我們胡孟剛鏢頭像親兄弟。胖胖的圓臉，大眼睛，通鼻樑，微有鬍鬚，大約三四十歲。他同著俞大嫂，到我們鏢局時，穿著一身武職官服，帶著好幾個兵弁，直把人嚇了一跳。他自己騎著一匹大馬，在鏢局門前一站，很夠神氣。」

童冠英問：「俞大嫂呢？」

沈明誼道：「俞大嫂是坐小轎來的，只帶著一個十幾歲的小孩子。」

姜羽沖問：「是男孩還是女孩？」

沈明誼道：「是男孩。」

姜羽沖問：「可是俞大哥的令郎俞瑾？」

沈明誼說道：「不是，俞瑾十六、七歲了，這個小孩才十三、四歲。」

姜羽沖說道：「這又是誰呢？」

霹靂手童冠英說道：「姜五爺，不用悶猜了，反正不是你我的兒子。現在俞夫人丁小姐。……」說至此自己也失笑，接著說：「現在俞夫人已經隻身尋夫，將到寶應，這一定有緊急家務。我們還是快奔苦水鋪，把俞大哥喚回，好教他夫妻倆闊別一月，就在寶應縣雙合店房，夫妻團圓團圓。……」

沈明誼說道：「算了吧，童老前輩越說越熱鬧了。」

大家這才扳鞍認鐙，兩撥人合成一撥，一齊重返苦水鋪。

十二金錢俞劍平已經率眾出發。霹靂手童冠英、沈明誼、吳玉明和姜羽沖一到，立刻派人把俞劍平追回。俞劍平聽說他的夫人丁雲秀即日尋來，心中驀然一驚，忙問沈明誼：「莫非我家裡出了什麼差錯？或是海州又出了什麼差錯？」

童冠英向俞劍平笑道：「俞大哥放心，沒有事，不過是老嫂子一個多月沒跟你見面，想你了。」引得幾個武林少年掩口偷笑。俞劍平也笑了，說道：「童二哥，你跟我開起玩笑來了。」

沈明誼一字一板，具說前情。俞劍平聽了猜想了一回道：「賤內往西壩去做什麼？那裡我沒有朋友啊！還有這一位蕭國英的武官同來，這可是誰呢？」

沈明誼說道：「傳信的趟子手糊裡糊塗，就這一點很要緊，他就偏偏沒有弄清楚。」

俞劍平低頭尋思良久，沈明誼又說：「這蕭武官稱俞大嫂為四姐。」俞劍平方才恍然大喜道：「是師姐，不是四姐，這一定是我們的小師弟蕭振傑。我聽說他早已做了官，他來了，好極了！」

然後十二金錢略問各路卡子上的情形，沈明誼、童冠英如前說了。俞劍平向姜羽沖等人道：「屠炳烈賢弟、路照賢弟與孟廣洪、石如璋二位師傅，訪來的情形很對。這個飛豹子的黨羽由古堡奔西南，一定落在火雲莊了。我們與其從這裡往下追，還不如索性回寶應城去。」說到這裡，笑了一聲，面對霹靂手童冠英說道：「童二哥不用拿眼瞅我，我真得立刻折回去。」

童冠英說道：「你是賊人膽虛，沒有說你想太太，你先敲我做什麼？」說著自己笑了。

俞劍平立刻與姜羽沖、胡孟剛、蘇建明和沈明誼、童冠英等人商量好了，留一半人在苦水鋪監視賊蹤；由俞劍平率一半人，徑返寶應縣。一來答對火雲莊的子母神梭武勝文，一來等候俞夫人丁雲秀，問問究竟有何事來找。

此時天色已到申牌，俞劍平本想連夜翻回去，就請蘇建明、姜羽沖等，在此地再夜探一下。胡孟剛、智囊姜羽沖皆不以為然，說是：「今夜必須由俞大哥在這裡盯一晚上，以防飛豹子再來滋擾。」

童冠英更開玩笑道：「俞大嫂還得過兩天才能來到呢，俞大哥何必這麼著急？」十二金錢俞劍平雖然老練，也被童冠英鬧得有點燒盤（臉紅）。俞劍平向來不跟人說笑話，童冠英也從來無戲言，不想這兩個老頭子忽然湊起趣來。這些少年人不便插言打趣，可也你看我、我看你的偷著低笑。

十二金錢俞劍平說道：「我只顧慮郝穎先郝師傅那裡，有點不妥當；我想及早趕回去，助他探莊搜賊。既然大家都這麼說，我就再在這裡，多耽誤一天。不過請沈師傅多些辛苦，連夜趕到火雲莊郝師傅那裡，看看新來的幾位老師傅們到了沒有。如果松江的九頭獅子殷老師傅、揚州的無明和尚，跟崇明的青松道人，全已趕去接應，務必請他們幾位慎重行事，說我隨後就到。

「如果這幾位還沒趕到，千萬請郝師傅略等一二天。就提這裡已經訪得大概情形，只待一位同道證實了飛豹子的出處行蹤，我們全班人馬全要立刻趕到火雲莊，挑明簾向武莊主要飛豹子。向飛豹子要二十萬鹽鏢；勸郝師傅千萬不要辦猛了。郝師傅在這兩天內，只要守住火雲莊，看住他們人來人往的情形，我們兄弟就承情不盡。還有一節，請沈師傅順路先到寶應縣；賤內如已來到，就教她在寶應縣等我，不必到別處去了。」

金槍沈明誼道：「好吧，我這就起身。哦，我這裡還有海州趙鏢頭的信，忘了拿出來，差點教我原信帶回。」說著，把信從懷中掏出來，交給俞劍平。

俞、胡二人拆信看了看，眉頭緊鎖，遞與姜羽沖道：「官面上的事真真難搪！有保，有人，還是這麼緊逼；大概緝私營又要派員前來查辦。盡教好朋友替受官面上的擠迫，我們心上太不安了。」

胡孟剛忿忿說道：「早晚把爺們擠炸了，我們不受他這個了！」

智囊姜羽沖只將這信草草看了看道：「俞大哥用不著對趙鏢頭抱愧，胡二哥也不必生氣。好在現時一步一步近了，教朋友稍微擔點風火，也算不了什麼，辦正事要緊。信上的話不管怎麼說，咱們不理他，只盡力往下辦就是了。沈師傅請用飯，歇足了，你再辛苦一趟，見著俞大嫂，請替我們問好，說俞大哥和我們就到。如果俞大嫂屆時還沒有趕到寶應，就請老兄火速往火雲莊為要。

「郝師傅看外面很沉穩，可是他本領大，膽氣更豪。請你看情形，務必把他攔住；總是大家到了，一齊動手的好。不過見面時，你千萬把話斟酌好了，別教郝師傅錯會了意，疑惑朋友瞧不起他。」

沈明誼道：「那個自然。我此時已經歇足了，飯也吃過了，茶也喝夠了；我趁太陽沒落，先趕一程。定更時趕到霍甸打尖，當夜可回寶應；次日趕到火雲莊，諒還不致誤事。眾位，我失陪了。」向眾人一拱手，匆匆出店，飛身上馬。俞劍平等送到店門，拱手作別。

沈明誼已去，童冠英暫留。八叉吳玉明先將綿掌紀晉光守卡的情況報告完畢，又請示了今後的辦法，便也要當日翻回。俞、胡、姜三人齊道：「吳賢弟明早再走不遲，你不比沈師傅，我們是特為煩他攔郝師傅的。」

俞劍平仍和姜羽沖、蘇建明、馬氏雙雄、金文穆等前輩英雄仔細商量。胡孟剛催道：「天不早了，我們先吃飯，吃完飯就分頭辦事。」

第五七章　衆口鑠金

晚飯後，俞劍平掛念各路的情形，恨不得化身三處才好。心想半鋪村既見賊蹤，應該乘夜親勘一下，順路徑投火雲莊去。又想妻室丁雲秀遠道尋來，必有非常急務，應該翻回寶應縣，先見她一面，方才放心。

俞劍平想到此，不覺著急說道：「鬼門關白打了一夜，古堡又撲了空；半鋪村還不知怎樣，火雲莊眼下就要出事，賤內又快來了，教我四面撲落不過來。姜五爺，我顧哪一面好呢？我瞧飛豹子必不再到古堡來了。各路卡子又沒有動靜，就有動靜也是虛幌子；我猜飛豹子本人此時必在火雲莊。左思右想，我還是索性請路照、孟廣洪二位賢弟引路，我自己帶領小徒左夢雲先赴半鋪村。半鋪村至多不過是藏伏著飛豹子的幾個黨羽，現在恐怕早已溜了。我徑直先到那裡一繞，跟著就奔火雲莊，投帖求見子母神梭武勝文。這麼辦，面面都顧及了。不然的話，我真怕郝穎先郝師傅和白彥倫白店主，在火雲莊吃了虧，我可就對不住朋友了……」

話還沒說完，霹靂手童冠英說道：「不行不行，你只管照顧朋友，就忘了夫妻麼？嫂夫人大遠地撲你來了，你卻避而不見，請問誰去款待？」

俞劍平眉峰一皺，面含不悅。童冠英哈哈大笑道：「俞大哥也有紅臉動怒的時候，難得難得。臊著了麼？」

俞劍平勉強笑了笑道：「童二哥，不要取笑了；我們都長了白毛毛了，還是少年麼？」

智囊姜羽沖笑道：「說是說，笑是笑，我知道俞大哥此時心急。但是，你只顧奔火雲莊，俞大嫂來了，必有要事；況且她還邀著一位武官來，大哥不在寶應等著她，怎麼辦呢？」

俞劍平沉吟說道：「好在她得遲兩天才能來到，此時煩一個人回寶應縣；賤內若來，就告訴她也奔火雲莊。」

姜羽沖說道：「不行吧？火雲莊是小地方，未必有店。況且既登敵人之門，我們也不能隨隨便便，在那裡聚許多人。那個姓蕭的武官又不曉得是誰，就是你的師弟，也不便慢待了。小弟的意思，大哥奔火雲莊，就算是明著求見武勝文，可是落腳處也得暗藏著點才好。大哥這番打算要是早打定了，也可以順便告訴沈明誼，帶回信去。現在沈師傅已走，大哥不必又改主意，還是照舊辦理。我們先在此耽擱一夜；明日留下兩撥人，一撥由半鋪村往火雲莊，一撥留守苦水鋪。我們大家隨同大哥，一齊回返寶應縣，或者大哥怕郝師傅在火雲莊鬧差錯，但是現在就去，也來不及了。我們明天早點動身，就面面顧到了。」

眾人齊說，這樣辦很對。俞劍平想了想道：「也罷。」

姜羽沖即與俞劍平等重新分派眾人。監視古堡的，搜查半鋪村的，踏勘由此處奔火雲莊的大路的，以及往來傳信的，都派妥專人。大抵每一兩個前輩英雄，即率領一兩個少年壯士做為一撥隨後，把留守苦水鋪集賢客棧的人也分派好了；卻只得幾個人，內中有受傷較重的兩個同伴，和海州兩個捕快；這都需人保護，因此把他們留在店房，預備明日和俞鏢頭一同回轉寶應縣城。

這一次會聚群雄，點名遣派，偏偏又把于錦、趙忠敏兩人遺落下了。于、趙二少年互相顧盼，臉上神色侷促不寧。

半晌，由趙忠敏站起來，上前討笑道：「姜老前輩，我和于三哥該做什麼呢？你老人家是不是教我倆人留守店房？還是忘了派遣我們了？」

于錦接言道：「我二人本來少年無能，我們錢師兄派我們兩個人來，也知道我兩個人不能擋事。可是若讓我們兩個人跑跑腿，給俞老鏢頭幫個小忙，也許能夠對付。」

趙忠敏又說：「三哥不要這麼說，姜老前輩也許想教我們留守店房。可是別位都忙著淌道搜敵，我們二人也很想出去活動活動，不願意總當看家的差事。要是你老不放心，也可以加派哪位跟著我們。」

于、趙二人說這話時，老一輩的英雄俱都動容，但態度依然很沉靜。其餘幾個少年不免擠眉弄眼，臉上帶出許多怪相來。李尚桐、阮佩韋首先站起來，說道：「這可是二位多疑。這工夫咱們人都聚在一處了，姜五叔哪能記得那麼清楚？我們兩個人不是也還沒有派遣麼？」

屠炳烈說道：「可不是，我也沒有事哩。」鐵布衫屠炳烈是不大明白的。葉良棟在旁也說道：「可不是，也還沒有派我呢。」其實屠、葉二人俱是受傷的，自然應該留守。

眾人全都眼看著姜羽沖，跟著又看俞劍平和胡孟剛。胡孟剛就要發話，俞劍平暗拉他一把。霹靂手童冠英剛來到，不知怎麼回事，就挑大指說道：「于賢弟、趙賢弟，真有你的。姜師傅，人家是來幫忙的，你總教人家歇著，那怎麼能成？也得均勻勞逸呀！」抬頭忽然看見眾人神氣不對，他就愕然問道：「姜五爺！」放低聲音說道：「他二位掛火了，這是怎麼了？」

夜遊神蘇建明哈哈一笑，從堂屋門口答了話，說道：「童二爺，你過來聽我說。姜五爺乃是三軍司令，派人的事應該由他主持，連我老頭子還要受他支派。你童二爺摸不著頭，過來跟老哥哥喝杯茶吧！」

霹靂手童冠英是個精明人物，眼珠一轉，立刻恍然，向姜羽沖拱手說道：「軍師傅令吧。現在馬武、岑彭二位將軍，爭做先鋒，應該如何分派，請你發令！」掩飾了一句閒話，便走出來，挨到蘇建明身邊，低聲問話去了。

姜羽沖這才手彈桌角，微笑說道：「我真把二位賢弟忘了，可是也有個緣故。咱們的人全出去了，店房中還有兩位捕快和這幾位受傷的。我們必須選派年富力強、會打暗器的精幹英雄留守店房，保護他們。于賢弟、趙賢弟的鏢法，我久已聞名。我本有意奉煩二位留守，剛才一陣亂，忘了說出來。現在，就請……」

趙忠敏忙說：「晚生們已經留守得夠了，別位師傅們都出過力，我們怎好生閑著？姜五爺要是瞧得起我們，求你老把我們兩個人派出去走走。我們兩個人打算結伴先探一探半鋪村，這個地方我們還熟。」

于錦應聲說道：「好！我們二人情願單人匹馬，不用邀伴，只憑弟兄二人的兩把刀，前去半鋪村勘查一下，順路就到火雲莊闖一闖。不過話又說回來，老師傅們如果不放心我們，就另派兩個人跟隨我們，我們也是義不容辭的。」

鐵牌手胡孟剛聽到此處，急急地向俞劍平、姜羽沖瞪了一眼，又努了努嘴。那邊霹靂手童冠英也面向蘇建明暗吐一口氣，低聲說道：「哦，我明白了，這裡頭有事？」

蘇建明微笑不答，只說道：「老哥，你只聽軍師發令吧！」

姜羽沖忙道：「好極了！二位願意出去更好，要到半鋪村淌一淌，是很可以的。不過二位要偕探火雲莊，我真是不很放心。我可不是看不起二位，我只是怕二位一去，打草驚蛇；萬一把飛豹子驚走了，咱們幫忙的人，可就落了埋怨了。二位既然如此熱誠，今晚暫且歇一夜，明早可以陪伴俞老鏢頭一同前往。今天我們並不打算查探火雲莊，只不過白天監視古堡附近，看有敵人前來窺伺沒有？一到深夜，我們便須分批去到古堡和半鋪村前後內外，加意勘查敵蹤。我料敵人會在暗處埋伏著人。遠處不說，就說這苦水鋪，我們住的這店房吧，保不定就有賊人的底線臥藏著。……」

李尚桐、阮佩韋等三五個少年，一聽說到「底線」二字，立刻譁然接聲道：「有有有！我們店裡一定有賊人的底線，要不然，怎麼我們的一舉一動，賊人知道得這麼清楚？姜五爺，這裡一準有奸細，我們應該把這奸細全挖出來。」說時好幾對眼珠子不邀而同，盯著于、趙。

于、趙二人就是沉得住氣，像這公然指斥，也不由惱羞成怒了。大家全拿另一種眼光，看待他二人；而且冷嘲熱諷，都對他二人發來。于、趙二人明挨唾罵，心想抗辯，苦於無詞，都氣得臉色煞白。

趙忠敏實在按捺不住，啞著嗓音說道：「若真有底線，那倒好極了。憑諸位這些能人，何不把那底線全都挑出來？比坐在這裡空議論強多了。阮大哥、李大哥，底線到底藏在哪裡？請你費心告訴我們兄弟。我弟兄不會說話，卻總想做點實事；恨不得把這底線挑出來，也算幫俞老鏢頭一個小忙。」

阮佩韋、李尚桐對臉冷笑道：「憑二位這份能耐，膽又大，心又細；底線落在哪裡，難道還看不出來麼？我們不過是順著姜五爺的口氣瞎猜罷了；要說挑底線，非得你們二位不可。」

這話太明瞭，于錦大怒，突然站起來叫道：「這話怎麼講？挑底線怎麼非得我們？我們兩個生著八隻眼睛、十六個舌頭不成？阮大哥、李大哥，我們弟兄不懂這句話，我們倒要請問請問，你是不是說這底線跟我們認識？請你明白點出來。」

于、趙二人全都變了臉，雙手插腰，站在屋心。阮、李二人也突然站立起來。眾胡孟剛也忍不住挺身而起，張著嘴要發話。俞劍平一扯胡孟剛，急忙上前攔阻。眾人把于、趙和阮、李隔開，俞劍平深深作揖道：「諸位全都衝著愚兄的薄面，前來幫忙，千萬不要鬧誤會。若說底線的話，我看店中絕不會有，苦水鋪鎮內鎮外可就保不住了。于賢弟、趙賢弟若要出去訪訪，就請辛苦一趟，這也是很有益處的事。」

童冠英、蘇建明等也忙走過來，連聲相勸。姜羽沖徐徐站起來，單向于、趙二人陪笑道：「這可是笑話！二位賢弟當真若認識飛豹子的底線，咱們豈不就把他們的窩早就搜著了麼？于賢弟、趙賢弟，你們二位和阮、李二位都是自己人，千萬別鬧口舌。這實在怨我疏忽，忘了分派兩位了。才惹起這番誤會來。二位既想出去遛遛，好極了！苦水鋪也很有幾家店房，以及茶寮酒肆，那裡保不住窩藏著豹黨。就請于賢弟、趙賢弟二位搭伴出去淌一淌也好。」

趙忠敏正在氣頭上，一聞此言，正中下懷，不覺得忘其所以，爽然脫口答道：

「我們兩人這就出去淌一淌。」

于錦卻聽出姜羽沖話中含有微意，似帶反射，立刻正色答道：「四弟慢著！姜師傅，這可對不住，我們兩個人現在不能去。你老一定要派我們，最好你老再加派一兩位能人，跟著我們走。我們兩個人決不能單獨出去；最好就煩阮師傅、李師傅，一人一位，分綴著我倆。」

姜羽沖忙陪笑說道：「于賢弟，你這話可該罰。你們兩位和阮、李二位拌嘴，我可沒說別的。並且我也不過忘記派二位罷了，我決沒有含著別的意思。于賢弟，你既然這樣過疑，教俞老鏢頭多麼為難！」說時眼望俞劍平。

俞劍平立刻接聲道：「諸位都是俞某寫紅帖，專誠請來的；我若不推心相信，我就不邀請，豈不更好？」

走到于、趙面前，長揖及地說道：「二位要說別的，那就是罵我，我只好下跪賠禮了。……阮、李二位不過就事論事，泛泛地一說。決不會錯疑到好朋友身上。得了，二位都看在我的面上吧。」

于、趙急忙還禮，斜盯了阮、李一眼，冷笑道：「俞老前輩，我們不是任什麼不懂的傻子。我哥倆本是奉師兄之命，前來給你老幫忙的；現在既有多人懷疑，我們在此實在無味。俞老前輩，我們立刻告退就是了。我們實在有始無終，非常抱愧，但是沒法，我們只好對不住老前輩了。」說完，于錦首先邁步，趙忠敏緊跟過來，兩人並肩往外就走。

眾人一齊相攔。阮佩韋、李尚桐被馬氏雙雄拉到別屋去了。于、趙二人也被大家推坐在椅子上；兩人吁吁地喘氣，一言不發。夜遊神蘇建明和奎金牛金文穆一遞一聲地勸說：「二位賢弟，小阮是個小渾蛋，何必理他？你要是這麼一走，你想，豈不教俞鏢頭置身無地了？」其餘別人也打圈站在于、趙二人面前，七言八語，亂勸一陣，簡直把于、趙二人包圍起來。兩人寒著臉，仍要告退。

十二金錢俞劍平趁空兒睨了姜羽沖一眼，姜羽沖微微一努嘴。俞劍平忙走過來，扯著胡孟剛，分開眾人，到于錦身旁，挨肩坐下。面堆歉容，低聲說道：「二位賢弟先消消氣；咱們是何等交情，決不要聽兩句閒話，就犯心思。我俞劍平自問血心待友，從來不會錯疑過好朋友的。況且咱們又是誰跟誰？剛才阮、李二位也不過是揣測之詞，恐怕漏了消息，才這麼信口一說，其實是漫無所指的。」又一拍胸口道：「老弟，別的話不說，我們就憑心！二位不是衝著我來的麼？我姓俞的可說過刑的沒有？」

趙忠敏說道：「沒有……」

俞劍平拍掌道：「著啊！既然沒有，二位還得幫忙捧場，剛才這場笑話，就此揭過去。」

于錦愣了半晌歎息道：「大丈夫做事，就求對得住自己的良心。俞老前輩也無須抱歉，我絕不擱在心上。不過，我姓于的無端遭人這麼小看，真是想不到的事！」

胡孟剛只聽了半句話，立刻大笑道：「對！這話很對，咱們憑的是良心！」

蘇建明插言道：「二位賢弟，常言說得好，路遙知馬力，日久見人心。二位既拿俞、胡二位當朋友，咱們還是全始全終，照常辦事。」

俞劍平說道：「那個自然，我們于賢弟、趙賢弟兩個人最直爽，話表過就完。」立刻衝著智囊姜羽沖叫道：「姜五爺，你是軍師，你看著分派吧。他們二位究竟是幫哪一路相宜？是探古堡，還是探半鋪村，還是留守苦水鋪店房？」

金文穆也道：「軍師爺這回派兵點將，千萬想周全了，別再有漏派的。這不是諸葛孔明點將，要用激將法；這些位全是熱腸俠骨的好朋友，不用硬激，就會賣命。」說著哈哈的笑了起來。

俞劍平極力安慰于、趙，卻不時衝姜羽沖遞眼色。大家都勸于、趙，于、趙二人在面子上似乎轉過來了。但是眾目睽睽之下，兩個人仍然你看我，我看你，肚裡似裝著背人的話。

智囊姜羽沖夾在人群中，早已看明，佯作笑容道：「這實在怨我。諸位幫忙尋鏢，人人爭先，個個出力，我竟一時漏派了幾位，這才招出來一場誤會。我這個軍師就欠挨手板。好在彼此都是自己人，話點過便罷，我也不用引咎謝過了，我還是該派的就派。不過，要是我再有遺忘之處，諸位千萬給我提個醒。……俞大哥、胡二哥，我看于賢弟的暗青子打得極好，趙賢弟的腳程極快，最宜於踩探。」

這話還沒說完，頓時被于錦聽出隙縫，站起來，急急忙忙搶著說道：「姜五爺，我先擋您的大令！」

姜羽沖抱拳道：「于賢弟有何高見，儘管說明。」

于錦面視眾人，朗聲發話說道：「眾位師傅！我弟兄二人，奉掌門師兄錢正凱之命，前來助訪鏢銀，不想鬧出了這麼一場笑話。剛才蘇老前輩說得好，日久見人心。我們本當告退，就衝著蘇老前輩這句話，姑且在這效力。只要俞老前輩和胡老鏢頭還相信我們，我弟兄赴湯蹈火，萬死不辭！……」

眾人哄然道：「過去的事不要再說了，于師傅要再提，那可就是罵我們大夥了。」

于錦搖頭說道：「不然，不然！我們心地怎麼坦白，誰也沒有鑽到誰肚裡去。姜五爺派兵點將，無論如何，也得教我哥倆躲躲嫌疑。我們兄弟先把醜話說在頭裡，軍師若派我們出外，不管古堡也罷，半鋪村也罷，總得把我哥倆分開，另外再請一兩位同伴跟著我們走。我們弟兄打今天起，絕不能在一塊，最好把我哥倆擱在兩下裡。或者留一個在店房，就算留守；另派出一個去，跟著別位師傅跑腿，就算出外差；反正我們兩人不能再在一處了。這一節務請姜五爺應允，我們弟兄才能從命。不然的話，我們弟兄還是趁早潔身自退。」

姜羽沖一聽，于錦竟走了先步，衝著自己釘來了；自己無論如何，也不能那樣派了。別位武師都以為這話太已掂斤捏兩，便有些不服氣。

姜羽沖並不介意。手撚微髯，面含微笑，細聲細氣對于、趙二人說道：「二位師傅，英雄作事，要提得起，放得下。剛才小小的一場誤會，俞、胡二位已經再三陪說。你們二位要是仍然擱在心上，那就算看不起俞、胡二老鏢頭了，又好像連我們大家也怪罪上似的。要知道大家就事論事，本來沒人疑心二位；只不過阮、李二位的話稍微冒失一點罷了。就算他二位無禮，你二位還得看在俞、胡鏢頭和我們大家的面上；二位本來是衝著他二位來的呀。我們大家也是來給俞、胡二位幫忙的；我們幫不了忙；千萬不要給拆了夥，攪了局。于師傅，這件事就此打住，我說對不對呢？」

姜羽沖把話放得很輕很緩，可是話中含意既冷且峭。于錦不覺得紅了臉，正要發話；趙忠敏的性情比于錦還直，一時按捺不住，突然說道：「我們本不是英雄，我們連狗熊還不如。我們于三師兄說的話是正理，這份嫌疑我們總得避。軍師爺派兵點將，若不派人監視我們，我們還是歸根一句話，我兄弟只好告退。」

這話又衝著姜羽沖來了。眾人唯恐姜羽沖還言，連忙打岔。但是姜羽沖很沉得住氣，不但不駁，反倒連連誇好道：「二位的意思我明白了，實在是好。我本少智無謀；大夥推我當軍師，我實在不能勝任。但是說到派人，當然要量才器使，也得要請問本人的意思。二位這番苦心，我當然要領會的。這麼辦吧，你們二位本是焦不離孟，現在就請二位同著別位留守苦水鋪店房。」

于、趙二人一齊開口，似欲反駁，姜羽沖忙接下去道：「二位別忙，這是今天晚上的事；一到明早，我們起程之後，就煩二位出去踩訪。」

趙忠敏眼看著于錦，于錦不語。趙忠敏道：「光我們兩個人守店房不成，還得派別人看著我們一點才成。」

于錦暗拉趙忠敏一把，趙忠敏未能領會。姜羽沖在那邊突然失笑道：「二位放心，留守苦水鋪店房的有好幾位呢。二位可以專管上半夜，或者專管下半夜。這店房別看沒什麼要緊，萬一飛豹子再遣人來擾亂，我們便可以給他一個厲害。」

于、趙二人不約而同，齊聲搶答道：「我們守下半夜。」姜羽沖相視俞劍平道：「好好好，就請二位多辛苦吧！」跟著把別位武師也重新分派一遍。

眾人領命，各做各事去了。于、趙二人不便再說別話，向俞、胡、姜三老告辭，退出上房。

這時天色漸暮。俞劍平跟著二人挑簾出室，轉向在座幾位年老的英雄，低聲核計；把別位武師也密囑了一些話。又過了一會，才將阮佩韋、李尚桐找來，連同時光庭，由姜羽沖發話，對這三個少年說道：「我們這裡不過有這麼兩位，似乎處在嫌疑之地；現在我們並沒得著真贓實據，只可暗中留神。要是挑明了簾，一直地加以諷刺……」說到這裡，抱拳道：「諸位請恕我直言，那一來空傷感情，反倒把他們弄驚了。再不然抓破臉一鬧，甩袖子一走，給我們一個下不來台，豈不是反教人家得著理了？」

俞劍平又說道：「不但這樣，人心難測，疏忽固然受害，過疑也足誤事。也許人家並沒有惡意，反是咱們多慮；豈不是得罪好朋友了？」

胡孟剛說道：「話也不能只說一面，咱們終得留神。假使他二人真是奸細，咱們一舉一動，豈不都被他們賣了？」

夏建侯說道：「總是不挑明的好。」

阮佩韋強笑道：「五爺說的是，不過我們也有我們的用意。」伸出二指道：「這兩個東西唧唧咕咕，準是奸細，毫無可疑。咱們不過教他們知道知道，別拿人當傻子，警告他們一下子，教他們勢必知難而退。」

蘇建明捫鬚搖頭道：「不好，不好！明著點破，不如暗加提防。你要知道，明著是點不盡的；他們真個知難而退，咱們可就一點什麼得不到了。你二位太年輕，不曉得俞、胡二位的用意。你要明白軍師爺的意思，不止想揭破他，實在還要反打一耙，從他二位身上抽一抽線頭。弄巧了，還許從他二位身上，撈著飛豹子實底哩。我說是不是，姜五爺？」

姜羽沖笑道：「所以我們才煩阮、李、時三位，暗中踩一踩他們的腳印，逗一逗他們二人的口風；誰知道你們二位沉不住氣，反倒當面直揭起來了！」

阮佩韋、李尚桐滿面通紅道：「我們做錯了。」

俞劍平目視姜羽沖道：「二位沒有做錯。二位做得很對，只是稍微過火一點罷了；有這一場，也很有用。」

俞劍平這話又是為安慰阮、李二人而發的，姜羽沖不由心中佩服，畢竟還是俞老鏢頭。若論韜略，或者不如自己；若論處世待人，面面周到，他實在比任何人都強。無怪江湖上盛稱俞劍平推心置腹，善與人交。這不但是心腸熱，還靠眼力明，能夠看出人情的細微之處，決不肯無故教人難堪。這實是俞劍平勝人一籌的地方。

姜羽沖人雖聰明，究竟鋒芒時露，說話尖銳。當下，俞劍平又把阮、李二人低囑一遍，執手而談，頗顯著親昵。阮、李二人方才釋然，點了點頭，與時光庭相偕離座去了。

轉瞬天黑。俞劍平道：「我們該動身了！」向留守的人拱手道：「諸位多偏勞吧！我先同著姜五爺、童二爺到半鋪村查看查看。」遂邀著當天趕到的霹靂手童冠英和智囊姜羽沖等人，突然出離店房。朱大椿、馬氏雙雄等老一輩的英雄，各同幾個少年壯士，也已先後出發，店房中只剩下松江三傑的夏靖侯和少年葉良棟，這兩人受傷較重，算是歇班。另外還有奎金牛金文穆、鐵布衫屠炳烈和幾個受輕傷的人。此外便是于錦、趙忠敏。

那屠炳烈已和智囊說定，容得明日俞鏢頭走後，仍要到西南鄉，拜訪古堡原業主邱敬符。姜、俞都以為此舉是很重要的。

眾人去後，守前半夜的小飛狐孟震洋、路照二人立刻綁紮俐落，手持兵刃，身藏暗器，先後上了房，開始瞭望。松江三傑的夏建侯、谷紹光和鐵牌手胡孟剛也暫在院內房上，來往梭巡。

于錦、趙忠敏本與阮佩韋、李尚桐、時光庭、葉良棟等同住一間店房；天熱人擠，在頭一天剛到時，他們都在店院中納涼喝茶。及至今夜，時光庭已先時被派出去，阮、李二人也跟著出發了。

一過定更，廂房屋中只剩了葉良棟一個人。

燈影下，于、趙二人面對面坐著，葉良棟躺在床上。

趙忠敏便衝著葉良棟，發牢騷道：「無緣無故，教人猜疑。葉大哥，你看我們兄弟有多冤？」

葉良棟裹傷坐起道：「這是誤會。他們只是海說著，唯恐咱們堆裡有奸細罷了。二位是多疑了。咱們都是幹鏢行的，焉有向著外人的道理？況且這個飛豹子又是外來的綠林，跟二位怎麼會有交情？」

于錦道：「著啊！所以我們才生氣。要是劫鏢的主兒真個跟我們認識，教大家起了疑心，我們也不算冤枉。」

廂房中的三個人，兩個發怨言，一個開解，很說了一會話。隔過片刻，夏建侯和胡孟剛在門口咳了一聲，忽然走了進來，道：「哦，怎麼三位還沒睡！……于、趙二位不是守下半夜麼？還不趁早歇歇，省得沒精神。要知道飛豹子他們要來，一定在三更以後，四更以前，正是疲精乏神的時候。」

于錦道：「我們還不睏。喂，趙四弟，我們就先躺躺吧。」二人說著，這才側身躺在板床上，挨在葉良棟的身邊。兩個人都沒有紮綁身上，只手中各拿著兵刃。胡孟剛和夏建侯見二人躺好，方才又出屋，往別處巡去。

于錦、趙忠敏閉目養神。那葉良棟大概因為受了傷，躺在床上，不時轉側。口中不住地說：「熱！受不了，這屋子太悶氣了。」不住用手巾拭臉上的汗。末後忍不住坐了起來，道：「難過極了，我往院裡坐一會吧。」

葉良棟開門出去，于、趙二人睜開了眼，相視冷笑。

趙忠敏低聲道：「這也是小鬼！」

于錦一推趙忠敏道：「不要說話。」

果然，一轉眼間，葉良棟又踱進屋，道：「呵！我們太傻了。這小屋夠多熱，我們何苦傻不嘰嘰地在這裡悶著！趙五哥，于三哥，他們老一輩的師傅們全都出去了。現在上房正閑著，西間只有幾個人，東間全空著呢！那裡的門窗比這裡的門窗又大又敞亮。咱們上那裡睡去吧。」

于錦微閉著眼答道：「你請吧。我們兩人還有差事，也該接班了。」

葉良棟笑道：「早著哩。何必在這裡受熱？上房涼快極了，這裡又悶又潮，這板床就好像泡過熱水似的，我真受不了。」說著，伸手把床上當枕頭用的小包袱和自己的兵刃，做一把取來，回頭對于、趙道：「你二位不去，我可有偏了。」

于、趙道：「你請吧。」

葉良棟把兵刃穿在小包袱上，一隻手提著小包袱，徑出廂房，到上房去了。臨出門口，又回頭道：「二位關上門吧。」

葉良棟徑到上房睡去了。廂房只剩下于錦、趙忠敏。

于、趙二人目送葉良棟出了房門，同聲低罵道：「可惡！」

趙忠敏一翻身坐起來道：「我去關上門。」

兩個人這才稍稍放心，把燈撥小了，又看了看窗格，並沒有新濕破的月牙孔；兩個重複倒在床上，並枕低聲，秘商起來。哪知道店中留守的人固然一個不短，那派出店外的人卻悄沒聲地回來了好幾個。

請續看《十二金錢鏢》七　仇讎針鋒

近代武俠經典復刻版

十二金錢鏢（六）鳴鏑布疑

作者：白羽
發行人：陳曉林
出版所：風雲時代出版股份有限公司
地址：10576台北市民生東路五段178號7樓之3
電話：(02) 2756-0949
傳真：(02) 2765-3799
執行主編：劉宇青
美術設計：吳宗潔
業務總監：張瑋鳳

出版日期：2023年12月
ISBN：978-626-7303-99-3
風雲書網：http://www.eastbooks.com.tw
官方部落格：http://eastbooks.pixnet.net/blog
Facebook：http://www.facebook.com/h7560949
E-mail：h7560949@ms15.hinet.net
劃撥帳號：12043291
戶名：風雲時代出版股份有限公司

風雲發行所：33373桃園市龜山區公西村2鄰復興街304巷96號
電話：(03) 318-1378
傳真：(03) 318-1378
法律顧問：永然法律事務所 李永然律師
北辰著作權事務所 蕭雄淋律師

行政院新聞局局版台業字第3595號 營利事業統一編號22759935

定價：320元

國家圖書館出版品預行編目資料

十二金錢鏢 / 白羽著. -- 臺北市 : 風雲時代出版股份有限公司, 2023.08　冊 ; 公分

近代武俠經典復刻版
ISBN 978-626-7303-94-8(第1冊 : 平裝). -- ISBN 978-626-7303-95-5(第2冊 : 平裝). --
ISBN 978-626-7303-96-2(第3冊 : 平裝). -- ISBN 978-626-7303-97-9(第4冊 : 平裝). --
ISBN 978-626-7303-98-6(第5冊 : 平裝). -- ISBN 978-626-7303-99-3(第6冊 : 平裝). --
ISBN 978-626-7369-00-5(第7冊 : 平裝). -- ISBN 978-626-7369-01-2(第8冊 : 平裝). --

857.9　112012216